UNE FEMME LIBRE

Danielle Steel

UNE FEMME LIBRE

Traduit de l'anglais (Etats-Unis)
par Eveline Charlès

ÉDITIONS FRANCE LOISIRS

Titre original : *A Good Woman*

Retrouvez Danielle Steel sur son blog :
http://pressesdelacite.com/blogs/danielle-steel/

Édition du Club France Loisirs,
avec l'autorisation des Éditions Presses de la Cité.

Éditions France Loisirs,
123, boulevard de Grenelle, Paris
www.franceloisirs.com

© Danielle Steel, 2008
© Presses de la Cité, un département de Place des éditeurs, 2010 pour la traduction française
ISBN : 978-2-298-04009-8

A toutes les femmes d'exception...
ces femmes hors du commun.
Aux meilleures que je connaisse :
Beatrix, Sam, Victoria, Vanessa et Zara.
Chacune à sa façon est unique,
courageuse, aimante, intelligente, ingénieuse,
créative, persévérante, honnête, intègre,
posée et raffinée.
Vous êtes mes héroïnes, mes sources d'inspiration,
mes trésors et ma joie.
Merci pour tout ce que vous m'avez apporté
et m'apportez encore
et pour l'amour infini que nous partageons.

Avec tout mon amour.
Maman/d.s.

1

En ce matin du 14 avril 1912, Annabelle Worthington lisait tranquillement dans la maison de ses parents. Elle était assise dans la bibliothèque, dont les fenêtres donnaient sur un immense jardin clos. Preuve que le printemps pointait le bout de son nez, les jardiniers avaient planté des fleurs. Annabelle se réjouissait à l'idée que tout était prêt pour le retour de ses parents, dans quelques jours. L'imposante demeure où elle vivait avec son père, sa mère et son frère aîné, Robert, était située au nord de la Cinquième Avenue. Les Worthington et la famille de sa mère, les Sinclair, étaient parents avec les Vanderbilt et les Astor. Ils comptaient parmi leurs relations les familles les plus importantes de New York. Son père, Arthur, dirigeait la banque la plus prestigieuse de la ville et en était aussi le propriétaire. Du côté paternel – comme du côté maternel, à Boston – on était banquier de père en fils. A vingt-quatre ans, le frère d'Annabelle, Robert, travaillait depuis trois ans avec son père. Bien entendu, quand ce dernier prendrait sa retraite, Robert le remplacerait à la tête de l'établissement. L'avenir des deux jeunes gens était tout tracé et à l'abri du besoin. Dans ce contexte rassurant, l'enfance d'Annabelle avait été très protégée.

Ses parents s'aimaient ; Robert et elle avaient toujours été proches et s'entendaient bien. Aucun traumatisme n'avait jamais troublé leur existence. Les petits problèmes qui pouvaient survenir étaient aussitôt désamorcés et résolus. Enfant heureuse et choyée, Annabelle avait grandi dans un monde doré. Les derniers mois avaient été particulièrement excitants, bien qu'un peu ternis par une récente déception. En décembre, juste avant Noël, ses parents avaient organisé un grand bal pour son entrée dans la haute société. De l'avis général, New York avait rarement vu une réception aussi élégante et impressionnante. Sa mère adorait recevoir. Le jardin avait été entièrement couvert et chauffé, la salle de bal avait été décorée de façon exquise et l'orchestre le plus prisé avait été engagé. On avait invité quatre cents personnes et, dans sa robe somptueuse, Annabelle ressemblait à une princesse de conte de fées.

Plus petite encore que sa mère, Annabelle avait la grâce et la délicatesse d'un elfe. C'était une ravissante jeune fille de dix-huit ans, avec une longue chevelure dorée et soyeuse et d'immenses yeux bleus. Elle était mince et parfaitement proportionnée et possédait des traits exquis et ciselés. Son père assurait qu'elle avait tout d'une poupée de porcelaine. Elle respirait la classe à laquelle elle appartenait.

Après le bal, la famille avait passé de très agréables fêtes de Noël. Mais, à la suite des nombreuses soirées où elle s'était rendue avec ses parents et son frère vêtue de robes légères, Annabelle avait attrapé une mauvaise grippe au début du mois de janvier. Assez rapidement, la grippe s'était muée en bronchite, ce qui avait beaucoup inquiété les siens. Heureusement, sa jeunesse et son bon état général avaient favorisé sa guérison. Cependant, comme elle avait été souffrante pendant près d'un mois, le médecin de famille avait déconseillé tout voyage. Ses parents et Robert étaient donc partis sans elle en Europe, où ils devaient rester plusieurs mois, afin de rendre visite à leurs amis. Annabelle était encore convalescente lorsqu'ils étaient montés à bord du *Mauretania*, à la mi-février. Elle aussi avait pris ce bateau à plusieurs reprises, avec ses parents. Sa mère avait proposé de rester avec elle mais, au moment du départ, Annabelle allait mieux et avait insisté pour que sa mère ne se privât pas de ce plaisir qu'elle attendait depuis long-temps. Ils étaient tous les trois désolés de la quitter et Annabelle regrettait de ne pas les accompagner, mais elle se rendait compte que, même si son état s'était amélioré, elle n'était pas d'attaque pour supporter une croisière de deux mois. Elle avait promis à sa mère, Consuelo, de s'occuper de la maison, mais de toute façon ses parents lui faisaient entièrement confiance.

Annabelle n'était pas le genre de fille à leur donner du tracas ou à profiter de leur absence. Ils étaient seulement navrés, tout comme elle, qu'elle ne pût les accompagner. Lorsqu'elle avait vu le navire s'éloigner du quai, elle avait fait bonne figure mais, en rentrant, elle se sentait un peu déprimée.

En attendant leur retour, elle avait lu et effectué dans la maison des petits travaux qui réjouiraient sa mère. Elle avait réalisé de délicieuses broderies et raccommodé les nappes et les draps les plus précieux. Elle ne se sentait pas assez bien pour sortir, mais sa meilleure amie d'enfance, Hortense, lui avait rendu de fréquentes visites. Hortense avait aussi fait ses débuts dans le monde cette année-là et avait un amoureux. Annabelle avait parié avec elle que James la demanderait en mariage avant Pâques. Elle ne s'était pas trompée, puisque les deux jeunes gens avaient annoncé leurs fiançailles la semaine précédente. Annabelle avait hâte d'annoncer la nouvelle à sa mère. Le retour de ses parents était prévu le 17 avril. Ils avaient embarqué sur un tout nouveau paquebot à Southampton, quatre jours auparavant.

Annabelle avait trouvé le temps long, en leur absence, mais elle avait retrouvé la santé. Après avoir accompli ses tâches ménagères, elle passait tous ses après-midi et ses soirées dans la bibliothèque de son père, plongée dans les livres. Ses préférés concernaient des hommes célèbres et les sciences. Les romans favoris de sa mère ne l'intéressaient pas vraiment et ceux que lui prêtait Hortense, encore moins. Annabelle était une jeune fille intelligente, qui enregistrait tout ce qu'elle lisait ou entendait avec une facilité déconcertante. Cela lui permettait de discuter avec son frère, qui admettait en privé qu'Annabelle le surprenait souvent par l'étendue de ses connaissances. Compétent dans son domaine et très sérieux, Robert aimait sortir et voir ses amis, tandis qu'Annabelle, en apparence très sociable, était beaucoup plus réfléchie. Elle avait une véritable passion pour l'étude, les sciences et la lecture.

Dans la nuit du 14 au 15 avril, Annabelle veilla assez tard et dormit plus longtemps que d'habitude. Dès qu'elle fut levée, elle se lava le visage, brossa ses cheveux, passa une robe de chambre et descendit prendre son petit déjeuner sans se presser. La maison lui parut curieusement silencieuse et déserte. En entrant dans l'office, elle trouva plusieurs domestiques regroupés autour du journal. Mais dès qu'ils la virent, ils le replièrent rapidement. Elle remarqua que Blanche, leur fidèle gouvernante, avait pleuré. Elle avait le cœur tendre et la moindre histoire triste concernant un animal ou un enfant en détresse la mettait en larmes. S'attendant à un petit chagrin de ce genre, Annabelle sourit et leur souhaita à tous une bonne matinée. A ces mots, William, le maître d'hôtel, éclata en sanglots et quitta la pièce.

— Mon Dieu ! s'écria la jeune fille. Que s'est-il passé ?

Surprise, elle interrogeait du regard Blanche et deux servantes. Lorsqu'elle prit conscience qu'elles pleuraient toutes les trois, son cœur cessa un instant de battre.

Pointant le doigt vers le journal, elle demanda :

— Qu'avez-vous lu, là-dedans ?

L'espace de quelques secondes, Blanche hésita avant de lui remettre le quotidien. Annabelle lut alors que le *Titanic* avait sombré pendant la nuit. C'était le bateau flambant neuf sur lequel ses parents et Robert avaient embarqué en Angleterre. Les yeux agrandis d'effroi, elle parcourut rapidement l'article. Il était seulement précisé que le *Titanic* avait fait naufrage, que des passagers avaient pu monter dans des canots de sauvetage et qu'un autre paquebot, le *Carpathia,* s'était détourné pour se rendre en hâte sur les lieux. L'article ne disait rien sur les éventuels morts ou rescapés. Le journaliste présumait seulement qu'étant donné la taille du bateau et sa construction récente, tous les passagers avaient été sauvés. L'énorme navire avait heurté un iceberg et, bien qu'il fût en principe insubmersible, il avait coulé. L'impensable s'était produit.

Annabelle réagit aussitôt et demanda à Blanche de prévenir le chauffeur de tenir la voiture prête. Tout en sortant précipitamment de l'office pour monter s'habiller, elle cria qu'elle se rendait immédiatement aux bureaux de la White Star, la compagnie à laquelle appartenait le *Titanic,* pour avoir des nouvelles de ses parents et de Robert. Il ne lui vint pas à l'idée que des centaines de personnes en feraient autant.

Tremblante, elle enfila en hâte une robe en laine grise, mit des bas et des chaussures, puis prit son manteau et son sac, avant de dévaler les marches sans même prendre la peine de se faire un chignon. Avec ses cheveux au vent, elle ressemblait à une enfant. Elle courut dehors en claquant la porte derrière elle. Dans la maison, tout le monde était pétrifié, comme déjà en deuil. Tandis que Thomas, le chauffeur de son père, la conduisait aux bureaux de la White Star, situés en bas de Broadway, Annabelle s'efforçait de contenir la terreur qui menaçait de la submerger. En chemin, elle aperçut un vendeur de journaux qui brandissait la dernière édition. Elle demanda à Thomas de s'arrêter et acheta un exemplaire.

L'article disait qu'on ignorait encore le nombre de morts et que le *Carpathia* envoyait les listes des survivants. Les yeux d'Annabelle s'emplirent de larmes. Comment une telle tragédie avait-elle pu se produire ? Le *Titanic* était le dernier paquebot à avoir été construit, il effectuait sa traversée inaugurale... Comment avait-il pu faire naufrage ? Et qu'était-il advenu de ses parents, de son frère et de tant d'autres ?

Lorsqu'ils parvinrent devant les bureaux de la White Star, des centaines de personnes demandaient à être reçues. Annabelle ne voyait pas très bien comment elle allait pouvoir se frayer un chemin à travers cette foule. Thomas, qui était solidement bâti, l'y aida, mais il leur fallut une heure pour franchir la porte de l'immeuble. La jeune fille expliqua que ses parents et son frère voyageaient en première classe. Un jeune employé à l'air affolé lui demanda son nom, tandis que ses collègues affichaient à l'extérieur les listes de rescapés que le *Carpathia* avait envoyées par radio. Il était précisé qu'elles étaient incomplètes, ce qui permettait aux gens de garder espoir s'ils ne lisaient pas les noms de leurs proches.

On remit à Annabelle l'une de ces listes, qu'elle prit d'une main tremblante. Elle avait du mal à la déchiffrer, tant sa vue était brouillée par les larmes. Enfin, tout en bas, elle lut un seul nom : Consuelo Worthington, passagère de première classe. Ceux de son père et de son frère n'y figuraient pas. Pour se donner du courage, elle se répéta que tous les survivants n'étaient pas encore identifiés.

— Quand connaîtrez-vous le nombre exact des rescapés ? demanda-t-elle à l'employé en lui rendant la liste.

— Dans quelques heures, nous l'espérons.

Derrière elle, des gens criaient, sanglotaient. Dehors, d'autres, plus nombreux encore, cherchaient à entrer. Le chaos, la panique, la terreur et le désespoir de la foule étaient indescriptibles.

Annabelle se força à rester optimiste. Au moins sa mère était-elle vivante, bien qu'elle ignorât encore son état. Son père et son frère avaient sûrement survécu, eux aussi.

— Est-ce qu'on sauve encore des passagers ? demanda-t-elle.

— On a secouru les derniers ce matin, répondit l'employé, le visage sombre.

On lui avait parlé de corps flottant à la surface de la mer, de gens appelant au secours avant de disparaître, mais ce n'était pas à lui de colporter ces rumeurs et il n'avait pas le courage de dire à tous ces gens que les pertes humaines s'évaluaient par centaines, peut-être davantage. Jusqu'alors, la liste comptait plus de six cents noms et le *Carpathia* avait fait savoir que l'équipage avait pu sauver un peu plus de sept cents personnes, qu'on n'avait pas encore toutes identifiées. Si cela s'arrêtait là, cela impliquait qu'environ un millier de passagers et de membres du personnel avaient disparu. L'employé se refusait à y croire, lui aussi.

— Nous devrions compléter la liste dans quelques heures, dit-il avec compassion.

A cet instant, un homme au visage très rouge s'interposa, menaçant de le frapper s'il ne lui remettait pas la liste, ce qu'il fit aussitôt. Les gens étaient frénétiques, terrorisés. Ils menaçaient d'échapper à tout contrôle si on ne leur fournissait pas davantage d'informations ou de raisons d'espérer. Les employés leur remettaient ou affichaient le plus de listes possible. Finalement, Annabelle et Thomas retournèrent dans la voiture, pour attendre des nouvelles. Le chauffeur proposa à la jeune fille de la ramener chez elle, mais elle voulait rester, afin de pouvoir vérifier les listes dès qu'elles seraient mises à jour. Elle ne souhaitait être nulle part ailleurs.

Assise sur la banquette, fermant parfois les yeux, elle pensait à ses parents et à son frère, priant pour qu'ils aient survécu tous les trois. Au moins sa mère était-elle saine et sauve... Elle ne mangea ni ne but de la journée. Toutes les heures, Thomas et elle allaient aux nouvelles. A 17 heures, on annonça que plus aucun nom ne serait ajouté, hormis ceux de quelques enfants non encore identifiés. Tous les passagers que le *Carpathia* avait pu secourir étaient désormais inscrits sur les listes.

— Est-ce que d'autres navires ont pu se porter à leur secours ? demanda quelqu'un.

L'employé secoua négativement la tête. Quelques bateaux avaient arraché des cadavres à l'océan glacé, mais le *Carpathia* était le seul à avoir recueilli des survivants, dont la plupart se trouvaient dans des canots de sauvetage. Très peu avaient pu survivre dans l'eau, glacée à cette latitude. Surtout qu'il avait fallu deux heures au paquebot pour arriver sur les lieux du naufrage.

Annabelle parcourut la liste une fois de plus. Il y avait sept cent six rescapés. De nouveau, elle vit le nom de sa mère, mais pas ceux de son père et de son frère. Tout ce qu'elle pouvait faire, c'était prier pour qu'il y ait eu une erreur. Il s'agissait peut-être d'une omission, ou bien ils étaient inconscients et n'avaient pu donner leur nom. Pour l'instant, il était impossible d'en savoir davantage. On leur dit que le *Carpathia* était attendu à New York dans trois jours, le 18 avril. Il ne restait plus à Annabelle qu'à garder espoir et à se réjouir que sa mère figurât parmi les survivants. Elle refusait de croire que son père et son frère soient morts. C'était impensable.

De retour chez elle, il lui fut impossible de manger et elle ne put dormir de la nuit. Le lendemain, Hortense, accompagnée de sa mère, lui rendit visite. Elles échangèrent peu de mots, mais pleurèrent beaucoup en se tenant les mains. Hortense et sa mère s'efforcèrent de la rassurer et de la réconforter. Mais les mots ne pouvaient en aucun cas adoucir sa peine. L'événement avait bouleversé le monde entier. C'était une immense tragédie.

La mère d'Hortense proposa que sa fille reste avec son amie jusqu'au retour de Consuelo.

— Grâce au ciel, tu étais trop malade pour entreprendre ce voyage, souffla Hortense.

Annabelle hocha la tête, mais elle se sentait coupable d'avoir échappé à cette tragédie et se demandait si sa présence aurait pu changer quelque chose. Peut-être aurait-elle pu sauver l'un des membres de sa famille, ou quelqu'un d'autre.

Durant les trois jours qui suivirent, Annabelle et Hortense errèrent dans la maison comme des fantômes. En état de choc, Annabelle ne souhaitait voir personne d'autre. Malgré les supplications de la gouvernante, elle ne mangeait presque rien. Toute la maisonnée ne cessait de pleurer. Finalement, les deux amies sortirent prendre l'air en compagnie de James, venu les escorter. Il se montra très compatissant envers Annabelle, lui disant à quel point cette tragédie le bouleversait. Le monde entier partageait ce sentiment.

On ne recevait que fort peu de nouvelles du *Carpathia,* hormis la confirmation que le *Titanic* avait bien fait naufrage et que la liste des survivants était complète. Seuls quelques bébés et enfants n'avaient pu être identifiés. S'ils étaient américains, on les rendrait à leurs familles dès que le paquebot aurait accosté. Dans le cas contraire, ils repartiraient pour Cherbourg ou Southampton et seraient remis à des parents angoissés. Ils ne semblaient apparentés à aucun des rescapés et ils étaient encore trop jeunes pour dire comment ils s'appelaient. A part eux, tous les survivants, indemnes ou blessés, avaient été identifiés. C'était du moins ce que l'on assurait. Mais Annabelle ne parvenait pas à y croire, tandis que Thomas la conduisait au quai de la Cunard, le soir du 18 avril. Craignant d'être indiscrète, Hortense ne l'avait pas accompagnée. Annabelle se rendit donc seule à l'embarcadère 54.

Un peu après 21 heures, la foule qui attendait vit le *Carpathia* entrer lentement dans le port. Le cœur battant, Annabelle le regardait, elle aussi. Chacun fut surpris que le paquebot gagne le quai de la White Star, en direction des embarcadères 59 et 60. Sous les yeux des spectateurs, il débarqua les canots de sauvetage du *Titanic,* les rendant ainsi à leur compagnie, avant de gagner son propre quai. Les photographes étaient entassés dans une flottille de petites embarcations. Ils tentaient de photographier les canots, ainsi que les survivants amassés contre les bastingages. La scène avait quelque chose de surréaliste. Les parents des rescapés attendaient dans un silence angoissé, tandis que les journalistes s'apostrophaient mutuellement et manœuvraient pour être les mieux placés.

Après avoir débarqué les canots de sauvetage, le *Carpathia* se dirigea vers le quai 54. Les dockers et les employés de la Cunard l'amarrèrent rapidement, puis la passerelle fut baissée. En silence et avec une déférence déchirante, on fit descendre les survivants en premier. Les passagers du *Carpathia* en embrassèrent quelques-uns et leur serrèrent les mains. Beaucoup de pleurs furent versés et peu de mots prononcés, tandis qu'ils débarquaient un à un, le visage ruisselant de larmes. Certains étaient encore en état de choc, après ce qu'ils avaient vu et vécu durant cette nuit de cauchemar. Ils mettraient long-temps à oublier les cris horribles et les gémissements qui venaient de la mer, les vains appels à l'aide des mourants. Ceux qui se trouvaient dans les canots de sauvetage avaient craint de chavirer en leur portant secours, ce qui aurait causé encore davantage de morts.

Parmi les survivants, il y avait beaucoup de femmes et de jeunes enfants. Quelques-unes étaient encore vêtues des robes de soirée qu'elles portaient au moment du drame. On les avait enveloppées dans des couvertures. La plupart d'entre elles avaient été trop choquées pour penser à se changer durant les trois jours qu'elles avaient passés sur le *Carpathia*, réfugiées dans les salles à manger et les salons. Les passagers et l'équipage du paquebot avaient fait ce qu'ils pouvaient pour les réconforter, mais le bilan était terrible et les pertes humaines considérables. Personne n'aurait pu prévoir un tel drame.

Lorsqu'elle vit sa mère s'engager sur la passerelle, le cœur d'Annabelle s'arrêta. Vêtue de vêtements d'emprunt, Consuelo venait vers elle, le visage marqué par la tragédie mais gardant la tête haute, avec une dignité douloureuse. Annabelle lut dans ses yeux tout ce qu'il y avait à savoir. Aucune silhouette familière ne se tenait près d'elle et elle ne vit nulle part son père ou son frère. Annabelle eut beau scruter la foule derrière sa mère, Consuelo était seule parmi les autres rescapés. Pour la plupart, il s'agissait de femmes. Seuls quelques hommes se trouvaient au côté de leurs épouses et ils semblaient gênés. Les flashs crépitaient, car les journalistes photographiaient tout ce qu'ils pouvaient. Soudain, sa mère fut en face d'elle. Annabelle se jeta dans ses bras et la serra fort. Blotties l'une contre l'autre, elles sanglotèrent au milieu des autres passagers. Enfin, Annabelle passa un bras autour des épaules de sa mère et elles s'éloignèrent lentement. Personne ne prêtait attention à la pluie qui tombait. Consuelo portait une vilaine robe en laine qui ne lui allait pas ; elle n'avait pas quitté ses escarpins et elle avait encore son collier et ses boucles d'oreilles en diamant. Comme elle n'avait pas de manteau, Thomas l'enveloppa avec le plaid qui se trouvait dans la voiture.

Elles étaient encore près de la passerelle quand Annabelle posa la question qui lui brûlait les lèvres.

Elle devinait la réponse, mais elle ne pouvait supporter d'attendre plus longtemps.

— Papa, Robert… ? chuchota-t-elle.

Sa mère se contenta de secouer la tête en pleurant plus fort. Annabelle la guida jusqu'à la voiture. Consuelo lui parut soudain très fragile et âgée. A quarante-trois ans, elle se retrouvait veuve et ressemblait à une vieille femme. Thomas l'installa avec délicatesse sur la banquette arrière, puis il l'emmitoufla de nouveau dans la couverture. Consuelo leva vers lui des yeux embués de larmes, avant de le remercier doucement. Pendant tout le trajet, la mère et la fille restèrent serrées l'une contre l'autre. Consuelo ne prononça pas un mot jusqu'à la maison.

Tous les domestiques les attendaient dans le hall d'entrée pour l'embrasser et lui dire combien ils étaient peinés pour elle. Un peu plus tard, on accrocha une couronne de deuil à la porte. Ce soir-là, il y en eut beaucoup dans New York.

Blanche aida Consuelo à prendre un bain, puis elle lui passa sa chemise de nuit et la fit se coucher. Elle se comportait envers elle comme si elle avait été une enfant. Elle s'était occupée de Consuelo quand celle-ci était encore une jeune fille et elle avait assisté à la naissance de ses deux enfants. Et maintenant, cette tragédie s'était produite… Tout en tapotant les oreillers, Blanche s'essuyait les yeux et lui prodiguait des petits mots d'affection. Elle lui apporta un plateau avec du thé, du porridge, des toasts, du bouillon et ses biscuits préférés. Incapable d'avaler quoi que ce fût, Consuelo les fixait en silence.

Ce soir-là, Annabelle dormit avec sa mère. Au plus noir de la nuit, Consuelo se mit à trembler de la tête aux pieds et elle raconta à sa fille ce qui s'était passé. Elle se trouvait dans le canot de sauvetage numéro 4, avec sa cousine, Madeleine Astor, dont le mari avait disparu lui aussi. L'embarcation était à moitié pleine, mais son époux et Robert avaient refusé d'y monter, afin de secourir d'autres personnes et de laisser la place aux femmes et aux enfants. Pourtant, il en restait largement pour eux.

— Si seulement ils m'avaient rejointe, gémit Consuelo avec désespoir.

Les Widener, les Thayer et Lucille Carter étaient avec elle. Mais Robert et son père étaient restés pour aider les passagers à grimper dans les canots, sacrifiant ainsi leurs vies. Consuelo parla aussi d'un certain Thomas Andrews, l'un des héros de la nuit. Elle décrivit l'héroïsme d'Arthur et de Robert, mais cela ne constituait qu'une maigre consolation.

Elles parlèrent ainsi pendant des heures. Tandis que Consuelo revivait les derniers moments passés sur le paquebot, sa fille la serrait contre elle en pleurant. À l'aube, Consuelo laissa échapper un soupir et s'endormit enfin.

2

Cette semaine-là, il y eut des centaines de cérémonies funéraires à New York comme ailleurs. Les journaux étaient remplis d'histoires poignantes et de bilans terribles. Il devenait clair pour tout le monde que les canots de sauvetage s'étaient éloignés du paquebot à moitié vides, n'emportant que des passagers de première classe. Ces précisions bouleversèrent le monde entier. Le héros dont on parla le plus fut le capitaine du *Carpathia*, qui s'était détourné de sa route pour secourir les survivants. Il y eut peu d'explications sur les causes du drame. Une fois que le paquebot avait heurté l'iceberg, le naufrage avait été inévitable. En revanche, on comprenait difficilement pourquoi le *Titanic* avait poursuivi sa route, alors qu'il avait été prévenu de la présence de nombreux icebergs. Par bonheur, le *Carpathia* avait entendu les appels radio désespérés, sinon il n'y aurait eu aucun survivant.

Le médecin de famille trouva Consuelo en bonne santé, bien qu'elle fût effondrée et en état de choc. Toute vie semblait l'avoir abandonnée. Annabelle dut assumer seule et dans les moindres détails les funérailles de son père et de son frère. La messe était prévue dans l'église de la Trinité, la préférée de son père.

L'office fut triste et digne. Les deux cercueils étaient vides, puisque les corps n'avaient pas été retrouvés. Sur les mille cinq cent dix-sept morts, seulement cinquante et un furent retrouvés. Les autres eurent l'océan pour tombeau.

Plusieurs centaines de personnes assistèrent à la cérémonie et furent ensuite reçues dans la maison des Worthington, où un buffet avait été préparé. L'atmosphère resta chargée d'émotion et de peine. Robert n'avait que vingt-quatre ans et son père quarante-six. Tous deux étaient dans la force de l'âge et avaient disparu dans des circonstances particulièrement tragiques. Annabelle et Consuelo étaient vêtues de noir. Annabelle portait un chapeau et sa mère une voilette. Quand tout le monde fut parti, Consuelo sembla complètement brisée. Annabelle ne put s'empêcher de se demander ce qu'il restait de la femme qu'elle avait été. Son énergie paraissait avoir disparu en même temps que les deux hommes qu'elle aimait. La jeune fille se faisait énormément de souci pour elle.

Deux semaines plus tard, au petit déjeuner, Consuelo annonça qu'elle souhaitait travailler bénévolement à l'hôpital. Elle pensait que cela lui ferait du bien de penser à autre chose. Profondément soulagée, Annabelle se déclara d'accord avec elle.

— Tu te sens vraiment prête pour cela, maman ? s'enquit-elle, inquiète.

— Je vais très bien, répondit tristement Consuelo. Aussi bien qu'elle pourrait aller, dorénavant.

25

Dans l'après-midi, les deux femmes revêtirent un tablier blanc par-dessus leurs robes noires et se rendirent à l'hôpital Saint-Vincent, où Consuelo avait travaillé bénévolement pendant des années. Dès ses quinze ans, Annabelle l'y avait accompagnée. La plupart du temps, elles s'occupaient des indigents et soignaient davantage les plaies et les traumatismes que les maladies contagieuses. Annabelle avait toujours été attirée par la médecine. Chaque fois qu'elle en avait l'occasion, elle lisait des livres sur le sujet pour tenter de mieux comprendre ce qu'elle voyait. Elle n'était pas dégoûtée, contrairement à Hortense qui s'était évanouie l'unique fois où Annabelle l'avait convaincue de se joindre à elles. Plus le cas était délicat, plus il passionnait Annabelle. Sa mère préférait servir les repas, pendant qu'Annabelle aidait les infirmières, du moins si elles le lui permettaient, changeait les pansements et nettoyait les plaies. Les patients trouvaient qu'elle avait la main très légère.

Ce soir-là, elles revinrent chez elles épuisées, après un long après-midi exténuant. Plus tard dans la semaine, elles retournèrent à l'hôpital. A défaut d'autre chose, cette activité les détournait de leur double perte. Le printemps, qui était d'ordinaire la saison la plus excitante de l'année pour Annabelle, s'était mué en une période de solitude et de deuil. Pendant un an, elles ne devraient accepter aucune invitation, ce qui tracassait Consuelo. Pendant qu'Annabelle resterait à la maison, toute de noir vêtue, les autres jeunes filles sortiraient et trouveraient un fiancé. Elle craignait que la tragédie qui venait de les frapper n'affecte l'avenir de sa fille de façon négative, mais elles n'y pouvaient rien. Annabelle ne semblait pas s'en soucier. La perte de son père et de son frère l'affectait bien davantage.

Hortense lui rendait souvent visite et, à la mi-mai, elles fêtèrent dans l'intimité le dix-neuvième anniversaire d'Annabelle. Soucieuse, Consuelo fit remarquer pendant le déjeuner qu'elle s'était mariée à dix-huit ans et qu'elle avait donné naissance à Robert lorsqu'elle avait l'âge d'Annabelle. Fondant en larmes, elle laissa les deux amies dans le jardin et monta s'étendre sur son lit.

Hortense posa sur Annabelle un regard compatissant.

— Ta pauvre maman... Et toi... Je suis tellement désolée ! Tout ce qui vous arrive est trop affreux.

Elle était si triste que ce ne fut que deux heures plus tard qu'elle lui annonça que James et elle avaient fixé la date de leur mariage au mois de novembre. Ils projetaient d'organiser une réception somptueuse. Annabelle la félicita et lui dit combien elle était ravie pour elle.

— Cela ne t'ennuie pas de ne pas pouvoir sortir ? lui demanda Hortense.

Elle-même aurait détesté rester enfermée à la maison pendant un an, mais Annabelle acceptait de bonne grâce cette obligation. Elle n'avait que dix-neuf ans et l'année à venir n'allait pas être rose pour elle. Mais depuis la mort de son père et de son frère, un mois auparavant, elle avait beaucoup mûri.

— Cela m'est égal, répondit-elle. Tant que maman souhaite travailler à l'hôpital, cela me donne l'occasion de faire quelque chose, puisque je l'accompagne.

— Beurk ! Ne m'en parle pas ! s'écria Hortense en levant les yeux au ciel. Je sais que cela te plaît, mais cette simple idée me rend malade. Iras-tu à Newport, cette année ?

Les Worthington y possédaient une belle maison, voisine de celle des Astor.

— Maman m'a dit que nous irions. Nous partirons vraisemblablement assez tôt, en juin au lieu de juillet, avant que la saison ne commence. Je pense que cela lui fera du bien.

Désormais, sa mère constituait sa seule préoccupation. Il en allait différemment pour Hortense, qui avait son mariage à organiser, des dizaines de réceptions en perspective et un fiancé dont elle était follement amoureuse. Sa vie était celle qu'Annabelle aurait dû avoir et n'aurait jamais. La jeune fille était bien consciente que son univers avait été bouleversé et modifié pour toujours.

— Au moins, nous serons ensemble à Newport, affirma gaiement Hortense.

Elles adoraient toutes les deux nager, quand leurs mères les y autorisaient. Après avoir encore discuté des préparatifs du mariage, Hortense s'en alla.

Pendant les semaines qui suivirent les obsèques, Consuelo et Annabelle reçurent de nombreuses visites. Il y eut les amis de Robert, plusieurs vieilles douairières venues présenter leurs condoléances, deux collègues d'Arthur et un troisième que Consuelo avait rencontré à plusieurs reprises. Agé de trente-huit ans, Josiah Millbank était très respecté par le personnel de la banque. C'était un homme réservé aux manières courtoises. Il raconta à Consuelo plusieurs anecdotes sur Arthur qu'elle ne connaissait pas et qui la firent rire. A sa grande surprise, elle apprécia énormément cette visite. Josiah était là depuis une heure quand Annabelle revint d'une promenade à cheval avec Hortense. La jeune fille se souvenait de lui, mais elle ne le connaissait pas très bien. Comme il avait quatorze ans de plus que son frère, il appartenait davantage à la génération de leurs parents qu'à la leur. Et, bien qu'elle l'eût rencontré plusieurs fois dans des soirées, ils n'avaient pas grand-chose en commun. Comme sa mère, elle fut impressionnée par son amabilité et ses manières, et le trouva, elle aussi, très sympathique.

Il mentionna qu'il se rendrait à Newport en juillet, comme chaque année. Il y possédait une petite maison. Originaire de Boston, Josiah appartenait à une famille plus aisée encore que la leur et tout aussi respectable. Il menait une vie paisible et dénuée d'ostentation. Lorsqu'il promit de passer les voir à Newport, Consuelo lui répondit qu'elle le recevrait avec plaisir. Après son départ, Annabelle remarqua qu'il avait apporté un énorme bouquet de lilas blanc qu'on avait mis dans un vase.

— C'est vraiment quelqu'un de très gentil, déclara Consuelo en admirant les fleurs. Je comprends que ton père l'ait autant apprécié. Je me demande pourquoi il ne s'est jamais marié.

— Certaines personnes sont ainsi, répondit Annabelle. Tout le monde n'est pas obligé de se marier, maman, ajouta-t-elle avec un sourire.

Elle commençait à se demander si ce ne serait pas son cas. Elle n'imaginait pas pouvoir quitter sa mère pour un homme. Elle ne voulait pas laisser Consuelo toute seule. D'ailleurs, elle ne considérait pas le célibat comme une tragédie. En cela, elle ne ressemblait pas à Hortense. Depuis la mort de son père et de son frère, sa mère avait le cœur brisé et Annabelle se sentait responsable d'elle. Elle n'en éprouvait d'ailleurs aucune amertume, car les attentions qu'elle prodiguait à Consuelo donnaient un sens à sa vie.

Sa mère avait lu en elle, comme cela arrivait souvent.

— Si tu es en train de me dire que tu n'as pas l'intention de te marier, je te conseille d'abandonner tout de suite cette idée. Nous allons accomplir notre année de deuil, comme il convient, puis nous te chercherons un mari. C'est ce que ton père aurait voulu.

Annabelle tourna vers elle un visage sérieux.

— Papa n'aurait pas voulu que je te laisse seule, affirma-t-elle avec la fermeté d'une adulte.

Consuelo secoua la tête.

— C'est absurde et tu le sais très bien. Je suis parfaitement capable de prendre soin de moi-même.

Mais ses yeux remplis de larmes ne convainquirent pas sa fille.

— Nous verrons, conclut celle-ci avec assurance avant de quitter la pièce pour demander qu'on apporte une tasse de thé à sa mère dans sa chambre.

Lorsqu'elle revint, elle passa son bras autour de Consuelo et l'accompagna jusqu'au premier étage, où elle l'aida à s'allonger pour une sieste. C'était le lit qu'elle avait partagé avec l'homme qu'elle avait aimé et dont la disparition lui brisait le cœur.

— Tu es trop bonne envers moi, ma chérie, confia-t-elle à sa fille.

— Certainement pas, répliqua gaiement celle-ci.

Elle était le dernier rayon de soleil de la maison. Elle n'apportait que de la joie à sa mère, et chacune était tout pour l'autre. Elles n'étaient plus que toutes les deux, désormais. Après avoir enveloppé sa mère dans un châle léger, Annabelle descendit dans le jardin, espérant que Consuelo serait suffisamment en forme pour retourner à l'hôpital le lendemain. C'était sa seule distraction et, en outre, cela lui permettait de faire quelque chose, ce qui était important pour elle.

Elle avait hâte d'être à Newport, le mois suivant.

3

En juin, Annabelle et sa mère partirent donc pour Newport, un mois plus tôt que d'habitude. A cette époque de l'année, la petite ville balnéaire était pleine de charme. Comme toujours, les domestiques étaient partis en avance, pour préparer la maison. D'ordinaire, la vie mondaine battait son plein, en été, mais elles savaient qu'elles resteraient tranquillement chez elles. Elles pouvaient recevoir des visites, mais deux mois après la mort d'Arthur et de Robert, il n'était pas question pour Annabelle ou pour sa mère d'être invitées. Les rubans noirs, désormais familiers, furent accrochés à la porte d'entrée pour indiquer qu'elles étaient en deuil.

Bien des familles étaient dans la même situation, à Newport, et, parmi elles, les Astor. Madeleine Astor avait perdu son époux sur le *Titanic* et devait accoucher en août. La tragédie avait particulièrement frappé la haute société new-yorkaise, car beaucoup de ses membres se trouvaient sur le paquebot lors de cette traversée inaugurale. Les informations ne cessaient d'affluer sur l'incompétence de l'équipage au moment de l'évacuation des passagers. La plupart des canots de sauvetage étaient à moitié vides. Certains avaient même dû employer la force pour y grimper avec leurs femmes et leurs enfants. Et presque tous les passagers de troisième classe étaient morts. Des auditions de témoins avaient d'ailleurs eu lieu.

En juin, Newport était très calme, alors qu'en juillet les familles venues de Boston et de New York arrivaient pour occuper leurs « villas », qui étaient en réalité de magnifiques hôtels particuliers aux proportions impressionnantes, avec leurs salles de bal aux lustres imposants, leurs sols en marbre, leur mobilier ancien d'une valeur inestimable et leurs parcs magnifiques donnant sur la mer. C'était là que se retrouvait la haute société venue de la côte Est. Newport était une station balnéaire réservée aux riches. Les Worthington y étaient chez eux et leur villa était l'une des plus vastes et des plus ravissantes.

La vie d'Annabelle fut plus gaie quand Hortense arriva. Elles profitaient du peu de monde pour aller à la plage, faisaient des promenades, et James se joignait souvent à elles pour pique-niquer sur la pelouse. De temps à autre, il amenait des amis, ce qui distrayait Annabelle. Sa mère feignait de ne rien remarquer. Tant qu'elle ne se rendait pas à des réceptions, elle ne voyait aucune objection à ce qu'Annabelle rencontrât des jeunes gens. Elle était si bonne et si dévouée envers elle qu'elle méritait bien un peu de distraction. Consuelo espérait qu'Annabelle serait attirée par l'un des amis de James ou de Robert. Elle ne cessait de s'inquiéter à l'idée que cette année de deuil influerait négativement sur le destin de sa fille. Depuis Noël, date à laquelle la saison mondaine avait commencé, six jeunes filles de son âge s'étaient fiancées. En restant à la maison avec sa mère, Annabelle ne risquait pas de les imiter. De plus, après le drame qui les avait frappées, elle paraissait plus âgée et plus mûre que les autres, et Consuelo craignait que cela n'effraie les jeunes hommes. Elle souhaitait par-dessus tout que sa fille se marie, ce qui ne semblait pas le cas d'Annabelle, qui était heureuse de voir Hortense et les autres jeunes filles mais n'éprouvait pas le moindre intérêt pour les garçons présents.

Dès son arrivée, en juillet, Josiah Millbank leur rendit visite. Chaque fois qu'il venait les voir, il ne manquait jamais d'apporter des fruits ou des confiseries. Assis sur des rocking-chairs, Consuelo et lui passaient des heures à bavarder sur la véranda. Après sa troisième visite, Annabelle se moqua gentiment de sa mère.

— Je crois que tu lui plais, maman.

— Ne dis pas de bêtises, répliqua Consuelo en rougissant.

Pour rien au monde elle n'aurait voulu d'un soupirant. Elle entendait rester fidèle à jamais à la mémoire de son mari. Elle n'était pas de ces veuves qui recherchent un mari, bien qu'elle en voulût désespérément un pour Annabelle.

— Il est seulement gentil avec nous, affirma-t-elle, convaincue de ce qu'elle disait. D'ailleurs, il est plus jeune que moi et si par hasard il s'intéressait à quelqu'un, ce serait toi.

Mais rien ne permettait de penser que Josiah était attiré par l'une ou par l'autre. Il semblait trouver autant de plaisir à bavarder avec Consuelo qu'avec Annabelle. Il ne s'était jamais permis de leur faire la cour et se montrait simplement amical.

34

— Il ne s'intéresse pas à moi, maman, répondit Annabelle avec un grand sourire. Je le trouve très sympathique, mais il pourrait être mon père.

— De nombreuses jeunes filles de ton âge épousent des hommes du sien, fit remarquer sa mère. Il n'est pas si vieux, tu sais. Si ma mémoire est bonne, il n'a que trente-huit ans.

— Il te conviendrait mieux qu'à moi.

Et, tout en riant, Annabelle sortit vivement de la pièce pour rejoindre Hortense. Par cette belle journée ensoleillée, elles voulaient nager. James avait promis de les retrouver plus tard. Ce soir-là, une grande réception avait lieu chez les Schuyler. James, Hortense et tous leurs amis devaient s'y rendre sans Annabelle, bien sûr.

Après le dîner, la mère et la fille s'assirent sur la véranda et entendirent au loin la musique et le brouhaha des invités. Il y eut même un feu d'artifice, en l'honneur des fiançailles de l'une des filles des Schuyler. Le cœur serré, Consuelo songea à l'avenir d'Annabelle.

A leur grande surprise, Josiah passa les voir pour leur apporter à chacune un morceau de gâteau. Il rentrait chez lui, après la réception, mais il avait eu cette attention délicate qui les toucha énormément. Après avoir bu un verre de limonade en leur compagnie, il leur dit qu'il devait les quitter, car quelqu'un l'attendait chez lui. Comme elles le remerciaient, il promit de revenir bientôt. Sa gentillesse touchait Annabelle. Elle n'était pas attirée par lui et le considérait, d'une certaine façon, comme un frère. Elle aimait bavarder avec lui et il se moquait gentiment d'elle, comme Robert autrefois... Robert qui lui manquait tellement !

— Je me demande pourquoi il n'a pas emmené cette personne à la soirée, remarqua Consuelo après son départ.

— Il ne peut peut-être pas la montrer, plaisanta Annabelle. Peut-être s'agit-il d'une femme de mauvaise vie.

Josiah était si correct, si bien élevé qu'une telle éventualité semblait tout à fait improbable.

— Tu as une imagination débordante, gronda Consuelo.

Un instant plus tard, elles rentrèrent tout en continuant de parler de Josiah, qui avait été si gentil de leur apporter ces parts de gâteau. C'était d'ailleurs la première fois qu'Annabelle avait regretté de ne pouvoir se rendre à une réception. Tous ses amis s'y trouvaient et cette soirée qui s'était terminée par un feu d'artifice semblait avoir été une véritable fête. Pour Annabelle, la saison allait être bien calme, malgré Josiah et Hortense, qui lui rendaient de fréquentes visites.

Celui-ci revint le lendemain et Consuelo l'invita à pique-niquer avec Annabelle et Hortense. Il semblait parfaitement à l'aise avec les deux jeunes filles, même si Hortense gloussait souvent et faisait parfois des réflexions un peu sottes. Il leur avait d'ailleurs révélé qu'il avait une demi-sœur de leur âge, née du second mariage de son père, après son veuvage. Annabelle ne parvenait pas à s'imaginer qu'Hortense serait mariée dans quatre mois, tant elle était encore enfant. Mais elle était follement amoureuse de James et, lorsqu'elle était seule avec

Annabelle, elle faisait des allusions osées à sa nuit de noces et à sa lune de miel. Cependant, elle s'abstenait de ce genre de réflexions devant Josiah. Ce dernier leur apprit que sa sœur, qui s'était mariée en avril, attendait un bébé. Il paraissait parfaitement au courant de ce qui pouvait préoccuper ou intéresser des jeunes filles, si bien qu'elles adoraient bavarder avec lui.

Il leur parla de son invité, un camarade d'Harvard qui lui rendait visite chaque été, et le décrivit comme quelqu'un de plutôt sérieux, qui appréciait peu la vie mondaine et les réceptions.

Josiah resta tout l'après-midi et lorsque Hortense partit, il revint vers la maison avec Annabelle. Consuelo bavardait avec une amie sur la véranda. A Newport, la vie était plus facile pour elles. Elles recevaient de nombreuses visites et avaient ainsi le sentiment d'être au cœur d'une vie tourbillonnante. C'était particulièrement agréable pour Annabelle, qui redoutait leur retour à New York. Elle avait parlé de son travail à l'hôpital à Josiah, qui s'était un peu moqué d'elle à ce sujet.

— J'imagine que vous serez infirmière, plus tard.

Il savait parfaitement que c'était impossible. Travailler était impensable pour les jeunes filles de bonne famille, le bénévolat était la seule opportunité qui leur était offerte. Cependant, Annabelle lisait beaucoup d'articles médicaux. C'était sa passion secrète.

— En fait, avoua-t-elle avec sincérité, je voudrais être médecin.

Il lui semblait qu'elle pouvait tout lui dire, sans crainte d'être raillée. Au fil des mois, il était devenu un véritable ami. Mais cette fois, elle le surprit. La jeune fille était bien plus profonde qu'il ne l'avait cru. A son expression, il voyait qu'elle pensait vraiment ce qu'elle disait.

— Vous m'impressionnez, lui avoua-t-il gravement. Vous en avez vraiment l'intention ?

— Maman ne m'y autorisera jamais, mais c'est ce que je ferais si je le pouvais. J'emprunte souvent des livres de médecine, à la bibliothèque. Je ne comprends pas tout, mais j'apprends des choses très intéressantes. Je trouve cela fascinant. Aujourd'hui, il y a beaucoup plus de femmes médecins qu'autrefois.

Depuis quelques années, les femmes étaient en effet autorisées à faire des études de médecine. Pourtant Josiah ne pouvait imaginer qu'Annabelle réaliserait un jour son rêve. Et elle avait raison de penser que sa mère en ferait une attaque. Elle voulait pour sa fille une vie plus traditionnelle, avec un mari et des enfants.

— Etre médecin ne m'a jamais tenté, confessa-t-il. Quand j'avais dix ou douze ans, je voulais travailler dans un cirque.

Trouvant cela très drôle, Annabelle éclata de rire.

— J'adorais les animaux, poursuivit-il. Et j'aurais aussi voulu être magicien, pour faire disparaître mes devoirs. Je n'étais pas un très bon élève.

— J'ai du mal à vous croire. Vous êtes tout de même allé à Harvard, dit-elle, riant toujours. Mais vous vous seriez bien amusé, dans un cirque. Pourquoi ne l'avez-vous pas fait ?

— Il se trouve que votre père m'a offert un poste. Mais j'ai surtout manqué de courage. Je n'ai jamais eu d'ambition telle que la vôtre. Et puis, toutes ces années d'études... Je suis bien trop paresseux pour être médecin.

— Je ne vous crois pas, répondit gentiment Annabelle. En tout cas, moi, c'est mon rêve, ajouta-t-elle, les yeux brillants.

— Qui sait ? Peut-être aurez-vous un jour l'occasion de mettre en pratique tout ce que vous avez appris dans les livres et à l'hôpital.

Il admirait sincèrement son dévouement. Annabelle fit la moue.

— On ne me laisse pas faire grand-chose.

— Qu'aimeriez-vous faire ? demanda-t-il avec intérêt.

— Je suis très bonne couturière, tout le monde me le dit. J'aimerais recoudre quelqu'un, un jour. Je suis certaine d'en être capable.

D'abord légèrement choqué, il sourit largement.

— Je n'ai pas intérêt à me couper devant vous, sinon vous sortirez une aiguille et un nécessaire de couture de votre poche.

— J'adorerais cela, rétorqua-t-elle du tac au tac.

— Quelqu'un va devoir vous tenir occupée, mademoiselle Worthington, ou j'ai le sentiment que vous allez faire des bêtises.

— Si c'est dans le domaine de la médecine, cela me conviendra tout à fait. Vous rendez-vous compte que si nous n'étions pas ce que nous sommes, je pourrais faire des études de médecine et vivre à ma fantaisie ? Vous ne trouvez pas cela contrariant ?

Emu par sa grâce juvénile, Josiah l'embrassa sans réfléchir, comme il aurait embrassé sa jeune sœur.

— D'un autre côté, répliqua-t-il, si vous n'étiez pas ce que vous êtes, vous ne pourriez pas vous offrir de telles études.

— C'est vrai, reconnut Annabelle. Mais rien ne s'y opposerait si j'étais un homme. Si Robert avait voulu faire des études de médecine, mes parents le lui auraient permis. Je trouve la condition féminine nettement moins favorisée. Vous pouvez faire tout un tas de choses qui nous sont interdites. C'est vraiment très ennuyeux, conclut-elle en donnant un coup de pied dans un caillou.

De nouveau, Josiah ne put s'empêcher de rire.

— Ne me dites pas que vous faites partie de ces femmes qui luttent pour obtenir l'égalité des droits entre les sexes !

Cela l'aurait surpris, car ce n'était pas le genre d'Annabelle.

— Non, répondit-elle. Ma condition me convient parfaitement, mais je voudrais seulement pouvoir être médecin.

— Eh bien… J'aimerais assez être roi d'Angleterre, mais cela n'arrivera pas non plus. Vous devez accepter que certaines choses soient hors de notre portée, Annabelle. Telle qu'elle est, votre vie est agréable.

— Je n'en disconviens pas. Et puis, j'adore ma mère et je n'entreprendrai jamais rien qui puisse la bouleverser. Si je lui faisais part de mes désirs, elle serait très contrariée.

— Je le crois, en effet.

— Elle a tellement souffert, cette année ! Tout ce que je désire, c'est la rendre heureuse.

— C'est ce que vous faites, la rassura-t-il. Vous êtes merveilleuse pour elle. Et vous êtes absolument adorable.

C'est alors que, surgie de nulle part, Hortense apparut et vint s'asseoir auprès d'eux. Elle venait chercher Annabelle pour aller nager.

— C'est faux ! s'écria-t-elle. Annabelle n'a rien d'adorable. Un jour, elle a disséqué une grenouille. Elle avait lu comment faire dans un livre. C'est la chose la plus répugnante que j'aie jamais vue.

Ils se mirent à rire tous les trois. Josiah, qui commençait à connaître Annabelle, se tourna vers elle.

— Je suppose que c'est vrai ? lui demanda-t-il.

— Tout à fait, affirma fièrement la jeune fille. J'ai suivi scrupuleusement les instructions. C'était extrêmement intéressant ! En fait, j'aimerais pouvoir disséquer un être humain. Un corps, vous comprenez, comme à l'école de médecine.

— Mon Dieu ! s'écria Hortense, complètement dégoûtée.

Pour sa part, Josiah était mi-choqué, mi-amusé.

— Vous feriez mieux d'aller nager, toutes les deux, leur dit-il. Allez, filez !

Après leur départ, il alla faire ses adieux à Consuelo, qui se trouvait sur la véranda.

— De quoi parliez-vous, tous les trois ? s'enquit-elle avec intérêt.

— Oh ! Des sujets habituels... Réceptions, débuts dans le monde, fiançailles, mariages...

Si Consuelo avait su que sa fille voulait disséquer des cadavres, elle se serait évanouie. Il en riait encore en regagnant sa villa. Il trouvait qu'Annabelle était

41

une jeune fille fort intéressante, qui n'avait pas grand-chose en commun avec les filles de son âge.

Lorsqu'il rentra chez lui, son camarade d'université revenait d'un déjeuner. Dès qu'il vit Josiah, il lui adressa un signe de la main. Henry Orson était l'un de ses plus anciens amis et tous deux aimaient se retrouver ensemble en été. Ils s'étaient connus durant leurs études et Henry était un homme bien, respecté de tous.

— Comment s'est passé ce déjeuner ? lui demanda Josiah.

Tous deux étaient très séduisants et auraient pu avoir toutes les femmes qu'ils voulaient. Mais ils étaient sérieux et jamais ils ne manquaient aux convenances ou n'abusaient de la crédulité d'une femme. Deux ans auparavant, Henry avait été fiancé et avait beaucoup souffert quand sa fiancée était tombée amoureuse d'un garçon de son âge. Depuis, il ne s'était engagé avec personne. Tout comme Josiah, il était un beau parti et toutes les mères de Newport s'intéressaient à lui.

— Je me suis ennuyé, avoua franchement Henry. Et toi ?

De façon générale, les mondanités assommaient Henry. Il préférait discuter affaires plutôt que flirter.

— J'ai pique-niqué avec une jeune personne qui voudrait disséquer un cadavre, rétorqua Josiah avec une petite grimace amusée.

Henry éclata de rire.

— Jésus ! s'écria-t-il en prenant un air effrayé. Elle me semble dangereuse, tu ferais mieux de l'éviter.

— Ne t'inquiète pas, répondit Josiah en riant. C'est ce que je vais faire.

Les deux hommes passèrent la soirée à jouer aux cartes tout en discutant finances, la passion de Henry. Ce sujet le rendait ennuyeux aux yeux des femmes. En revanche, les hommes l'appréciaient. Josiah aimait discuter avec lui et, plusieurs années auparavant, il lui avait obtenu un poste dans la banque d'Arthur. Henry était très estimé de ses collègues et supérieurs. Bien que plus sauvage que son ami, il avait très bien réussi. Il n'avait jamais rencontré Consuelo et Annabelle, mais Josiah promit de les lui présenter pendant son séjour à Newport.

— Pas si elle a l'intention de me couper en ron-delles, déclara Henry d'une voix lugubre.

Sur ces mots, il abattit son jeu et remporta la partie.

— Chapeau ! s'écria Josiah en ramassant les cartes. Ne t'inquiète pas, ajouta-t-il avec un sourire. Ce n'est qu'une gamine.

4

Tout comme Hortense, James et d'autres, Josiah rendit de fréquentes visites aux Worthington durant les mois de juillet et d'août. Comme promis, il leur présenta Henry, qui apprit plusieurs nouveaux jeux de cartes à Annabelle. Celle-ci en fut ravie et réussit même à le battre à plusieurs reprises. Bien qu'à l'écart du tourbillon mondain, Annabelle ne se sentait pas isolée, grâce à ses amis qui venaient la voir. Elle l'était en tout cas beaucoup moins qu'à New York. Ici, la vie paraissait presque normale.

A la fin du mois d'août, lorsqu'elle quitta Newport, Annabelle semblait reposée, bronzée et heureuse. Sa mère allait mieux, elle aussi. Après le printemps tragique qu'elles avaient vécu, l'été avait été paisible et sans soucis.

De retour à New York, Annabelle accompagna de nouveau sa mère à l'hôpital Saint-Vincent. De surcroît, un jour par semaine, elle allait travailler au New York Hospital, dans le service des estropiés et des invalides. Le personnel y effectuait un travail fabuleux, qui la fascinait. Elle en parla à Josiah, lorsqu'il lui rendit visite pour prendre le thé.

— Vous n'avez pas encore exercé vos talents sur un cadavre ? lui demanda-t-il d'un air faussement compatissant.

Elle se mit à rire.

— Non. Je me contente de servir les repas et d'apporter des carafes d'eau aux patients, mais l'une des infirmières m'a dit qu'un jour je pourrais assister à une intervention chirurgicale.

— Vous êtes vraiment une jeune fille peu banale.

A la fin du mois, Consuelo eut enfin le courage de trier les affaires de son mari et de son fils. Les deux femmes en jetèrent une partie et donnèrent la plupart des vêtements. En revanche, elles laissèrent le bureau d'Arthur et la chambre de Robert en l'état. Ni l'une ni l'autre n'avaient le cœur d'y toucher et elles n'avaient, de toute façon, aucune raison de le faire.

En septembre, elles virent beaucoup moins Josiah que pendant l'été. Il était très occupé à la banque et elles devaient régler la succession. Bien qu'Arthur n'eût évidemment pas envisagé de disparaître, ses affaires étaient parfaitement en ordre. Il laissait à son épouse et à sa fille de quoi vivre largement jusqu'à la fin de leurs vies. Un jour, les enfants d'Annabelle auraient même un héritage confortable, bien qu'actuellement ce fût le cadet de ses soucis.

La jeune fille ne vit pas non plus très souvent Hortense. Son amie était plongée dans les préparatifs de son mariage, qui devait avoir lieu six semaines plus tard. Elle avait des essayages, son trousseau à commander et des meubles à acheter pour la maison que son père leur offrait, à James et à elle. Les deux jeunes gens comptaient passer leur lune de miel en Europe et ils ne seraient pas de retour avant Noël. Annabelle était certaine qu'Hortense allait lui manquer. Par expérience, elle savait que lorsqu'une de ses amies se mariait, leur relation n'était plus tout à fait la même.

Josiah revint au début du mois d'octobre. Annabelle était à l'hôpital et Consuelo profitait d'un bel après-midi ensoleillé pour prendre une tasse de thé dans le jardin. Elle fut à la fois surprise et heureuse de le voir, car elle l'appréciait beaucoup.

— Nous ne vous avons pas vu depuis des siècles, Josiah ! dit-elle en se levant. Comment allez-vous ?

— Très bien, répondit-il en souriant. J'ai passé ces dernières semaines à Boston, pour aider ma famille à régler quelques affaires. Qu'avez-vous fait de beau, Annabelle et vous ?

— Annabelle a beaucoup travaillé à l'hôpital, mais au moins cette activité la tient-elle occupée. Elle n'a pas grand-chose d'autre à faire, ici.

Leur période de deuil devait durer encore six mois. Bien qu'Annabelle ne se plaignît jamais, Consuelo savait que cet isolement lui était pénible. Depuis la mort d'Arthur et de Robert, elle n'était plus sortie avec ses amis. Pour une jeune fille de son âge, c'était dur. Elle aurait eu besoin de se distraire, mais elle ne pouvait rien y faire.

— Le temps doit vous paraître long, à toutes les deux, constata Josiah.

Il s'assit auprès d'elle, mais refusa une tasse de thé.

— En ce qui me concerne, ce n'est pas très grave, confia Consuelo, mais je me fais du souci pour Annabelle. Elle aura presque vingt ans lorsqu'elle retournera dans le monde. C'est vraiment injuste !

Mais ce qui était arrivé à Consuelo l'était aussi.

— Tout ira bien pour elle, la rassura Josiah. Annabelle est le genre de personne qui sait tirer le meilleur de n'importe quelle situation. Elle ne s'est jamais plainte auprès de moi de ne pas pouvoir sortir.

Consuelo acquiesça.

— Elle est adorable ! Elle va être déçue de vous avoir manqué, aujourd'hui. Le lundi après-midi, elle se rend toujours au New York Hospital.

L'air pensif, Josiah hocha la tête, puis il fixa Consuelo avec une intensité surprenante.

— En réalité, ce n'est pas Annabelle que je suis venu voir, mais vous. Je voulais discuter avec vous en privé d'une certaine proposition.

Il avait adopté le ton d'un homme d'affaires, comme s'il était investi d'une mission par la banque.

— Il s'agit de la succession ? Vous ne pourriez pas voir cela avec les hommes de loi, Josiah ? Vous connaissez mon incompétence en la matière. Arthur s'occupait de tout.

— Ne vous inquiétez pas, il n'y a pas de problème de ce côté-là. La banque est en relation avec vos avocats et tout est en ordre. Ma démarche est plus privée et peut-être prématurée, mais je souhaitais en parler seul à seul avec vous.

Consuelo ne voyait pas de quoi il pouvait vouloir lui parler hors de la présence d'Annabelle. L'espace de quelques instants, elle craignit que sa fille n'ait eu raison, quelques mois auparavant, en prétendant qu'il lui faisait la cour. Elle espérait que non. Elle appréciait énormément Josiah, mais s'il éprouvait pour elle un sentiment autre qu'amical, elle allait devoir l'éconduire. Il ne faisait pas battre son cœur. En ce qui la concernait, ce chapitre de sa vie était clos.

— Je voulais vous parler d'Annabelle, annonça-t-il clairement pour qu'il n'y eût pas de confusion.

Il avait bien conscience d'être plus proche de Consuelo par l'âge que d'Annabelle, mais il n'éprouvait pour elle que respect, admiration et amitié. Depuis la mort d'Arthur, les deux femmes s'étaient montrées très accueillantes envers lui et il s'était énormément plu en leur compagnie.

— Je sais que la période de deuil dure encore six mois, continua-t-il, et que vous vous faites du souci pour elle. Il est vraiment regrettable qu'elle ait perdu une année entière, depuis ses débuts dans le monde, avec toutes les occasions qui auraient pu se présenter. J'ai d'abord pensé que je ne vous dirais rien de mes sentiments. Annabelle est encore extrêmement jeune et je croyais sincèrement qu'elle serait plus heureuse avec un garçon de sa génération. Pour être honnête, aujourd'hui je ne le pense plus. Votre fille est exceptionnelle à bien des égards. Elle est intelligente, avide d'apprendre et bien plus mûre qu'on ne l'est à son âge. Quand la période de deuil sera terminée, avec votre autorisation, je souhaiterais lui demander de m'épouser, et voir sa réaction. Si nous restons discrets, vous et moi, elle disposera ainsi de six mois pour s'habituer à moi. Ne sachant pas ce que vous en penseriez, j'ai voulu avoir d'abord votre permission.

Consuelo le fixait en silence. Josiah était la réponse à toutes ses prières, un rêve qui devenait réalité. Elle s'inquiétait énormément à l'idée qu'Annabelle allait passer à côté de la vie et, pire encore, finir vieille fille.

Josiah incarnait le gendre parfait aux yeux de Consuelo. Il venait d'une excellente famille, était bien élevé, d'une exquise politesse, beau et charmant. En outre, il occupait un poste important dans la banque d'Arthur. Durant l'été, elle avait pu constater qu'Annabelle et lui étaient devenus de bons amis. Aux yeux de Consuelo, l'amitié constituait une bien meilleure base pour le mariage qu'une amourette de jeune fille, qui, de toute façon, ne durerait pas. C'était ainsi que tout avait commencé, entre Arthur et elle. Etant un proche de sa famille, il avait demandé à son père l'autorisation de la courtiser. Ils avaient toujours été amis, autant que mari et femme. Tout comme Josiah, elle pensait qu'Annabelle s'entendrait bien avec un homme plus âgé et plus mûr qu'elle... Bref, elle n'aurait pas rêvé d'un meilleur mariage pour sa fille.

— J'espère que vous n'êtes pas choquée ou fâchée ? lui demanda-t-il prudemment.

Se penchant vers lui, elle le serra dans ses bras d'une façon toute maternelle.

— Bien sûr que non ! Comment le pourrais-je ? Je pense qu'Annabelle et vous êtes merveilleusement assortis.

Finalement, cette année de deuil n'était pas une perte de temps, puisqu'elle leur permettait de mieux se connaître. Et comme il n'y avait ni bals ni réceptions, elle n'avait pas à craindre la concurrence de jeunes gens stupides, susceptibles de faire tourner la tête d'Annabelle. Josiah avait une bonne situation, il était solide et il ferait un excellent mari.

Annabelle aimait le voir, en fait elle l'appréciait même beaucoup.

— Vous pensez qu'elle soupçonne vos intentions ?

Elle ignorait s'il l'avait courtisée, embrassée ou s'il lui avait laissé entendre ce qu'il avait en tête. Annabelle ne lui avait fait aucune confidence, ce qui laissait supposer qu'elle ignorait tout.

— Je ne lui ai rien dit, répondit-il franchement. Je ne l'aurais pas fait sans votre autorisation, bien que j'y aie songé tout l'été. Mais j'estimais qu'il était trop tôt. Et malheureusement, j'ai été absent ces dernières semaines. A mon avis, Annabelle ne se doute de rien. Pour lui en parler, je voudrais attendre que votre année de deuil soit terminée. Peut-être pourrai-je aborder la question en mai.

A cette époque, elle aurait vingt ans et lui trente-neuf, presque un vieil homme... Il craignait que leur différence d'âge ne constitue un obstacle pour elle, mais il n'en était pas certain. Elle ne semblait pas amoureuse de lui, mais il avait le sentiment qu'ils étaient devenus bons amis. Tout comme Consuelo, il y voyait une excellente base pour le mariage. En ce qui le concernait, c'était une première. Jamais il n'avait jamais demandé une femme en mariage, et il espérait qu'il n'était pas trop tard. Récemment, il s'était dit qu'il aimerait avoir des enfants avec Annabelle, qui lui apparaissait comme la compagne idéale. Quant à Consuelo, elle était absolument ravie.

— Je n'aurais pas trouvé meilleur gendre si j'avais choisi moi-même, dit-elle.

Elle sonna le maître d'hôtel. Quand William arriva, elle lui demanda deux coupes de champagne.

Josiah parut un peu étonné. Il n'avait pas espéré que ce serait aussi facile.

— Je ne suis pas sûr que nous devions déjà célébrer l'événement, dit-il. Nous devons savoir ce qu'elle en pense. Elle trouvera peut-être que ce n'est pas une bonne idée.

— Je la crois plus raisonnable que cela. Elle vous apprécie, Josiah. Je suis certaine que vous vous entendrez très bien, tous les deux.

Le maître d'hôtel revint avec les coupes. Arthur avait constitué une très bonne cave et le millésime était excellent.

— Je le pense aussi, répondit-il, l'air heureux.

Il aurait voulu pouvoir en parler à Annabelle le jour même, mais si tôt après le décès d'Arthur et de Robert, cela n'aurait pas été convenable.

— J'espère qu'elle acceptera, conclut-il.

— Cela ne tient qu'à vous… Il vous reste six mois pour la conquérir.

— Sans qu'elle connaisse mes intentions…

— Vous pourriez peut-être faire une allusion de temps à autre, suggéra la future belle-mère.

Josiah ne put s'empêcher de rire.

— Elle est trop intelligente pour cela. Si je fais des sous-entendus, autant lui demander tout de suite sa main. Et je ne veux pas l'effrayer en me montrant trop pressé.

— A mon avis, elle ne sera pas aussi difficile à convaincre que vous semblez le croire.

Baignée par les rayons du soleil couchant, Consuelo rayonnait. Grâce à Josiah, cette journée d'octobre avait été parfaite. Elle regrettait seulement de ne pouvoir partager ce bonheur avec Arthur, mais elle était certaine qu'il aurait été ravi, lui aussi.

Tout à leur projet, ils bavardaient encore quand Annabelle rentra de l'hôpital, portant encore son tablier souillé de sang.

Sa mère fit la grimace.

— Retire-moi cela tout de suite et va te laver les mains. Pour l'amour du ciel, Annabelle, tu apportes des microbes dans la maison ! s'exclama-t-elle en la chassant d'un geste de la main.

Annabelle revint dix minutes plus tard, sans son tablier et vêtue de sa sévère robe noire. Elle ressemblait à une jeune religieuse, mais malgré l'austérité de sa tenue, son visage s'illumina à la vue de Josiah. Elle paraissait de très bonne humeur.

— La journée s'est très bien passée, commença-t-elle.

Elle s'interrompit à la vue des coupes de champagne. Très observatrice, elle ne manquait jamais un détail.

— Qu'est-ce que vous fêtez, tous les deux ?

— Josiah vient de m'annoncer qu'il a obtenu une promotion à la banque, répondit Consuelo. On lui a donné de nouveaux comptes à gérer et j'ai pensé que nous devions célébrer l'événement. Souhaites-tu te joindre à nous ?

Annabelle acquiesça d'un signe de tête. Elle adorait le champagne et elle alla chercher elle-même une coupe à l'office. Elle félicita ensuite Josiah pour sa promotion, bien qu'elle n'eût jamais pensé que la profession de banquier fût très excitante. Elle trouvait les sciences bien plus intéressantes, et s'ennuyait chaque fois que son père et son frère parlaient de finances.

— Qu'avez-vous fait à l'hôpital, aujourd'hui ? lui demanda-t-il gentiment.

Soudain, il avait le sentiment qu'elle était déjà son épouse. Il éprouvait pour elle une tendre affection qu'il ne pouvait cependant pas lui montrer.

— Des tas de choses passionnantes, répondit-elle en lui souriant.

Elle but une gorgée de champagne, ignorant qu'elle était en train de fêter ses propres fiançailles. Unis par leur complicité, Consuelo et Josiah lui sourirent aussi.

— On m'a permis de regarder, pendant que le chirurgien recousait une vilaine plaie.

— Si tu m'en parles, je vais être malade, l'avertit sa mère.

Annabelle accepta de changer de sujet.

— Il faudra bien que tu cesses cette activité un de ces jours, déclara Consuelo. Lorsque tu te marieras et auras des enfants, tu ne pourras plus traîner dans les hôpitaux ou assister à des interventions chirurgicales.

— Tu le fais bien, rétorqua sa fille.

— Certainement pas ! J'apporte des plateaux aux patients, dans un hôpital bien plus convenable. D'ailleurs, je n'avais pas le temps d'y aller quand tu étais petite. C'est ce qui t'arrivera plus tard.

— Je ne vois pas pourquoi je devrais m'arrêter si j'étais mariée ! protesta Annabelle. De nombreuses femmes mariées travaillent à l'hôpital. D'ailleurs, je ne me marierai peut-être jamais.

— Cesse de dire cela ! contra sa mère en fronçant les sourcils.

Elle se tourna alors vers Josiah. Elle avait hâte qu'ils soient mariés et aient des enfants. Annabelle ferait une excellente mère et serait aussi une très bonne épouse pour Josiah.

Ils parlèrent ensuite des noces d'Hortense, qui devaient avoir lieu dans quelques semaines. Quand Josiah annonça qu'il comptait y assister, Annabelle répondit que pour sa part, c'était impossible.

Consuelo fit alors une remarque surprenante :

— Je ne vois pas pourquoi tu n'irais pas à l'église. Rien ne nous l'interdit et, d'ailleurs, je pense que nous devrions nous y rendre plus souvent. Ensuite, tu rentreras à la maison, au lieu de suivre les autres à la réception, mais au moins tu auras assisté au mariage de ta meilleure amie.

Et quand Annabelle épouserait Josiah, songea Consuelo, Hortense serait certainement sa demoiselle d'honneur.

— Je serai ravi de vous y conduire toutes les deux, proposa Josiah.

Il se tourna vers sa future femme, qui ignorait tout de ce qui se tramait. Ce serait sa première occasion de sortir dans le monde avec elle et cette idée l'enchantait.

Consuelo, qui ne se sentait pas encore prête, rectifia doucement :

— Je ne crois pas que j'irai. Mais ce serait très gentil de votre part, si vous acceptiez d'accompagner Annabelle.

— Vous voulez bien ? demanda-t-il à la jeune fille.

Elle hocha la tête, un large sourire aux lèvres.

— J'en serai ravie.

Toutes ses amies y seraient. Hortense aurait souhaité qu'elle fût sa demoiselle d'honneur, mais cela n'était pas possible. Au moins pourrait-elle assister à la cérémonie. Et ce serait agréable d'y aller en compagnie de Josiah. D'une certaine façon, il remplaçait Robert. Son frère l'avait souvent accompagnée à des réceptions. De plus, le mariage d'Hortense allait être grandiose. Huit cents personnes avaient été invitées.

— Il va falloir qu'on te trouve une tenue, dit sa mère pensivement.

Bien sûr, Annabelle ne possédait aucune robe sombre convenant à une occasion aussi solennelle.

La jeune fille frappa dans ses mains comme une enfant.

— Quelle bonne idée !

Souriante, sa mère la couva d'un regard affectueux. Depuis que Josiah lui avait parlé de ses intentions, elle était immensément soulagée.

— A partir de maintenant, tout sera plus gai.

Annabelle se jeta au cou de Josiah et l'embrassa. Il en parut particulièrement ravi.

— Merci de m'accompagner, lui dit-elle.

— On doit tous faire des sacrifices, dans la vie, plaisanta-t-il. Je surmonterai cette épreuve.

Avec un peu de chance, les six prochains mois allaient vite passer. Ensuite, ils se marieraient à leur tour. Consuelo eut la même pensée, et Josiah et elle échangèrent un regard entendu par-dessus la tête d'Annabelle, puis ils se sourirent. La jeune fille l'ignorait encore, mais son avenir était assuré. C'était ce que sa mère avait toujours souhaité pour elle.

5

Lorsqu'elle se prépara pour le mariage de son amie, Annabelle était presque aussi excitée qu'Hortense. Sa mère avait fait venir sa couturière, qui lui avait confectionné en un rien de temps une belle robe en taffetas noir. Le corsage et le bas de la jupe étaient bordés de velours noir. Elle portait une veste assortie, ainsi qu'un chapeau garni de zibeline, ce qui le rendait moins austère et éclairait son visage. Ainsi vêtue, Annabelle ressemblait à une princesse russe. Enfreignant les règles de la bienséance, qui voulaient que l'on ne portât pas de bijoux pendant la période de deuil, sa mère lui avait prêté des boucles d'oreilles en diamant. Quand Josiah passa la chercher, il la trouva absolument exquise. Lui-même était très élégant, en habit noir et nœud papillon blanc, et haut-de-forme. Ils formaient un très beau couple et Consuelo les regarda partir les larmes aux yeux. Elle aurait voulu qu'Arthur fût là pour les voir. Mais, s'il avait été là, rien de tout cela ne serait peut-être arrivé. Si Josiah avait commencé à leur rendre visite, c'était pour leur manifester sa sympathie après leur deuil. Parfois, les chemins de la destinée étaient étranges...

Consuelo avait insisté pour leur prêter la voiture. Ils se rendirent donc à l'église dans l'Hispano-Suiza qui faisait l'orgueil d'Arthur et n'était utilisée que dans les occasions exceptionnelles. Aux yeux de Consuelo, l'événement revêtait en effet une importance considérable. C'était la première fois que son futur gendre serait vu en public avec sa fille unique. Que pouvait-il y avoir de plus exceptionnel, en dehors de leur mariage ?

Après leur départ, elle monta dans sa chambre, plongée dans ses pensées. Elle se rappelait la première fois qu'elle était sortie avec Arthur, après qu'il avait demandé sa main à son père. C'était lors d'un bal donné en l'honneur de l'une de ses amies, qui faisait ses débuts dans le monde. A cette époque, Consuelo avait un an de moins qu'Annabelle aujourd'hui.

La voiture les conduisit à l'église Saint-Thomas, sur la Cinquième Avenue. Le chauffeur ouvrit d'abord la portière de Josiah, qui aida ensuite Annabelle à sortir. Ses cheveux blonds étaient tirés en arrière, sous le chapeau en velours orné de zibeline. Son visage était dissimulé derrière une voilette. Aussi élégante qu'une Parisienne, elle semblait plus âgée, dans cette somptueuse robe noire. Josiah n'avait jamais été aussi fier.

— Vous savez, lui murmura-t-il légèrement, pour une fille qui récure les sols dans un hôpital et dissèque les cadavres, vous êtes très jolie, quand vous vous apprêtez.

Elle se mit à rire, ce qui la rendit encore plus ravissante. Ses boucles d'oreilles scintillaient derrière la voilette. Ainsi parée, elle semblait sophistiquée, sensuelle et romantique. Soudain, la femme qu'il allait épouser le surprenait. Il n'avait jamais vraiment pris conscience de sa beauté, parce qu'elle-même n'en faisait pas grand cas. Comme elle était en deuil, il ne l'avait jamais vue dans de jolies robes ou maquillée. Il l'avait aperçue à ses débuts, l'année précédente, mais elle ne lui avait pas paru aussi ravissante qu'elle l'était aujourd'hui. En un an, elle était devenue une femme.

Un huissier en habit les conduisit jusqu'à un banc, à l'avant, du côté réservé aux proches de la mariée. Ils étaient donc attendus, songea Josiah, qui remarqua qu'on les suivait des yeux avec admiration. En vérité, ils formaient un très beau couple, même si Annabelle n'en avait pas conscience. Elle était éblouie par l'extraordinaire quantité d'orchidées blanches commandées par la mère d'Hortense. Ayant vu la robe de son amie, Annabelle savait qu'avec sa ligne parfaite Hortense allait être resplendissante. Dotée d'un décolleté plongeant, la robe était en satin blanc, brodée de dentelle et pourvue d'une traîne incroyablement longue. Seize demoiselles d'honneur, vêtues de satin gris pâle, portaient des orchidées. C'était un mariage très chic. Hortense aurait un gros bouquet de muguet à la main.

Dès qu'ils furent assis, Annabelle regarda autour d'elle. Elle connaissait toutes les personnes qui se trouvaient devant et derrière eux, et Josiah les avait presque toutes rencontrées. La plupart leur souriaient tout en les saluant d'un geste de la main. Ils éveillaient visiblement la curiosité, songea Josiah, qui remarqua alors que Consuelo avait autorisé sa fille à mettre du rouge à lèvres. A ses yeux, Annabelle était la plus jolie femme dans l'église. Même la mariée, qui remontait l'allée centrale au son de la marche nuptiale de Wagner, n'avait pas son charme.

Tous les regards étaient fixés sur Hortense, dont le père semblait immensément fier. Annabelle songea alors que, lors de son propre mariage, il n'y aurait personne pour la conduire à l'autel. Ni son père ni son frère. A la vue des larmes qui lui montaient aux yeux, Josiah lui tapota gentiment le bras, devinant à quoi elle pensait. Il commençait à bien la connaître, au point de lire parfois en elle comme dans un livre. Bien qu'il ne fût entré dans sa vie que depuis peu, il était en train de tomber amoureux d'elle. Quand les mariés descendirent l'allée centrale, après la cérémonie, cette fois sur la musique de Mendelssohn, toute l'assistance rayonnait. Les seize demoiselles d'honneur et leurs seize cavaliers les suivaient solennellement. Il y avait aussi un petit garçon de cinq ans, qui avait porté les alliances, et une petite fille de trois ans en organdi blanc, serrant dans ses petites mains les pétales de roses qu'elle était censée jeter.

Annabelle et Josiah saluèrent leurs amis, parmi la foule qui se pressait sur le parvis de l'église. Ils passèrent devant la famille alignée, afin de féliciter les mariés et leurs parents. Finalement, une heure après la cérémonie, tout le monde quitta l'église pour se rendre à la réception. Sachant qu'elle serait fabuleuse, Annabelle aurait bien voulu se joindre aux autres, mais c'était hors de question. Josiah la raccompagna chez elle dans la voiture et entra avec elle dans la maison. Annabelle le remercia d'avoir accepté d'être son cavalier.

— J'ai passé un merveilleux moment, lui dit-elle avec ravissement.

Elle avait été heureuse de revoir ses amis. Elle avait même rencontré ceux de Josiah, qui étaient bien sûr plus âgés qu'elle, mais qui semblaient très sympathiques.

— Moi aussi, répondit-il franchement.

Il avait été très fier d'être vu en sa compagnie.

— Vous devriez vous dépêcher si vous ne voulez pas arriver en retard à la réception.

Otant son chapeau, elle déposa un baiser sur sa joue et le poussa vers la porte. Sans sa voilette, elle était encore plus ravissante, avec ses diamants qui scintillaient à ses oreilles.

— Je ne suis pas pressé, assura-t-il avec décontraction. J'ai refusé l'invitation.

Annabelle le fixa avec stupéfaction.

— Mais pourquoi ? C'est le mariage de l'année !

Elle ne comprenait pas que Josiah manquât une réception que les parents d'Hortense avaient voulue somptueuse. La raison pour laquelle il refusait de s'y rendre lui échappait totalement.

Josiah se mit à rire.

— J'ai assisté à pas mal de mariages, cette année et les années précédentes. Il y en aura d'autres. Pourquoi irais-je à cette réception, si vous ne pouvez pas y aller ? Cela me semblerait injuste. J'ai apprécié le service religieux et nous avons rencontré beaucoup de gens. Je vous assure que les occasions de sortie ne manquent pas. Maintenant, pourquoi ne descendrions-nous pas à la cuisine manger quelque chose ? Je prépare de délicieux sandwichs, ainsi que des omelettes succulentes.

Ni l'un ni l'autre n'avaient dîné. Le personnel était parti pour la nuit et Consuelo était dans sa chambre, probablement endormie.

— Vous êtes sérieux ? Vous ne pensez pas que vous devriez rejoindre les autres ? demanda Annabelle, se sentant coupable à l'idée qu'elle l'empêchait de se divertir.

— Ce serait plutôt bizarre, si je me présentais là-bas après avoir annoncé que je ne viendrais pas, répliqua Josiah en riant. On penserait que je n'ai pas tous mes esprits. Voyons plutôt ce qu'il y a dans la glacière, pour que je vous éblouisse par mes talents culinaires.

— Dans cette tenue ?

Il était en habit et portait des boutons de manchette en nacre, ornés de diamants.

— Si cela vous choque, je peux retirer ma veste, proposa-t-il.

Sa chemise était blanche, tout comme le traditionnel nœud papillon en coton piqué. Sa tenue ainsi que les accessoires venaient de Paris. Il était extrêmement beau, aurait dit Consuelo, et parfaitement assorti à Annabelle.

— Cela ne me choque pas, mais dans ce cas, je vais retirer ma veste, moi aussi.

Joignant le geste à la parole, elle ôta sa jaquette de velours bordée de zibeline, révélant ainsi des épaules d'un blanc crémeux et une fort jolie poitrine qu'il admira discrètement.

— Votre robe est ravissante, affirma-t-il.

61

— Je suis contente qu'elle vous plaise, répondit-elle timidement.

Cette soirée lui donnait soudain l'impression d'être devenue adulte. Jusqu'alors, le seul événement du même genre auquel elle eût jamais assisté avait été le bal de ses débuts. Elle était très heureuse d'être allée à ce mariage avec Josiah.

Après l'avoir guidé jusqu'à la cuisine, elle alluma les lampes. Tout était parfaitement rangé et d'une propreté impeccable. Dans la glacière, ils trouvèrent des œufs, du beurre, des légumes cuits, la moitié d'une dinde et du jambon. Annabelle disposa le tout sur la table, puis elle alla chercher de la salade et des légumes frais dans le cellier.

Elle mit ensuite la table avec des couverts de cuisine, tandis que Josiah retirait sa veste pour s'occuper du dîner. Il découpa la dinde et le jambon en fines tranches, fit une salade et prépara une délicieuse omelette au fromage. Assis à la table de la cuisine, ils dégustèrent ce repas tout en parlant des gens qu'ils avaient rencontrés. Il lui livra quelques potins concernant certains d'entre eux et elle fit de même à propos de ses amies. Leur conversation fut enjouée et ils restèrent là bien après la fin du repas. Annabelle regrettait de ne pas avoir la clé de la cave à vin, mais Josiah se déclara ravi de boire du lait. Cette soirée était pour Annabelle la plus agréable qu'elle ait vécue depuis longtemps.

Comme ils parlaient des vacances, il lui confia qu'il devait passer Thanksgiving avec sa famille à Boston, mais qu'il comptait rester à New York pour Noël. Elle se dit qu'elle demanderait à sa mère si elles pouvaient l'inviter à partager le repas de Noël avec elles.

Elle avait du mal à croire qu'un an après son premier bal sa vie avait changé de façon aussi dramatique, et elle en fit part à Josiah.

— On ne sait jamais, dans la vie, lui dit-il. Il faut s'estimer heureux d'avoir ce que l'on a tant qu'on l'a. Le destin est imprévisible et, parfois, nous ignorons à quel point nous sommes favorisés, jusqu'à ce que les choses changent.

Elle hocha tristement la tête.

— Je sais, tout comme maman, combien nous avions de la chance. Pour ma part, je me suis toujours estimée privilégiée d'avoir les parents et le frère que j'avais. C'est juste que je n'arrive pas à croire qu'ils sont partis.

— Parfois, le sort chasse certaines personnes de notre vie, mais il en fait entrer d'autres, au moment où l'on s'y attend le moins. Dites-vous qu'à partir de maintenant, il vous sera favorable. Votre vie ne fait que commencer.

— Peut-être… Mais pour ma mère, c'est terminé. Je ne pense pas qu'elle se remette jamais de leur mort.

— Vous n'en savez rien, murmura Josiah. De bonnes choses peuvent lui arriver, à elle aussi.

— Je l'espère, répondit Annabelle.

Elle le remercia ensuite pour le repas et la soirée qu'elle avait passée en sa compagnie. Après qu'il l'eut aidée à débarrasser, elle tourna vers lui un visage souriant.

— Vous êtes un vrai cordon-bleu !

— Attendez d'avoir goûté mes soufflés. Pour Thanksgiving, c'est moi qui me charge de confectionner la farce, précisa-t-il fièrement.

Elle parut amusée. Dans sa famille, aucun homme n'avait jamais cuisiné, et elle n'était même pas certaine qu'ils savaient où se trouvait l'office.

— D'où vous viennent ces talents culinaires ?

— Quand vous restez célibataire aussi longtemps que moi, soit vous mourez de faim, soit vous vous décidez à apprendre, répliqua-t-il en riant. Sinon, vous mangez dehors tous les soirs, mais cela devient lassant, à la longue. La plupart du temps, je préfère rester à la maison et préparer moi-même mes repas.

— Je me sens bien à la maison, moi aussi, mais j'ignore tout de l'art de cuisiner.

— Vous n'en avez pas besoin, lui rappela-t-il.

Elle se tut, un peu honteuse d'avoir toujours été servie, mais il l'avait été aussi. Cependant, Josiah avait fait preuve d'une compétence et d'une organisation qui l'avaient impressionnée.

— Un de ces jours, je m'y mettrai peut-être.

— Je pourrai vous apprendre quelques astuces.

Le visage d'Annabelle s'éclaira. Cette idée lui plaisait, car elle passait toujours de bons moments avec lui.

— Pensez à la cuisine comme à une science, lui dit-il, cela vous aidera.

Elle éteignit les lumières en riant, puis il la suivit jusqu'à l'escalier. Après l'avoir gravi, ils franchirent deux portes avant de se retrouver dans le hall, sous le grand lustre. Josiah récupéra son haut-de-forme et ses gants, abandonnés sur une table. Il mit le premier sur sa tête et glissa ses gants dans sa poche.

Ainsi vêtu, il était plus élégant que jamais et personne n'aurait pu deviner qu'il venait de préparer le dîner.

— Vous êtes très fringant, monsieur le cuisinier. Merci pour cette bonne soirée.

— J'ai passé moi aussi un excellent moment en votre compagnie, affirma-t-il en déposant un chaste baiser sur la joue de la jeune fille.

Même s'il avait la bénédiction de Consuelo, il ne voulait pas la presser. Ils avaient de longs mois devant eux.

— A bientôt, lui dit-il. Je vous remercie de m'avoir accompagné à ce mariage, Annabelle. Ce genre d'événement peut être mortellement ennuyeux, sauf si l'on a quelqu'un avec qui s'amuser.

— C'est aussi mon avis. Mais j'ai surtout apprécié notre conversation dans la cuisine.

— Bonne nuit, Annabelle, lança-t-il en ouvrant la porte.

Après un dernier regard, elle la referma, prit sa jaquette laissée sur une chaise, enfonça comiquement son chapeau sur sa tête et se dirigea vers l'escalier. Un sourire aux lèvres, elle gagna sa chambre en bâillant. Elle avait passé une délicieuse soirée et était ravie d'avoir Josiah pour ami.

6

A la grande satisfaction de Consuelo, sa fille lui demanda d'inviter Josiah le soir de Noël. Ce n'était pas parce qu'elle en était amoureuse, mais Josiah avait été tellement gentil avec elles qu'elle avait envie de lui faire plaisir en retour. Comme le voulait la tradition, tous s'habillèrent comme pour un grand dîner. Annabelle et sa mère étaient en robe du soir et Josiah en queue-de-pie. Il portait une chemise amidonnée d'un blanc immaculé, ainsi que de très beaux boutons de manchette incrustés de perles et de diamants, qui lui venaient de son grand-père. Il leur avait apporté des cadeaux, ce qui les toucha.

Annabelle fut gênée en découvrant qu'il lui offrait un splendide bracelet en or de chez Tiffany. De son côté, elle lui avait acheté une écharpe en cachemire et, par jeu, un livre de cuisine, qu'il apprécia beaucoup. Consuelo reçut un châle noir en soie et le remercia vivement.

Tous trois passèrent une très agréable soirée. Après le dîner, ils prirent place devant la cheminée et admirèrent le sapin décoré par Annabelle et Consuelo. Josiah but un verre de brandy et les deux femmes de la liqueur. Noël était une période particulièrement difficile pour elles, cette année, et Josiah évita de parler des dernières nouvelles concernant le *Titanic* parues dans les journaux. Il savait que, quoi qu'il se fût passé, elles ne voudraient pas le savoir. Désormais, cela ne changeait rien pour elles.

Annabelle leur raconta qu'Hortense était rentrée de son voyage de noces et qu'elle était venue la voir dans l'après-midi pour lui annoncer qu'elle était enceinte. James et elle étaient ravis, mais cette perspective effrayait un peu la jeune femme. A peine mariée, elle allait déjà être mère à la fin du mois d'août. Hortense lui avait précisé que le bébé avait été conçu à Paris, en se mettant à glousser d'un air mystérieux, comme la petite fille qu'elle était encore, malgré son nouveau statut. Elle avait fait de multiples allusions à sa vie sexuelle, qu'Annabelle n'avait aucune envie d'entendre. Hortense trouvait que l'acte d'amour était fabuleux et que son mari était extrêmement doué, quoiqu'elle n'eût aucun point de comparaison. Jamais elle ne s'était autant amusée de sa vie, lui avait-elle affirmé. Annabelle ne rapporta pas cette conversation à sa mère et à Josiah, mais se contenta de leur dire qu'Hortense était enceinte et ravie de l'être. En l'écoutant, Consuelo se prit à espérer qu'il en irait de même pour Annabelle l'année suivante, s'ils étaient mariés, comme elle le souhaitait ardemment. Elle ne voyait pas l'utilité de longues fiançailles.

Au cours de la soirée, Josiah leur annonça que, pour le nouvel an, il irait faire du ski dans le Vermont avec Henry Orson. Il leur expliqua que, comme tous leurs amis étaient mariés et qu'ils étaient les seuls à être encore célibataires, ils en profitaient pour se retrouver lorsqu'ils avaient des loisirs. Faire du ski à Woodstock était une tradition et, cette année, Josiah s'en réjouissait, car la station avait créé une nouvelle piste. Josiah demanda à Annabelle si elle avait déjà skié ou marché avec des raquettes. Ce n'était pas le cas, reconnut-elle, mais elle serait ravie d'apprendre. Consuelo et Josiah échangèrent un rapide coup d'œil, et il lui promit de l'initier à ces sports. Il suggéra qu'il pourrait peut-être un jour les emmener toutes les deux dans le Vermont. Les yeux brillants de plaisir, Annabelle affirma que ce serait avec joie. Josiah lui indiqua qu'elle pourrait faire aussi de belles promenades en traîneau.

Il resta jusqu'après minuit. Après qu'il les eut remerciées pour les cadeaux et le délicieux repas, Consuelo s'éclipsa, laissant les deux jeunes gens se faire leurs adieux. A son tour, Annabelle se confondit en remerciements pour le ravissant bracelet qu'elle adorait et qu'elle portait déjà.

— Je suis heureux qu'il vous plaise, dit-il avec chaleur. Je sais que vous ne devez pas porter de bijoux pour l'instant et j'espère que votre mère ne m'en voudra pas.

Il n'avait pas voulu offenser Consuelo en faisant ce cadeau à Annabelle pendant leur période de deuil. Il souhaitait simplement lui offrir quelque chose dont elle pourrait profiter longtemps. Il ne fallait pas non plus que ce fût trop somptueux, car elle aurait pu deviner ce qu'il avait en tête. Il pensait que ce joli bracelet en or était discret et qu'il lui plairait.

— Amusez-vous bien au ski, lui dit-elle en le raccompagnant jusqu'à la porte.

Avec son manteau noir à la coupe impeccable, son écharpe en soie blanche et son chapeau, il lui parut extrêmement élégant. Elle-même, dans sa simple robe du soir noire, était fraîche et naturelle.

— Je vous appellerai dès mon retour, promit-il.

Ils s'embrassèrent sur la joue, puis se dirent au revoir.

Annabelle trouva sa mère dans la bibliothèque, en train de feuilleter un livre qu'elle avait déjà lu et qui appartenait à son père.

— Pourquoi es-tu venue ici ? s'enquit la jeune fille avec étonnement.

Sa mère n'était en effet pas très portée sur la lecture. Elle se tourna vers Annabelle avec un gentil sourire.

— J'ai pensé que Josiah et toi aimeriez être seuls pour vous dire au revoir.

Saisissant le sous-entendu, Annabelle parut contrariée.

— Josiah ? Ne dis pas de bêtises, maman, nous sommes seulement amis. Ne commence pas à te faire des idées à son propos, cela gâcherait tout. J'apprécie son amitié.

— Et s'il voulait davantage ? demanda Consuelo.

Sa fille fronça les sourcils.

— Ce n'est pas le cas, et moi non plus. La situation nous convient très bien telle qu'elle est. Ce n'est pas parce que Hortense est mariée et enceinte que je dois en faire autant. D'ailleurs, les sorties me sont interdites pendant les quatre prochains mois, aussi je ne risque pas de rencontrer quelqu'un. Et même si cela arrivait, il n'est pas certain qu'il me plairait et que j'aurais envie de l'épouser.

Elle entoura sa mère de ses bras en soupirant.

— Tu as envie de te débarrasser de moi, maman ?

— Bien sûr que non. Je veux juste que tu sois heureuse. Et rien ne fait davantage le bonheur d'une femme qu'un mari et un enfant. Demande à Hortense. Je suis sûre qu'elle a hâte de tenir son bébé contre elle.

— C'est vrai qu'elle semble heureuse, admit Annabelle avec un sourire timide. D'après ce qu'elle m'a raconté de son voyage de noces, elle s'est bien amusée.

En étant au lit, la plupart du temps, mais Annabelle ne le précisa pas. Elle-même n'avait aucune envie d'en savoir plus.

— Quand le bébé doit-il naître ?

— A la fin du mois d'août, je crois. Elle n'en est pas certaine. Elle pense qu'il a été conçu à Paris. James aussi est ravi. Il espère avoir un garçon.

— Comme tous les hommes, mais c'est de leur fille qu'ils sont amoureux. Dès qu'il t'a vue, ton père t'a adorée.

Ce souvenir fit naître un sourire sur leurs lèvres. Noël était pénible pour toutes les deux, mais la présence de Josiah les avait réconfortées. En sa compagnie, tout devenait plus facile et plus agréable.

Bras dessus, bras dessous, les deux femmes montèrent l'escalier et gagnèrent leurs chambres. Le lendemain, elles échangèrent leurs cadeaux : un magnifique manteau de fourrure pour Annabelle et des boucles d'oreilles en saphir de chez Cartier pour Consuelo. La jeune fille avait essayé de trouver pour sa mère le genre de présent, en un peu plus modeste, que son père lui aurait fait. Elle savait que rien ne pourrait compenser sa disparition, pourtant elle souhaitait que sa mère passe le meilleur Noël possible. Profondément touchée par cette attention et par la beauté du bijou, Consuelo mit immédiatement les boucles d'oreilles.

Elles descendirent ensemble dans la salle à manger, où Blanche leur servit un petit déjeuner plantureux. Le jardin disparaissait sous un manteau blanc, car il avait neigé pendant la nuit. Après avoir mangé, elles s'habillèrent et sortirent se promener dans le parc. La solitude leur pesait en ce jour de fête et l'absence d'Arthur et de Robert se faisait plus cruellement sentir.

Cependant, finalement, ce fut moins pénible qu'elles ne l'avaient craint. Ayant toutes les deux redouté cette journée, elles la meublèrent du mieux qu'elles le purent, jouant aux cartes après le déjeuner. Au moment du dîner, elles étaient fatiguées et avaient hâte d'aller se coucher. Elles avaient réussi à franchir ce cap difficile. En se déshabillant, ce soir-là, Annabelle pensa à Josiah. Elle se demanda si Henry et lui étaient bien arrivés dans le Vermont et s'ils s'amusaient. Elle se réjouit à l'idée de pouvoir skier un jour avec eux, comme Josiah l'avait proposé. Elle espéra que sa mère accepterait d'y aller.

Les jours suivants furent plus faciles à vivre. Annabelle vit plusieurs fois Hortense, qui ne parlait plus que de son futur bébé, tout comme elle ne parlait que de son mariage six mois auparavant. Dorénavant, c'était la seule chose qui l'intéressait.

Lorsqu'elle la vit, Consuelo la félicita. Pendant une demi-heure, Hortense n'arrêta pas de jacasser sur Paris, les vêtements qu'elle avait achetés là-bas et qu'elle ne pourrait bientôt plus porter. James et elle comptaient passer l'été à Newport, et l'idée que le bébé naisse pendant leur séjour ne l'ennuyait nullement. De toute façon, que ce fût à New York ou à Newport, elle accoucherait chez elle. Annabelle se sentait un peu exclue de cette conversation, qui se tenait essentiellement entre Hortense et Consuelo. Désormais, son amie était une femme mariée et une future mère, mais, ennuyeuse ou non, Annabelle l'aimait toujours. Hortense lui avait rapporté de Paris un ravissant gilet rose pâle, avec des boutons en perle.

— Je ne voulais pas t'en prendre un noir, s'excusa Hortense. C'est trop triste. De toute façon, tu pourras bientôt le porter. J'espère que j'ai eu raison.

— Je l'adore ! déclara Annabelle.

Elle était sincère. Le gilet avait un ravissant col en dentelle et sa couleur délicate rehaussait merveilleusement le teint et la blondeur d'Annabelle.

Cette semaine-là, les deux jeunes femmes déjeunèrent plusieurs fois ensemble à l'Astor Court et au St. Regis Hotel, comme de vraies dames. Hortense prenait son nouveau statut très au sérieux. Elle était fort élégante et arborait avec beaucoup d'allure les bijoux que James lui avait offerts. Annabelle avait mis son nouveau manteau de fourrure. Elle portait au poignet le bracelet de Josiah.

— Où l'as-tu trouvé ? lui demanda Hortense lorsqu'elle le remarqua. Il me plaît beaucoup.

— A moi aussi, répondit simplement Annabelle. C'est Josiah Millbank qui me l'a offert à Noël. J'ai trouvé cela très gentil de sa part. Il a offert un châle à maman.

— Vous formiez un couple superbe, tous les deux, le jour de mon mariage...

Soudain, les yeux d'Hortense brillèrent, comme si elle était frappée par une idée soudaine.

— Qu'est-ce que tu penses de lui ?

— Qu'est-ce que je pense de lui ? répéta Annabelle sans comprendre.

— Oui... Est-ce qu'il te conviendrait ? En tant que mari, je veux dire.

Annabelle éclata de rire.

— Ne sois pas bête, Hortense. Il a le double de mon âge. Je crois entendre maman. Elle me marierait avec le laitier, si elle le pouvait.

Cette perspective fit sourire Hortense.

— Il est mignon ?

— Non ! Il a environ cent ans et plus une seule dent.

— Sérieusement, pourquoi pas Josiah ? Tu dois lui plaire, puisqu'il ne cesse de tourner autour de toi.

— Nous sommes seulement amis et c'est bien ainsi. Ne va pas t'imaginer quoi que ce soit, cela gâcherait tout.

— C'est un bien joli bracelet, à offrir à une amie.

— Ce n'est qu'un cadeau, pas une demande en mariage. Il a dîné à la maison, le soir de Noël. C'était si triste, cette année !

— Je l'imagine, compatit Hortense, oubliant Josiah. Ce doit être bien dur pour toutes les deux.

Annabelle hocha la tête sans répondre, puis elles parlèrent d'autre chose, principalement de vêtements. Hortense se demandait ce qu'elle porterait lorsque son ventre s'arrondirait. Elle pensait aller chez la couturière de sa mère pour résoudre cette grave question. Elle confia à Annabelle que sa ceinture la serrait déjà et que son corset la mettait au supplice, lui avouant même que ses seins avaient doublé de volume.

— Tu vas peut-être avoir des jumeaux, suggéra Annabelle avec un sourire.

— Ce serait drôle, répliqua Hortense en riant, n'imaginant pas pour l'instant ce qu'impliquaient la grossesse et l'accouchement.

Deux semaines plus tard, les nausées commencèrent et elle fut nettement moins ravie. Elle ne quitta quasiment pas son lit pendant les deux mois qui suivirent tant elle se sentait mal. Et ce n'est qu'à la mi-mars que son état s'améliora. Durant toute cette période, Annabelle lui rendit régulièrement visite. N'ayant pu assister à aucune réception depuis Noël, Hortense n'était plus aussi contente d'attendre un bébé. De plus, étant la plupart du temps malade, elle ne trouvait plus cela drôle du tout. Désolée pour son amie, Annabelle lui apportait des fleurs, des livres et des magazines, faisant tout son possible pour lui remonter le moral. En avril, Hortense put enfin se lever. A cinq mois, sa grossesse était maintenant très visible. Sa mère était certaine qu'elle n'attendait pas des jumeaux, mais, comme elle était énorme, elle était persuadée que ce serait un garçon.

Hortense ne parlait plus que de cela. La plupart du temps, elle se plaignait, étendue sur son lit. Elle avait l'impression de ressembler à une baleine et James ne faisait presque plus l'amour avec elle, ce qui était vraiment contrariant. Il se divertissait presque tous les soirs avec des amis, promettant à son épouse qu'après l'accouchement, ils rattraperaient le temps perdu et sortiraient sans arrêt. Mais sa mère lui rappelait qu'elle devrait allaiter son enfant et que, même si elle ne le faisait pas, il lui faudrait s'occuper de lui. Le statut de mère n'était plus si enviable, finalement. Avec beaucoup de patience, Annabelle l'écoutait gémir et ronchonner.

Ce mois-là, Consuelo fit célébrer une messe à l'église de la Trinité pour l'anniversaire de la mort d'Arthur et de Robert. Elle invita ensuite chez elle tous les amis de Robert, ainsi que plusieurs cousins et cousines. Bien entendu, Josiah était là, ainsi que Henry Orson et tout le personnel de la banque.

Josiah venait toujours voir régulièrement Consuelo et Annabelle. Il était toujours serviable, agréable, souriant, racontant une plaisanterie ou offrant un petit cadeau. Il avait apporté à Annabelle toute une collection de livres de médecine qui lui avait fait un grand plaisir, ainsi que *L'Anatomie du corps humain,* de Henry Gray. En dehors d'Hortense, il était devenu son meilleur ami. En outre, il se révélait de bien meilleure compagnie, depuis que la jeune femme était enceinte et se plaignait sans arrêt. Annabelle passait de très bons moments avec lui. Depuis quelque temps, il l'invitait à dîner au restaurant. L'année de deuil était révolue et elle se réjouissait de se rendre à des réceptions avec lui. Depuis un an, elle n'était allée nulle part, à l'exception du mariage d'Hortense. A son âge, c'était très long.

Elle allait avoir vingt ans en mai. Deux semaines après la messe d'anniversaire, Josiah l'invita au Delmonico's, où Annabelle n'était jamais allée. Elle brûlait d'impatience, car la soirée s'annonçait très prometteuse. Pour l'occasion, elle acheta une nouvelle robe et sa mère la coiffa. Consuelo espérait que tout se déroulerait selon ses vœux, pour leur bien à tous les deux.

Josiah passa chercher Annabelle à 19 heures. Cette fois, il conduisait sa propre voiture. Lorsqu'il la vit, il sourit, plein d'admiration. Annabelle portait une robe en soie ivoire délicatement plissée qui dévoilait ses épaules et un châle en soie blanche. Le contraste était frappant avec le noir qu'elle portait depuis si longtemps et qu'elle était heureuse de pouvoir enfin quitter. Sa mère, en revanche, ne se sentait pas prête à abandonner le deuil et Annabelle craignait qu'elle ne le fût jamais.

Lorsqu'ils franchirent les portes du luxueux restaurant, on les conduisit à une table discrète, dans un coin de la salle. Annabelle était ravie de cette sortie en tête-à-tête avec Josiah. Lorsqu'elle ôta son châle, elle eut soudain l'impression de devenir une vraie « dame », bien plus que lorsqu'elle était avec Hortense. Elle portait le bracelet qu'il lui avait offert à Noël et qu'elle ne quittait jamais.

Le serveur lui demanda si elle souhaitait un cocktail. Elle refusa, car sa mère lui avait recommandé de ne pas trop boire d'alcool, en dehors du vin. Cela ne ferait pas bonne impression si elle s'enivrait pendant le repas. Cette idée avait fait rire Annabelle, qui lui avait répondu de ne pas s'inquiéter. Josiah commanda un whisky, ce qui l'étonna car elle ne l'avait jamais vu boire d'alcool fort. Elle se sentait un peu nerveuse et se demanda s'il l'était, lui aussi, bien qu'elle ne pût en imaginer la raison, puisqu'ils étaient bons amis.

— Voudriez-vous une coupe de champagne ? lui demanda-t-il, lorsqu'il fut servi.

— Non merci, répondit-elle en riant. Ma mère m'a dit et répété de ne pas m'enivrer, pour éviter de vous faire honte.

Cela le fit rire aussi. Ils pouvaient tout se dire. Ils abordèrent d'ailleurs mille sujets, heureux d'être ensemble. Ils choisirent tous les deux le fameux homard Newburg et une omelette norvégienne en dessert.

La soirée était fort agréable. Au moment du dessert, Josiah commanda du champagne. Le serveur apporta la bouteille et l'ouvrit devant eux. Annabelle sourit en en buvant une gorgée. Elle avait suivi les conseils de sa mère et n'avait bu qu'un verre de vin pendant le dîner.

— Il est délicieux, remarqua-t-elle.

Josiah avait commandé un champagne de grande cuvée. Il avait bu davantage qu'elle, mais il n'était pas ivre. Il tenait à conserver toute sa lucidité pour ce qu'il avait à lui dire. Le jour était enfin arrivé. Souriant, il but à la santé d'Annabelle, mais il était plein d'appréhension.

— A vous, Annabelle, et à la merveilleuse amie que vous êtes devenue.

— Je peux vous retourner le compliment, lui répondit-elle en levant sa coupe.

Il voyait à son expression qu'elle n'avait pas la plus petite idée de ce qu'il allait lui dire.

— Je suis toujours heureux d'être en votre compagnie, Annabelle, affirma-t-il avec sincérité.

— Moi aussi. Nous passons de bons moments, ensemble.

Elle commença à lui parler des livres de médecine qu'il lui avait offerts, mais il l'interrompit gentiment. Elle en fut surprise, car d'ordinaire il la laissait lui raconter ce qu'elle avait appris.

— J'ai quelque chose à vous dire.

Elle posa sur lui un regard interrogateur. Que pouvait-il avoir à lui dire ? Elle espérait n'avoir rien fait de mal.

— J'attends depuis longtemps, reprit-il. Tant que vous étiez en deuil, cela n'aurait pas été convenable. Mais une année a passé et votre anniversaire approche. C'est pourquoi nous sommes ici.

— Nous fêtons quelque chose ? demanda-t-elle naïvement, légèrement étourdie par le champagne.

— Je l'espère, murmura-t-il doucement. Cela dépend de vous, de ce que vous déciderez. Ce que je rêve de vous dire depuis l'été dernier, c'est que je vous aime. Je ne voudrais pas gâcher notre amitié ou vous bouleverser. Mais je suis tombé amoureux de vous, Annabelle. Nous nous entendons à merveille et je ne veux pas rester célibataire toute ma vie. Avant vous, je n'avais jamais rencontré une femme qui me donne envie de fonder un foyer. En outre, je ne connais pas de meilleure base que l'amitié pour consolider une union durable, et nous sommes amis. C'est pourquoi j'aimerais que vous me fassiez l'honneur de m'épouser.

Annabelle le fixait, éberluée, la bouche légèrement ouverte et les yeux écarquillés.

— Vous êtes sérieux ? demanda-t-elle finalement.

— Oui. Je sais que vous êtes surprise et peut-être avez-vous besoin de temps pour y réfléchir. Je vous aime depuis longtemps, Annabelle.

— Pourquoi ne pas me l'avoir dit plus tôt ?

Il ne savait si elle était heureuse ou malheureuse, tant elle paraissait secouée.

— J'ai pensé que je devais attendre.

Comprenant la raison de son silence, elle hocha la tête. Josiah se comportait toujours comme il fallait, c'était l'une des qualités qu'elle appréciait chez lui. Pourtant, elle le regardait toujours avec incrédulité.

— Vous êtes fâchée ? demanda-t-il, l'air soucieux.

Les larmes aux yeux, elle fit signe que non.

— Bien sûr que non. Je suis très touchée.

— Je sais que je suis beaucoup plus âgé que vous. Je pourrais être votre père, mais je ne veux pas l'être. Je veux être votre mari et vous chérir pour toujours.

Elle ne doutait pas de sa sincérité.

— Ma mère est-elle au courant ?

Cela expliquerait ses discrètes allusions. Autant d'indices qu'Annabelle avait négligés.

— Je lui ai demandé sa permission en octobre et elle a dit oui. Elle pense que ce serait une bonne chose pour nous deux.

— Moi aussi, souffla Annabelle avec un sourire timide. Simplement, je ne m'y attendais absolument pas. Je pensais que nous étions seulement amis.

— Nous le sommes encore, précisa-t-il avec un sourire. Si vous acceptez, nous le serons toujours. Je pense qu'un mari doit être le meilleur ami de sa femme et réciproquement, en plus du reste. Je souhaite vivre avec vous et que nous ayons des enfants. Et rester toujours votre ami.

— Moi aussi.

Elle se sentait étourdie. La perspective d'avoir des enfants avec lui l'effrayait et l'émouvait à la fois. Tout en l'écoutant, elle s'efforça de ne pas penser à tout ce qu'Hortense lui avait raconté. Ce qu'elle partagerait avec Josiah serait bien plus pur et elle ne voulait pas le gâcher. Mais Hortense avait toujours été un peu folle et, maintenant qu'elle avait découvert le plaisir de la chair, c'était encore pire. La seule chose qui la freinait, désormais, c'était sa grossesse avancée.

— Vous voulez bien y réfléchir ? proposa Josiah. J'imagine que vous devez être surprise. Cela fait longtemps que je souhaite vous parler. C'est pour cela que j'ai pris du whisky et du vin, ce soir, précisa-t-il en riant. Et maintenant, le champagne ! Il m'a fallu rassembler tout mon courage. Je ne savais pas si vous alliez me frapper ou dire oui.

— C'est ma seule alternative ? demanda-t-elle en lui prenant la main. Vous frapper ou accepter votre proposition ?

— Je n'en vois pas d'autre, répliqua-t-il avec un sourire.

— Dans ce cas, c'est très simple. Ma réponse est oui, parce que, si je vous giflais, je risquerais de provoquer un énorme scandale. On pourrait nous chasser du restaurant et peut-être cesseriez-vous d'être mon meilleur ami.

— Certainement pas !

Il lui posa alors la même question que celle qu'elle avait formulée lorsqu'il lui avait fait sa demande :

— Vous êtes sérieuse en me disant oui ?

— Tout à fait. Je n'avais jamais pensé à nous de cette façon auparavant et, quand ma mère y faisait allusion, il me semblait qu'elle était folle. Mais maintenant que j'y réfléchis, à part vous, il n'y a personne au monde que je voudrais épouser. Hormis Hortense, peut-être, mais elle est vraiment assommante. Alors entre ma meilleure amie et mon meilleur ami, je préfère que ce soit vous.

Cette explication les fit rire tous les deux.

— Est-ce que je vous ai dit combien je vous aime ? demanda-t-il.

— Je crois que oui, mais vous pouvez toujours le répéter, répondit-elle avec une moue charmante.

— Je vous aime, Annabelle.

— Moi aussi, Josiah. Je vous aime vraiment énormément. Je crois que nous marier est le meilleur moyen de préserver à jamais notre amitié.

Comme elle prononçait ces mots, ses yeux s'emplirent de larmes. Josiah devina qu'elle était bouleversée.

— Qu'est-ce qui ne va pas ? souffla-t-il.

— Je voudrais pouvoir le dire à mon frère et à mon père. C'est l'événement le plus important qui me soit jamais arrivé et ils ne sont plus là pour que je leur fasse partager ma joie. Et qui me conduira à l'autel ?

Les larmes roulaient maintenant sur ses joues. Il les essuya délicatement du bout des doigts.

— Nous trouverons une solution, assura-t-il gentiment. Ne pleurez pas, Annabelle. Tout se passera bien.

— Je le sais.

Elle était certaine qu'avec Josiah, elle ne craignait rien. Bien qu'elle n'eût jamais envisagé de l'épouser, cela lui semblait maintenant aller de soi. Pour lui comme pour elle, c'était devenu une évidence.

— Quand voulez-vous que nous nous mariions ?

— Quand vous le souhaiterez.

— Pourquoi pas cet été, à Newport ? glissa-t-elle pensivement. Dans le jardin… Ce serait moins cérémonieux qu'à l'église.

Et elle n'aurait pas à remonter l'allée jusqu'à l'autel, ce qui était, pour l'instant, son principal souci. Elle n'avait pas de famille, personne qui pût remplacer son père ou son frère.

— Nous pourrions nous marier dans l'intimité, suggéra-t-elle, et organiser une réception plus tard. Maintenant que papa et Robert ne sont plus là, je ne souhaite pas un mariage en grande pompe. Que diriez-vous du mois d'août ?

Josiah rayonnait. Les choses allaient encore plus vite qu'il ne l'avait prévu ou osé l'espérer.

— Cela me semble parfait. Aurez-vous le temps de tout préparer ?

— Je pense que oui. Je ne tiens pas à avoir le même genre de cérémonie qu'Hortense. Par ailleurs, je ne veux qu'elle comme demoiselle d'honneur et elle sera enceinte de neuf mois.

— Nous devrions plutôt parler d'une dame d'honneur, dans son cas, plaisanta Josiah.

Tous deux savaient que beaucoup de gens seraient choqués qu'elle se montre dans cet état.

— Elle m'a confié qu'elle serait heureuse que son bébé naisse à Newport.

— Elle accouchera peut-être pendant le mariage.

Annabelle lui posa alors une question qui lui tenait à cœur.

— Est-ce que je pourrai continuer de travailler à l'hôpital ? demanda-t-elle.

— Vous pourrez faire ce que vous voudrez.

— Ma mère m'a dit que je devrai arrêter, lorsque je serai mariée.

— Je ne vous l'interdirai pas, sauf, peut-être, par prudence, quand vous attendrez un enfant.

A ces mots, Annabelle comprit qu'il lui laisserait beaucoup de liberté et qu'en même temps il la protégerait. Elle se demanda pourquoi elle n'avait jamais songé à se marier avec lui, alors que cela semblait la solution idéale.

Ils parlèrent un bon moment de la façon dont ils allaient organiser leur mariage. La mère de Josiah était décédée et son père s'était remarié avec une femme que Josiah n'appréciait pas particulièrement, mais il comptait les inviter, ainsi que sa demi-sœur et son mari. Il avait deux oncles et un frère. Ce dernier, un excentrique, vivait à Chicago et n'assisterait sans doute pas à la cérémonie. La famille de Josiah ne serait donc pas envahissante. De son côté, Annabelle n'avait que sa mère et de lointains cousins et cousines. Cela leur permettrait de n'inviter qu'une cinquantaine de personnes, et sa mère organiserait une grande réception à l'automne. Ces propositions convinrent à Josiah, heureux à l'idée que leur union se déroule dans l'intimité. Ce serait un moment rien que pour eux. Il n'avait jamais voulu se marier en grande pompe... Jusqu'à maintenant, il n'avait d'ailleurs jamais voulu se marier tout court.

— Où aimeriez-vous que nous passions notre lune de miel ? demanda-t-il avec un sourire heureux. Nous aurons tout le mois d'août pour cela.

— N'importe où, pourvu que nous n'ayons pas à prendre le bateau. Je ne pourrais pas infliger une telle épreuve à ma mère et je ne crois pas que je le voudrais non plus.

— Nous y réfléchirons. Peut-être en Californie ou quelque part dans les Rocheuses, ou au Canada ou encore dans le Maine. La Nouvelle-Angleterre est très belle, à cette époque de l'année.

— Du moment que je suis avec vous, peu m'importe de savoir où nous irons, affirma-t-elle.

Il éprouvait exactement le même sentiment. Il fit un signe au serveur et régla l'addition. Tout s'était déroulé comme il le rêvait.

Il la raccompagna alors chez elle. Lorsqu'ils arrivèrent, Consuelo n'était pas encore couchée. Josiah l'avait mise dans la confidence et elle attendait avec impatience leur retour. Dès qu'ils franchirent le seuil de la maison, elle scruta leurs visages avec espoir. Tous deux arboraient un sourire radieux.

— Vais-je avoir un gendre ? demanda-t-elle dans un murmure.

— Vous l'aurez en août, répondit fièrement Josiah, un bras autour des épaules de sa fiancée.

— A Newport, ajouta Annabelle, un sourire heureux aux lèvres.

— Seigneur ! Cela ne nous laisse que trois mois pour tout organiser. Je suppose que vous plaisantez, tous les deux ?

— Nous voulons nous marier dans l'intimité, maman, expliqua doucement Annabelle.

Comprenant aussitôt la raison de cette décision, Consuelo en éprouva un immense soulagement.

— Il en sera comme tu le souhaiteras.

— Nous n'inviterons qu'une cinquantaine ou une soixantaine de personnes.

— C'est toi qui décideras, assura Consuelo. Je me réjouis pour vous deux. Je suis certaine que vous serez très heureux, ajouta-t-elle en serrant Josiah dans ses bras et en embrassant sa fille.

— Nous aussi, répondirent-ils d'une même voix, ce qui les fit rire tous les trois.

Consuelo insista pour leur offrir une coupe de champagne. Annabelle se souvint alors de ce jour d'octobre où elle les avait trouvés dans le jardin, en train de boire du champagne, alors qu'elle revenait de l'hôpital.

— Vous fêtiez vraiment une promotion, ce jour-là ? demanda-t-elle à Josiah pendant que sa mère s'affairait.

— Non, je venais de demander votre main à votre mère. Je lui avais dit que je souhaitais attendre le mois de mai pour vous en parler.

— Quels sournois vous faites, tous les deux ! s'exclama Annabelle en riant.

Consuelo leva sa coupe.

— Puissiez-vous être aussi heureux qu'Arthur et moi ! Je vous souhaite beaucoup de bonheur et de nombreux enfants.

Annabelle et Josiah trinquèrent avec elle. La jeune fille serra alors sa mère dans ses bras. Tout en étant heureux, cet événement comportait aussi une part de tristesse, tant son père et son frère leur manquaient.

— Je t'aime, maman, lui murmura-t-elle très bas.

— Je t'aime aussi, ma chérie. Je suis vraiment heureuse pour toi ! Et je suis certaine que ton père et Robert le sont aussi, où qu'ils soient.

7

Les semaines suivantes, Consuelo fut très affairée à tout organiser avec le traiteur, le fleuriste de Newport et le prêtre, et à engager des musiciens. Elle avait décidé de s'installer là-bas dès le mois de juin. Le père de Josiah se chargeait du dîner qui aurait lieu au Country Club de Newport, la veille du mariage.

Elle devait également s'occuper des faire-part, de la robe de mariée d'Annabelle et de son trousseau. Il y avait mille détails à régler, mais jamais Consuelo n'avait été aussi heureuse depuis un an. Elle regrettait qu'Arthur et Robert ne soient plus là. Pour compenser cette absence, elle souhaitait d'autant plus la réussite de cette journée.

Les fiançailles furent annoncées dans le *New York Herald*, la veille de l'anniversaire d'Annabelle. Le lendemain, Josiah lui offrit une bague de fiançailles, dont le diamant de dix carats brillait de tous ses feux à son doigt. Cette bague avait appartenu à sa mère et il était heureux qu'Annabelle la porte. La jeune fille l'adora. Sa mère et elle s'étaient déjà mises en quête d'une robe de mariée et elles la trouvèrent chez Altman. C'était une magnifique robe en dentelle qui venait de chez Patou avec une longue traîne et un grand voile. Elle avait juste ce qu'il fallait de simplicité pour ne pas paraître déplacée dans un jardin de Newport. Ainsi vêtue, Annabelle était ravissante. Lorsqu'elle demanda à Hortense d'être sa demoiselle d'honneur, la jeune femme se récria, horrifiée.

— C'est impossible ! Tu ne peux pas te marier avant mon accouchement. J'ai l'air d'une baleine. Il est hors de question que l'on me voie ainsi.

— Je me moque bien de savoir à quoi tu ressembleras ou ce que les gens diront, insista Annabelle. Je veux seulement que tu sois là. Pour moi.

— Mais tu sais bien que je ne suis pas censée me montrer en public. Toutes les vieilles commères de Newport cancaneront à mon propos pendant des années, gémit Hortense, au bord des larmes.

Annabelle en avait bien conscience, mais elle insista.

— On s'en moque ! Je t'aime, quel que soit ton aspect. Et Josiah et moi ne voulons pas attendre. Le mois d'août nous semble parfait, plaida-t-elle.

— Je te déteste ! Si je fais beaucoup de natation, le bébé naîtra peut-être plus tôt. Mais je n'aurai quand même pas retrouvé ma ligne.

Comprenant qu'Annabelle ne décalerait pas la date de son mariage pour elle, Hortense finit par céder et promit d'être là. Le mariage aurait lieu la semaine précédant la date prévue pour son accouchement. Elle faillit frapper Annabelle quand celle-ci suggéra que le bébé arriverait peut-être en retard. Elle se sentait si grosse et si laide qu'elle avait hâte de le voir arriver. Toutes les deux firent ensemble les boutiques, pour trouver les divers éléments de son trousseau. Il était convenu que Josiah et Annabelle chercheraient un appartement lorsqu'ils reviendraient du Wyoming, où ils comptaient passer leur lune de miel. Josiah possédait une petite maison de vacances très agréable à Newport, mais son appartement de New York deviendrait trop exigu une fois qu'ils auraient des enfants. Pour l'instant, les préparatifs du mariage les absorbaient trop pour qu'ils se mettent en quête d'un nouvel endroit pour vivre. L'appartement de Josiah était assez grand pour eux deux et il était situé tout près de la maison des Worthington, ce qui convenait parfaitement à Annabelle. Elle redoutait le moment où elle quitterait sa mère. Elle savait à quel point Consuelo serait seule une fois que sa fille serait partie.

Pour l'instant, Consuelo était trop occupée pour souffrir de la solitude. Elle se rendit deux fois à Newport pour les préparatifs du mariage et donner ses instructions au jardinier. Elle avait réussi à trouver une tente de dimensions parfaites, qui avait été utilisée pour un mariage l'année précédente.

Au grand étonnement des fiancés, tous les détails furent réglés à la fin du mois de juin. Consuelo était un modèle d'efficacité et elle voulait que le mariage de sa fille fût parfait. Durant toute cette période, Josiah resta absolument charmant, ne montrant aucun signe d'impatience ou d'énervement. Maintenant qu'il était décidé, il se sentait prêt et était parfaitement calme, plus encore que sa future femme.

Dès que les bans furent publiés, Annabelle et Josiah furent invités partout et sortirent presque chaque soir. Ils formaient un couple éblouissant et il n'y eut que deux amies de Consuelo pour faire remarquer qu'il était trop vieux pour elle. Consuelo leur assura qu'il était exactement l'homme qu'il fallait à sa fille. Son propre cousin, John Jacob Astor, avait épousé à quarante ans Madeleine, qui en avait dix-huit. Josiah lui prouvait chaque jour qu'il avait toutes les qualités pour faire un bon mari. Il avait même encouragé Annabelle à continuer à aller à l'hôpital jusqu'à la fin du mois de juin. Ensuite, elle s'accorderait un congé jusqu'à l'automne.

Consuelo ne cessait de répéter qu'elle souhaitait avoir rapidement des petits-enfants, ce qui mettait Annabelle hors d'elle.

Hortense, quant à elle, n'arrêtait pas de faire des allusions aux surprises qui attendaient Annabelle et aux délices du plaisir sexuel. Ses conseils exaspéraient la jeune fille. Hortense était devenue énorme et Annabelle espérait ne pas lui ressembler lorsqu'elle serait enceinte. Elle le dit un jour à Josiah, qui éclata de rire.

— Quand cela arrivera, vous serez toujours aussi belle, ma chérie, et nos bébés le seront aussi, affirma-t-il en l'embrassant.

L'avenir s'annonçait radieux et ils n'eurent pas une minute à eux durant les deux mois suivants.

Il semblait que toutes les relations de Josiah voulaient fêter avec lui l'événement, qui était d'autant plus exceptionnel qu'il se mariait à trente-neuf ans. Henry Orson donna une réception pour fêter l'enterrement de sa vie de garçon et tous eurent ensuite la gueule de bois pendant trois jours.

En juin, Consuelo partit pour Newport et Annabelle la rejoignit à la mi-juillet. A la fin du mois, Josiah s'installa à son tour dans sa maison. Il vint accompagné de Henry Orson, censé lui apporter son soutien moral, bien qu'il n'en eût apparemment pas besoin. Henry devait occuper la maison de Josiah pendant sa lune de miel.

La jeune fille appréciait énormément Henry. Il était intelligent, spirituel, gentil et un peu timide, et elle essayait régulièrement de lui présenter ses amies. Elle lui en avait déjà fait connaître quelques-unes, mais seules deux d'entre elles lui avaient plu. Rien de sérieux n'en était résulté, pourtant Annabelle restait optimiste. Quand Josiah et Henry venaient la voir ensemble, ils rivalisaient d'esprit et faisaient assaut de bons mots. Henry s'était toujours montré très gentil avec elle. Il était pour Josiah ce qu'Hortense était pour elle. Annabelle l'admirait beaucoup.

Hortense et James s'étaient installés pour l'été dans la maison qui appartenait aux parents de la jeune femme. Ils étaient certains que c'était là que naîtrait leur bébé. Hortense et Annabelle se voyaient tous les jours et les sorties ne manquaient pas pour la jeune fille et sa mère. De nombreuses soirées furent données en l'honneur des fiancés. Les Astor, par exemple, organisèrent un grand bal. Consuelo prétendait qu'elle n'était jamais sortie aussi souvent de sa vie, mais elle adorait cela.

Le nombre d'invités au mariage avait déjà dépassé la centaine et avoisinait les cent vingt. Chaque fois qu'on les conviait à une réception, ils étaient obligés d'ajouter des noms à la liste. En réalité, les futurs mariés s'amusaient beaucoup. Lors d'un pique-nique en compagnie de Henry,

Josiah déclara sur un ton pince-sans-rire que s'il avait su qu'il était si drôle de se marier, il s'y serait résolu depuis des années.

— Je me réjouis que vous ne l'ayez pas fait, répliqua Annabelle, car sinon vous ne m'auriez pas épousée.

— Vous marquez un point ! s'exclama Josiah en riant.

A ce moment, Hortense les rejoignit en se dandinant. Chaque fois qu'elle la voyait, Annabelle ne pouvait s'empêcher de rire. Il était difficile de croire qu'elle pouvait encore grossir. Elle semblait près d'exploser. Josiah et Henry l'aidèrent à s'asseoir sur la pelouse.

— Ce n'est pas drôle, dit-elle en remarquant leur hilarité. Je n'ai pas vu mes pieds depuis des mois. J'ai l'impression d'être un éléphant.

Elle en avait l'air, en effet. Annabelle se demandait quelle robe serait assez vaste pour elle, le jour du mariage.

— Tu as trouvé ce que tu porteras pour la cérémonie ? s'inquiéta-t-elle.

— Mon dessus-de-lit, je crois.

— Sérieusement, Hortense ! J'espère que tu n'as pas l'intention de me faire faux bond ?

— Ne t'inquiète pas, je serai là. Je ne manquerais cela pour rien au monde.

La couturière de sa mère lui avait confectionné une tenue qui ressemblait à un sac bleu pâle. Ce n'était pas exactement une robe de demoiselle d'honneur, mais elle n'avait pu faire mieux.

Consuelo porterait une robe vert émeraude et un chapeau de la même couleur. Avec les émeraudes qu'Arthur lui avait offertes, Annabelle savait qu'elle ferait une ravissante mère de la mariée.

Finalement, le grand jour arriva. Le père et la belle-mère de Josiah étaient venus en voiture de Boston, ainsi que sa demi-sœur, son mari et leur bébé. Annabelle s'entendit immédiatement avec eux et Consuelo aussi. Tous devaient déjeuner ensemble la veille du mariage. Des deux côtés, on était ravi de ce mariage. Ainsi que l'avait prévu Josiah, George, son frère excentrique qui vivait à Chicago, avait répondu qu'il ne viendrait pas, parce qu'il disputait un tournoi de golf. Le connaissant, Josiah n'en fut pas blessé. En réalité, sa présence aurait été bien plus gênante que son absence. La famille de Josiah n'était pas aussi soudée que celle d'Annabelle. Quant à sa belle-mère, elle lui portait sur les nerfs. Elle avait une voix aiguë et ne cessait de se plaindre.

Le matin du mariage, Consuelo prit le petit déjeuner avec les parents de Josiah, mais sans les futurs époux. Par superstition, elle ne voulait pas voir Josiah avant le mariage. Ce dernier était donc resté chez lui avec Henry et s'efforçait de conserver son calme. Il faisait une chaleur de plomb, aussi Consuelo s'inquiétait-elle à l'idée que les fleurs flétrissent ou que le gâteau fonde avant la cérémonie. Le mariage devait être célébré à 19 heures dans le jardin et les convives s'installeraient pour le dîner à 21 heures. La soirée risquait de se prolonger tard dans la nuit.

Finalement, il y avait cent quarante invités. Bien entendu, Henry Orson était le garçon d'honneur de Josiah.

Le bébé d'Hortense n'était toujours pas né, mais elle semblait sur le point d'accoucher. Par précaution, elle prévint Annabelle que depuis deux jours elle avait des contractions. Elle espérait ne pas perdre les eaux devant l'autel. C'était déjà suffisamment pénible de se présenter telle qu'elle était. Elle savait que beaucoup de gens seraient horrifiés de la voir au mariage, peut-être même choqués, mais elle ne pouvait pas abandonner sa meilleure amie. Annabelle lui avait dit à quel point l'absence de son père et de son frère l'attristait, aussi se devait-elle d'être là.

Blanche, la gouvernante, avait accompagné Consuelo à Newport pour assister au mariage. Quand ce fut l'heure, Consuelo et elle aidèrent Annabelle à enfiler sa robe et à en fixer les minuscules boutons. Très ajustée à la taille, la robe était exquise sur elle. Puis, très émue, Consuelo posa la coiffe sur la tête d'Annabelle et arrangea le long voile autour d'elle. Les joues ruisselantes de larmes, les deux femmes reculèrent pour la regarder. Annabelle était la mariée la plus ravissante qu'elles avaient jamais vue.

— Oh, mon Dieu ! murmura Consuelo. Que tu es belle !

Un sourire radieux illumina le visage d'Annabelle. Elle était la plus heureuse des femmes et elle avait hâte que Josiah la voie. Elles auraient toutes les deux aimé que son père fût là. Consuelo savait qu'Arthur aurait été très fier s'il avait mené sa fille à l'autel. Annabelle avait toujours été son orgueil et sa joie.

Les deux femmes aidèrent Annabelle à descendre l'escalier, en tenant sa longue traîne derrière elle. Ensuite, l'une des servantes lui tendit un énorme bouquet de muguet, puis Annabelle, sa mère et Blanche sortirent de la maison par une porte latérale. Blanche alla prévenir les bedeaux que la mariée arrivait. Les invités étaient à leur place, Josiah et Henry se tenaient devant l'autel, Hortense à côté d'eux. Il y avait eu quelques exclamations quand les douairières de Newport l'avaient vue, mais tout le monde savait que ce mariage ne ressemblait pas aux autres. Le marié avait près de vingt ans de plus que la mariée, il était toujours resté célibataire et la famille avait été frappée par une tragédie un an plus tôt. Il était donc normal, dans ces circonstances, de faire preuve d'indulgence.

Consuelo s'immobilisa un instant, couvant sa fille du regard, puis elle la prit dans ses bras.

— Sois heureuse, ma chérie... Papa et moi t'aimons de tout notre cœur.

Puis elle se dépêcha de prendre place au premier rang.

Les cent quarante invités étaient là. Dès que Consuelo fut à sa place, les musiciens attaquèrent la marche nuptiale. Le grand moment était arrivé. La mariée avança vers l'autel. Consuelo jeta un coup d'œil à Josiah, qui lui sourit, la confirmant plus que jamais dans l'idée qu'il était l'homme qu'il fallait à Annabelle. Elle était certaine qu'Arthur aurait été du même avis.

Au signal du prêtre, l'assistance se leva et toutes les têtes se tournèrent. L'émotion fut à son comble lorsque la mariée traversa le jardin à pas lents, seule. Personne n'était à son côté pour la guider, la protéger, la mener vers l'homme qu'elle allait épouser. Elle venait vers lui d'elle-même, sûre et digne.

A sa vue, tout le monde retint son souffle. Personne n'avait oublié la terrible tragédie qui les avait frappées, sa mère et elle. La mariée semblait glisser vers eux, son énorme bouquet de muguet à la main, le visage dissimulé derrière son voile.

Henry et Hortense s'écartèrent lorsqu'elle arriva près de Josiah. Les deux fiancés se fixèrent un instant, puis Josiah lui prit doucement la main. Elle avait été très courageuse.

La cérémonie commença alors. Lorsque le moment fut venu, Josiah souleva délicatement le voile de la mariée et la regarda dans les yeux. Après qu'ils se furent solennellement donné leur consentement, il glissa un mince anneau incrusté de diamants à son doigt et elle, une simple alliance en or au sien. Le prêtre les proclama alors mari et femme, et ils s'embrassèrent avant de traverser l'allée centrale, rayonnants de bonheur. Les joues baignées de larmes, Consuelo les regarda puis avança derrière eux. Elle était seule, comme sa fille l'avait été quelques instants auparavant. Devant elle, Hortense se dandinait gaiement au bras de Henry, qui, comme tous dans l'assistance, n'avait jamais vu une femme aussi visiblement enceinte se montrer en public. Mais Hortense avait décidé de profiter du mariage et elle était ravie d'être là. Elle retrouva rapidement James dans la foule, pendant que Consuelo, Annabelle et Josiah, côte à côte, accueillaient leurs invités.

Une demi-heure plus tard, les convives se mêlaient, bavardaient et dégustaient le champagne. Tout le monde s'accordait à penser que la cérémonie avait été belle et poignante. Annabelle regardait son mari avec adoration, quand Henry vint l'embrasser, lui présenter ses meilleurs vœux de bonheur et féliciter le marié.

— Vous avez réussi, s'exclama-t-il en riant. Vous l'avez apprivoisé, alors que tout le monde prétendait que c'était impossible.

— C'est maintenant votre tour, le taquina-t-elle en lui rendant son baiser. Nous allons devoir vous trouver quelqu'un.

Un peu nerveux, il feignit de trembler de peur.

— Je ne suis pas sûr d'être prêt à franchir le pas, avoua-t-il. Je préférerais vous fréquenter et profiter des bienfaits du mariage par procuration. Accepterez-vous que je vienne vous voir de temps en temps ?

Comprenant qu'il ne plaisantait qu'à demi, Annabelle lui assura qu'il serait le bienvenu chaque fois qu'il en aurait envie. Elle savait que Henry et Josiah étaient aussi proches qu'Hortense et elle.

Annabelle et Josiah remercièrent tous leurs invités. Puis, peu après 21 heures, tous allèrent s'asseoir. Annabelle et Consuelo avaient placé avec soin les convives. Consuelo était assise avec la famille de Josiah et, à la table des mariés, se trouvaient Henry, l'une des amies d'Annabelle, Hortense et son mari, ainsi que trois autres jeunes couples qu'ils appréciaient tous les deux. La plupart des invités étaient là parce que Josiah et Annabelle l'avaient souhaité et non par obligation, hormis quelques collègues de la banque d'Arthur, avec qui Josiah travaillait et qu'il lui avait semblé normal de convier.

Josiah et Annabelle ouvrirent le bal avec une valse lente. C'était une mélodie qu'ils aimaient tous les deux et sur laquelle ils avaient souvent dansé. Etant l'un comme l'autre d'excellents danseurs, ils formaient un couple éblouissant, qui suscita l'admiration de tous. Ensuite, le père de Josiah invita la mariée, pendant que Josiah s'inclinait devant Consuelo. Puis le reste des invités les rejoignit.

Il était près de 22 heures quand le dîner commença. Entre deux plats, les gens retournaient sur la piste, bavardaient, riaient, s'amusaient. A minuit, les jeunes mariés découpèrent le gâteau, puis repartirent danser. Les invités ne commencèrent à partir que vers 2 heures du matin. La réception avait été un immense succès et quand Annabelle et Josiah montèrent dans l'Hispano-Suiza d'Arthur qui devait les emmener au New Cliff Hotel, Josiah se pencha pour embrasser sa femme.

— Merci de m'avoir offert le plus beau jour de ma vie, murmura-t-il.

Comme ils étaient bombardés de riz et de pétales de roses, il la poussa doucement à l'intérieur de la voiture. Auparavant, ils avaient remercié Consuelo d'avoir si parfaitement organisé leur mariage et lui avaient promis de passer la voir le lendemain matin, avant de repartir pour New York. De là, ils prendraient le train pour le Wyoming. Leurs bagages se trouvaient déjà à l'hôtel et Annabelle avait préparé ce qu'elle porterait, un ensemble en lin bleu pâle, un grand chapeau de paille orné de fleurs de la même couleur et des gants en chevreau.

Tandis que la voiture s'éloignait, ils adressèrent des signes de la main à tous ceux qui se pressaient pour leur souhaiter bonheur et longue vie. L'espace d'un instant, Annabelle se demanda ce qui l'attendait. Sa dernière vision fut l'énorme silhouette d'Hortense, qui agitait la main. Elle se mit à rire, souhaitant ne pas lui ressembler dans neuf mois, si elle était enceinte. Henry avait été le dernier à l'embrasser et à serrer la main de Josiah. Les yeux dans les yeux, les deux hommes s'étaient souri, puis Henry leur avait adressé une dernière fois tous ses vœux de bonheur. Henry était quelqu'un de bien, songea la jeune femme, et il se montrait plus fraternel envers Josiah que son propre frère.

Arrivés dans le salon de leur suite, ils parlèrent du mariage, de leurs amis, de la réussite de la soirée et du travail extraordinaire accompli par Consuelo. L'absence de son père et de son frère avait été dure pour Annabelle, mais elle l'avait relativement bien supportée. Désormais, Josiah serait là pour l'aimer et la protéger. Et lui aurait Annabelle pour le soutenir et l'adorer. Ils ne pouvaient souhaiter davantage.

A 3 heures du matin, ils gagnèrent leurs salles de bains respectives. Lorsqu'ils en sortirent, Josiah portait un pyjama en soie blanche et elle, une délicate chemise de nuit en mousseline de soie dont le haut était orné de toutes petites perles, avec un peignoir assorti. En se glissant sous les draps, auprès de lui, elle pouffa comme la petite fille qu'elle était encore. Josiah la prit dans ses bras, devinant combien elle était nerveuse. Tous les deux étaient d'ailleurs très fatigués, après cette journée.

— Ne t'inquiète pas, ma chérie, murmura-t-il.
Nous avons tout le temps.

A la grande joie et au grand étonnement
d'Annabelle, il la garda contre lui jusqu'à ce qu'elle
s'endormît, emportée dans le royaume des songes.
Dans son rêve, Josiah et elle étaient devant l'autel,
et échangeaient leurs promesses, mais cette fois, son
frère et son père se tenaient tout près et les
regardaient.

Tandis qu'elle s'abandonnait au sommeil, Josiah
la garda serrée contre lui, comme le bijou inestimable qu'elle était pour lui.

8

Comme promis, Annabelle et Josiah passèrent faire leurs adieux à Consuelo avant de partir pour New York. L'Hispano-Suiza, conduite par Thomas, les emmènerait à la gare où ils prendraient le train, dans l'après-midi. Ils se rendraient d'abord à Chicago, puis changeraient de train et poursuivraient leur voyage vers le Wyoming. Arrivés là-bas, ils gagneraient un ranch où Josiah avait fait un séjour qui lui avait plu. Ils monteraient à cheval, pêcheraient, se promèneraient et admireraient les extraordinaires paysages. Josiah lui avait dit que c'était encore plus beau que les Alpes... et ils n'avaient pas besoin de prendre le bateau pour s'y rendre. Ils y resteraient près de trois semaines. Ensuite, ils retourneraient à New York et commenceraient à chercher une maison pour les accueillir, eux et les enfants qu'ils souhaitaient avoir. Consuelo espérait que, comme Hortense, Annabelle serait enceinte lorsqu'elle reviendrait de sa lune de miel.

En voyant sa fille, le lendemain, elle scruta son visage, cherchant à discerner des changements, cet épanouissement de la femme aimée qui ne s'y trouvait pas auparavant. Mais elle ne vit que la jeune fille rayonnante qu'elle avait chérie toute sa vie. Rien n'avait changé et Consuelo se réjouit que sa fille se fût aussi bien adaptée à son nouveau statut. Elle ne remarqua pas la rébellion, l'étonnement empreint de frayeur que l'on voit parfois sur le visage des jeunes mariées après leur nuit de noces. Annabelle était aussi gaie que d'habitude et continuait de traiter Josiah davantage en ami qu'en amant. Avant de dire au revoir à Consuelo, ils étaient passés chez Josiah pour faire leurs adieux à Henry.

Lorsqu'ils étaient arrivés, Consuelo déjeunait avec le père et la belle-mère de Josiah. Tout le monde était de bonne humeur et se remémorait la réception. Sa mère serra très fort Annabelle dans ses bras, le couple remercia le père de Josiah pour le dîner qu'il avait donné la veille du mariage, puis ils remontèrent dans l'Hispano-Suiza.

Annabelle aurait souhaité passer voir Hortense, mais James avait prévenu Consuelo que l'accouchement avait commencé. Les contractions avaient débuté dans la nuit. Sa mère et le médecin se trouvaient avec elle, pendant que James déjeunait avec des amis. Annabelle espérait que tout se passerait bien. Elle savait que son amie craignait que le bébé ne fût très gros, ce qui rendrait la naissance plus difficile. Quelques mois auparavant, l'une de leurs amies, qui avait fait ses débuts en même temps qu'elles, était morte en couches. La nouvelle les avait énormément attristées. Cela arrivait hélas fréquemment. Après l'accouchement, la mère était souvent victime d'une infection et cela lui était presque toujours fatal. Au moment de quitter la maison, Annabelle eut une pensée pour Hortense. Son amie aurait-elle un garçon, ainsi que l'avait prédit sa mère ? Par association d'idées, elle se demanda si elle aussi reviendrait enceinte de son voyage de noces. Josiah et elle concevraient peut-être leur premier enfant dans les contrées sauvages du Wyoming.

Elle était reconnaissante à Josiah de l'avoir respectée, la nuit précédente. La nouveauté de l'acte sexuel, ajoutée à une journée épuisante, aurait peut-être constitué une trop grande émotion pour elle, mais, s'il avait insisté, elle aurait été consentante. Cependant elle se réjouissait qu'il ne l'eût pas fait. Josiah était un mari parfait, gentil, compréhensif, et ainsi qu'il le lui avait promis, il était toujours son meilleur ami. Elle le regarda avec adoration, tandis qu'ils roulaient vers New York. Ils parlèrent encore de leur mariage, puis il lui décrivit de nouveau le Wyoming. Il avait promis de lui apprendre à pêcher et Annabelle n'aurait pu rêver lune de miel plus parfaite.

Ils arrivèrent à New York en fin d'après-midi et s'installèrent dans le compartiment de première classe que Josiah avait réservé. De joie, Annabelle frappa dans ses mains.

— Que c'est drôle ! J'adore ça ! s'écria-t-elle.

Tout en riant, il la prit dans ses bras et l'embrassa.

— Tu es une adorable petite fille et je t'aime.

Le train parvint à Chicago le lendemain. Ils devaient prendre un train de nuit pour aller dans l'Ouest, ce qui leur permettrait de visiter la ville. Toutefois, Josiah avait retenu une suite au Palmer House Hotel, pour qu'elle pût se reposer un peu. Il avait pensé à tout. Il voulait qu'Annabelle fût heureuse, après la perte qu'elle avait subie et les épreuves que sa mère et elle avaient traversées. Quand le train quitta la gare, il se jura de ne jamais l'abandonner.

Au même moment, le bébé d'Hortense tardait à naître. L'accouchement était difficile et extrêmement douloureux. La jeune femme hurlait depuis des heures, en proie à d'atroces souffrances. En rentrant après le déjeuner, James avait trouvé ses cris si perçants et si déroutants qu'il s'était servi un verre d'alcool et était vite ressorti dîner avec des amis. La pensée qu'Hortense subissait une telle épreuve lui était insupportable, mais il n'y pouvait rien. C'était une affaire de femmes. Il était certain que le médecin, sa mère et les deux infirmières l'assistaient du mieux qu'ils le pouvaient.

A 2 heures du matin, complètement ivre, il apprit avec étonnement que l'enfant n'était toujours pas né. Le visage de sa belle-mère exprimait la terreur, mais il avait bien trop bu pour s'en apercevoir. Au grand soulagement de James, les hurlements d'Hortense avaient peu à peu cessé, tant elle était affaiblie. Ses gémissements pitoyables résonnaient pourtant à travers la maison. Il décida de dormir, la tête enfouie sous un oreiller. A 5 heures du matin, on frappa à la porte de la chambre d'amis où il s'était réfugié, le plus loin possible de la pièce où son épouse accouchait. C'était sa belle-mère, qui venait lui annoncer que son fils était né et qu'il pesait un peu moins de cinq kilos. Le bébé avait horriblement déchiré sa fille, mais elle n'en parla pas à James. S'il avait été moins ivre, il l'aurait compris de lui-même. Après l'avoir remerciée pour cette bonne nouvelle, il se rendormit, promettant d'aller voir sa femme et son enfant dès son réveil. De toute manière, même s'il l'avait voulu, il n'aurait pas pu voir Hortense. Le médecin était en train de la recoudre, après les dommages que la naissance avait causés.

Le travail avait duré vingt-six heures. Hortense sanglotait encore pendant que le médecin faisait soigneusement ses points de suture. Il finit enfin par lui administrer du chloroforme. Cet accouchement difficile aurait pu lui coûter la vie. Il y avait d'ailleurs encore un risque d'infection, aussi n'était-elle pas tirée d'affaire. Le bébé allait bien, mais la mère, beaucoup moins. Elle avait vécu un vrai calvaire. Sa mère dévoilerait la vérité à voix basse à ses amies, mais officiellement Hortense et le bébé allaient bien. Les hommes n'entendraient pas parler du supplice de l'accouchement et des risques effroyables encourus par la mère.

Le lendemain, quand Consuelo apprit la nouvelle de la bouche même de la mère d'Hortense, elle en fut désolée pour la jeune femme. Elle se souvint que la naissance de Robert n'avait posé aucun problème, mais que celle d'Annabelle avait été difficile, car elle se présentait par les pieds. Elles avaient miraculeusement survécu toutes les deux. Pour le moment, le médecin d'Hortense faisait tout son possible pour prévenir l'infection. Après une naissance aussi éprouvante, il était souvent difficile de l'éviter, bien qu'on en ignorât la cause.

Consuelo promit de passer quelques jours plus tard, mais la mère d'Hortense lui avoua que sa fille risquait de ne pas pouvoir se lever pendant un certain temps. Peut-être devrait-elle garder le lit pendant un mois. James n'avait vu sa femme et son fils que quelques minutes. On avait coiffé Hortense et on lui avait mis du rose aux joues, mais elle n'arrêtait pas de pleurer. James, quant à lui, était fou de bonheur, rapporta sa belle-mère. Consuelo se rappela combien Arthur avait toujours été gentil avec elle, après la naissance de leurs enfants, se montrant extraordinairement compatissant et compréhensif. Elle était certaine que Josiah le serait aussi. Mais James était encore un vrai gamin et n'avait pas la moindre idée de ce qu'impliquait un accouchement. Le jour du mariage d'Annabelle, il avait clamé qu'il souhaitait avoir bientôt un autre enfant. Hortense avait levé les yeux au ciel en riant. Sachant ce qu'elle venait d'endurer, Consuelo lui envoya une corbeille de fruits, ainsi qu'un énorme bouquet de fleurs, et pria pour que la jeune femme se remît rapidement. C'était tout ce qu'elle pouvait faire. Hortense était entre de bonnes mains, mais Consuelo savait qu'elle ne serait plus jamais la jeune fille insouciante qu'elle avait été. Elle avait eu sa part de souffrances.

Finalement, Hortense quitta sa chambre au bout de trois semaines. Le bébé était en pleine santé. Il était allaité par une nourrice. Hortense avait les jambes un peu flageolantes, mais elle allait bien. Elle était jeune et elle avait eu la chance d'échapper à l'infection. Désormais, elle ne courait plus aucun risque. Consuelo lui avait plusieurs fois rendu visite. Depuis la naissance de Charles, leur fils, James était fou de joie et d'orgueil. Le bébé grossissait chaque jour davantage. Peu de temps après qu'Hortense se fut levée, ils repartirent à New York, où elle devait poursuivre sa convalescence. La jeune femme était heureuse de rentrer chez elle. Consuelo quitta Newport le même jour.

La maison était mortellement calme sans Annabelle, si vivante et si gaie, toujours à veiller sur sa mère et à lui proposer des activités. Le poids de la solitude s'abattit sur Consuelo comme une chape de plomb. Comprenant à quel point il lui serait difficile de vivre seule, elle se réjouit à la pensée que les jeunes mariés allaient revenir de leur lune de miel deux jours plus tard. Elle avait rencontré Henry Orson, qui lui avait semblé aussi abattu qu'elle. Josiah et Annabelle étaient si pleins de gentillesse et de vie qu'en leur absence tous se sentaient un peu perdus. Que ce soit Consuelo, Hortense ou Henry, tous avaient hâte de les revoir.

Et soudain, ils arrivèrent, dans un tourbillon de bonne humeur. Avant de rentrer chez eux, Annabelle insista pour s'arrêter chez sa mère. Consuelo fut ravie de la voir en aussi bonne santé, heureuse et bronzée. Josiah aussi semblait en forme. Ils plaisantaient, riaient, s'amusaient de tout. Annabelle raconta que Josiah lui avait appris à pêcher et qu'elle avait réussi à attraper une énorme truite. Son mari semblait fier d'elle. Ils avaient fait du cheval, s'étaient promenés dans les montagnes et avaient adoré la vie au ranch. Annabelle ressemblait à une petite fille qui aurait passé l'été loin de ses parents. Il était difficile de croire qu'elle était une femme mariée. Consuelo avait beau chercher, elle ne discernait aucune des modifications subtiles qu'apporte l'épanouissement sexuel. Elle ignorait si Annabelle était enceinte et elle n'osa pas le lui demander. Mais sa fille semblait aussi gentille, aimante et heureuse qu'elle l'était en partant. Lorsqu'elle demanda des nouvelles d'Hortense, Consuelo lui assura que son amie allait bien. Elle ne voulait pas la traumatiser en lui racontant l'accouchement. De toute façon, il n'aurait pas été convenable d'en parler devant Josiah. Elle lui dit donc simplement qu'Hortense était totalement remise et que le bébé était en bonne santé. Hortense lui dirait le reste... ou pas. Elle espérait que non. Les détails étaient certainement effrayants à entendre pour une jeune femme qui risquait elle-même d'accoucher bientôt. Il était inutile de faire peur à Annabelle.

Le jeune couple resta une heure. Annabelle promit à sa mère de venir la voir dès le lendemain et lui proposa de dîner avec eux. Leur passage avait remonté le moral de Consuelo, mais après leur départ, la maison lui sembla encore plus déserte qu'auparavant. Depuis son retour de Newport, elle mangeait à peine, tant il lui était pénible d'être assise toute seule dans la salle à manger.

Comme prévu, le lendemain, Annabelle vint déjeuner avec sa mère. Elle portait l'une des tenues de son trousseau, une robe bleu marine en laine qui faisait très « dame », mais aux yeux de sa mère, elle restait toujours une enfant. Elle avait beau être devenue une femme et porter une alliance, elle se comportait toujours comme une jeune fille. L'air très heureuse, elle demanda à sa mère ce qu'elle avait fait en son absence. Consuelo lui expliqua qu'elle n'était rentrée à New York que depuis peu de temps. Elle avait prolongé son séjour à Newport, pour profiter de la douceur du mois de septembre. Elle comptait reprendre son bénévolat à l'hôpital et pensait qu'Annabelle l'accompagnerait ou qu'elle retournerait au service des estropiés et des invalides. La jeune femme surprit sa mère en lui annonçant qu'elle souhaitait proposer ses services au centre d'immigrés d'Ellis Island. Le travail lui paraissait plus intéressant, là-bas. Ils manquaient tellement de personnel qu'elle espérait pouvoir participer aux soins médicaux, au lieu de porter les plateaux.

Cette nouvelle atterra sa mère.

— Ces gens sont souvent souffrants ; ils rapportent des maladies de leur pays. Tu ne peux pas y aller, les conditions de vie y sont terribles. Tu finiras par attraper la grippe ou pire encore. Je m'y oppose formellement !

Mais Annabelle était mariée maintenant, et ce qu'elle faisait regardait d'abord Josiah. Consuelo demanda à sa fille si son mari était au courant de ses intentions. Annabelle acquiesça en souriant. Josiah était un homme sensé. Il s'était toujours montré compréhensif, voire enthousiaste, vis-à-vis de son intérêt pour la médecine et de ce qu'elle accomplissait bénévolement, et elle lui avait fait part de ses projets.

— Il pense que c'est très bien.

— Eh bien, pas moi, répliqua Consuelo, profondément contrariée.

— Maman, n'oublie pas que la pire grippe que j'aie jamais eue, je l'ai attrapée lors d'un bal, et pas en travaillant au milieu des pauvres.

— Raison de plus pour ne pas le faire ! Si tu es tombée malade parmi des gens bien portants, en allant à une soirée, imagine ce que ce sera quand tu travailleras au milieu de ces malheureux qui vivent dans des conditions épouvantables et ont toutes sortes de maladies. D'ailleurs, si tu es enceinte, et j'espère que tu l'es ou le seras, cela vous ferait courir un risque énorme, à toi et au bébé. Est-ce que Josiah y a songé ?

L'espace de quelques secondes, une lueur étrange traversa le regard d'Annabelle.

— Je ne suis pas pressée de fonder une famille, maman. Josiah et moi comptons d'abord profiter de la vie.

C'était la première fois que Consuelo l'entendait s'exprimer ainsi et elle en fut surprise. Elle se demanda si le couple utilisait une méthode de contraception. Mais elle n'osa pas poser de questions.

— Quand avez-vous pris cette décision ?

La remarque de sa fille l'avait informée sur son éventuelle grossesse. Apparemment, Annabelle n'était pas enceinte.

— Je me sens trop jeune. Nous nous amusons bien mieux, sans avoir à nous occuper d'un bébé. Nous voulons d'abord faire des voyages. L'an prochain, nous irons peut-être en Californie. Josiah dit que San Francisco est une très belle ville et il veut me montrer le Grand Canyon. Je ne pourrai pas y aller si j'attends un bébé.

Consuelo eut l'air déçue.

— Le Grand Canyon peut attendre. Tes propos me navrent, j'aimerais tant avoir des petits-enfants.

Les visites d'Annabelle ne remplaçaient pas son absence. Des petits-enfants auraient donné un sens à sa vie.

— Tu en auras, la rassura Annabelle, mais pas tout de suite. Ne sois pas si pressée. Josiah dit que nous avons tout le temps.

Il le lui avait souvent affirmé, pendant le voyage, et elle n'avait pas eu d'autre choix que d'y consentir. Elle devait se soumettre aux désirs de son mari.

— Eh bien, ce n'est pas pour autant une raison pour que tu travailles à Ellis Island. Je pensais que tu appréciais ce que tu faisais jusqu'à présent.

Consuelo avait eu du mal à admettre que sa fille travaille dans le service des estropiés et des accidentés, et elle ne pouvait accepter qu'elle se rende régulièrement à Ellis Island.

— Je pense que ce sera plus intéressant et que j'aurai plus d'occasions d'améliorer mes compétences, répéta la jeune femme.

— Quelles compétences ? Qu'as-tu encore derrière la tête ?

Annabelle débordait toujours de nouvelles idées, surtout à propos de la médecine. C'était sa passion, même si elle ne pouvait pas en faire un métier.

Le visage d'Annabelle s'assombrit légèrement.

— Rien, maman. Je voudrais seulement aider davantage les gens et je pense être capable de faire mieux que ce que l'on me demande à l'hôpital.

Sa mère ignorait qu'elle aurait voulu être médecin. C'était un rêve qu'elle ne réaliserait jamais, alors pourquoi en parler à Consuelo et la bouleverser ?

Du moins pourrait-elle s'en approcher en se portant volontaire à Ellis Island. Le centre manquait de personnel et les médecins avaient désespérément besoin d'aide. C'était Henry Orson qui le lui avait suggéré. Il connaissait un médecin qui travaillait là-bas et à qui il se proposait de la présenter. Josiah avait approuvé cette idée, parce qu'elle venait de Henry.

Après avoir déjeuné avec sa mère, Annabelle rendit visite à Hortense. La jeune femme passait encore une partie de son temps au lit, mais elle se levait de plus en plus souvent. Sa minceur et son épuisement apparent choquèrent Annabelle. Le bébé était gros et beau, mais sa mère semblait avoir traversé de terribles épreuves. Et, d'après ce qu'elle lui confia, c'était le cas.

— C'était affreux, avoua-t-elle franchement, les yeux encore emplis d'horreur. Personne ne m'avait dit que ce serait ainsi. J'ai cru mourir, et ma mère m'a dit que j'avais vraiment frôlé la mort. Et maintenant, James voudrait déjà un autre enfant. A mon avis, il veut fonder une dynastie. Je ne peux toujours pas m'asseoir et j'ai eu de la chance de ne pas attraper d'infection. Cela m'aurait sans doute tuée, comme Aimée Jackson, l'an dernier.

Hortense semblait traumatisée et Annabelle ne put s'empêcher de se demander si le bébé en valait la peine. Il était adorable, mais sa naissance aurait pris une tournure dramatique si Hortense était morte.

Le récit de la jeune femme était d'ailleurs terrifiant.

— Je crois que j'ai hurlé pendant vingt-six heures, lui dit-elle. Je ne suis pas sûre de vouloir recom-

112

mencer. Imagine, si j'avais des jumeaux ! Je préférerais me suicider plutôt que de vivre ça... Tu te rends compte... Deux en une seule nuit !

Elle paraissait horrifiée, alors que six mois auparavant, elle envisageait avec amusement la naissance de jumeaux. L'accouchement se révélait une affaire plus dangereuse qu'elle ne l'avait cru et son histoire terrorisa Annabelle, qui, du coup, se sentit plutôt soulagée de ne pas être enceinte.

Hortense la regarda alors avec une expression malicieuse qui rappelait la jeune fille qu'elle avait été.

— Et toi ? Comment s'est passée ta lune de miel ? Tu ne trouves pas que l'amour est fabuleux ? Quel dommage que cela se termine par un accouchement ! Enfin, je pense qu'on peut l'éviter, avec un peu de chance. Sais-tu si tu es déjà enceinte ?

— Non, répondit très vite Annabelle. Nous ne sommes pas pressés et ce que tu me dis me donnerait plutôt envie de ne jamais l'être.

A ces mots, Hortense eut l'air penaude.

— Maman m'avait dit que je ne devais pas en parler aux femmes qui n'ont pas eu d'enfants. Je suis désolée de t'avoir fait peur.

Annabelle n'avait pas l'intention de parler de sa vie sexuelle.

— C'est sans importance, lança-t-elle gaiement. Grâce à toi, je suis vraiment contente de ne pas être enceinte.

Laissant échapper un soupir fatigué, Hortense s'étendit sur son lit. A cet instant, la nourrice apporta le bébé dans la chambre. Elle voulait leur montrer comme il était beau et bien portant. C'était un adorable nourrisson, qui dormait dans les bras de sa nourrice.

Quand cette dernière fut partie, Hortense remarqua d'une voix incertaine :

— Je suppose qu'il en valait la peine...

La jeune femme le prenait rarement dans ses bras. La maternité l'effrayait encore et elle n'avait toujours pas pardonné à son fils de lui avoir imposé un tel supplice.

— Ma mère prétend que je finirai par oublier, continua-t-elle, mais je n'en suis pas sûre. C'était vraiment affreux. Ce pauvre James n'en a aucune idée et je n'ai pas le droit de lui en parler. Les hommes sont censés ne rien savoir.

Ce principe semblait étrange à Annabelle, puisqu'il aurait bien fallu avertir James, si son épouse était morte. Mais comme ce n'était pas le cas, l'accouchement devait rester confidentiel et l'on devait prétendre que tout s'était bien passé.

— Je ne vois pas pourquoi tu ne le mettrais pas au courant. Pour ma part, j'en parlerais à Josiah. Je peux tout lui dire et je crois qu'il s'inquiéterait, si je ne le faisais pas.

— Certains hommes sont ainsi, mais pas James. C'est un gamin. Josiah est nettement plus âgé. Il pourrait presque être ton père. Dis-moi, tu t'es bien amusée ?

— C'était merveilleux, répondit Annabelle avec un sourire. J'ai appris à pêcher à la mouche et nous avons fait du cheval tous les jours.

Elle avait adoré galoper au pied des collines, parmi un océan de fleurs.

Hortense lui lança un regard entendu.

— Tu n'as rien appris d'autre ?

Annabelle ignora délibérément l'allusion.

— Quand nous étions à Paris, James m'a fait découvrir des choses très intéressantes.

Tout le monde savait que James avait fréquenté des prostituées avant son mariage. Elles lui avaient sans doute enseigné certaines choses qu'Annabelle préférait ne pas connaître, bien qu'Hortense n'en parût pas offusquée. Annabelle était heureuse d'avoir épousé Josiah, même si cela impliquait de ne pas fonder une famille pour l'instant. De toute façon, ils devaient d'abord trouver une maison, puisque l'appartement de Josiah était trop petit.

Malgré ses diverses insinuations et allusions, Hortense n'en sut pas davantage. Fatiguée, elle dut faire la sieste et Annabelle rentra chez elle. Elle était contente d'avoir revu son amie, mais le récit de son accouchement l'avait effrayée. Elle voulait un bébé, mais elle ne souhaitait pas endurer une telle épreuve. Pour sa part, elle ignorait dans combien de temps elle aurait un enfant. Elle aurait aimé prendre Charles dans ses bras, mais Hortense ne le lui avait pas proposé et elle ne semblait pas en avoir envie elle-même. Etant donné ce qui lui était arrivé, c'était compréhensible. Elle se demanda s'il fallait un certain temps à l'instinct maternel pour se développer, tout comme il en fallait pour se faire à l'idée d'être mari et femme.

Josiah et elle ne s'y étaient pas encore accoutumés.

9

En novembre, au moment où la saison mondaine battait son plein à New York, Hortense se sentit enfin remise. Annabelle et Josiah étaient invités partout et ils rencontraient souvent James et Hortense, qui avait retrouvé sa bonne humeur. Près de trois mois s'étaient écoulés depuis la naissance du bébé et le mariage d'Annabelle.

Josiah et son épouse étaient devenus le couple le plus apprécié et le plus populaire de New York. Ils s'entendaient à merveille, plaisantaient constamment, ce qui ne les empêchait pas d'avoir de longues discussions sur des sujets sérieux, surtout quand Henry dînait avec eux. Ils parlaient de tout et les conversations avec Henry étaient toujours animées. Parfois, ils jouaient tous les trois aux cartes et les parties étaient très gaies.

Josiah et Annabelle dînaient avec Consuelo au moins deux fois par semaine, parfois davantage. Annabelle s'efforçait de passer le plus de temps possible avec sa mère dans la journée. Elle savait combien Consuelo se sentait seule, même si elle ne se plaignait jamais. Elle se montrait toujours aussi digne. Consuelo ne pressait pas sa fille de fonder une famille, mais elle en rêvait. Elle ne pouvait s'empêcher de remarquer qu'Annabelle se comportait avec Josiah de la même façon qu'avec son frère Robert. En dépit de son mariage, une part d'Annabelle n'était pas devenue adulte, mais Josiah paraissait enchanté et la traitait comme une enfant.

Comme promis, Henry lui avait présenté son ami médecin d'Ellis Island et Annabelle s'y rendait maintenant régulièrement. Elle y travaillait pendant de longues heures épuisantes, souvent auprès d'enfants malades. Bien qu'Annabelle ne voulût pas l'admettre, les craintes de sa mère étaient fondées, car un grand nombre d'entre eux étaient sérieusement atteints en arrivant et la contagion faisait des ravages. Pourtant, ce qu'elle faisait la passionnait et elle remerciait Henry chaque fois qu'elle le voyait. Josiah était très fier que sa femme se fût investie dans une telle tâche, bien qu'elle lui en dévoilât rarement les détails.

Elle se rendait à Ellis Island trois fois par semaine et y passait des journées éreintantes mais grati-fiantes. Elle travaillait dans le complexe hospitalier situé au sud de l'île. Parfois, on l'envoyait à la salle d'enregistrement, qui se trouvait dans le grand hall. Un incendie l'avait détruit seize ans auparavant et la zone dans laquelle elle se trouvait avait dû être rebâtie. Les immigrants se pressaient dans cette salle pour y être interrogés : on s'assurait que leurs papiers étaient en règle et qu'ils avaient bien rempli les questionnaires. Certains étaient seuls, mais la plupart d'entre eux étaient de solides ouvriers, souvent accompagnés de leurs femmes et de jeunes enfants. Quelques-uns étaient attendus par des épouses qu'ils n'avaient jamais rencontrées ou connaissaient à peine. Annabelle les aidait à répondre aux questions. Seuls deux pour cent d'entre eux étaient renvoyés, à leur grand désespoir, dans les pays d'où ils venaient. Ils étaient nombreux à mentir pour éviter cela, et Annabelle avait dû plus d'une fois les aider dans leurs réponses. Elle n'avait pas le cœur de les faire expulser.

Cinquante mille personnes arrivaient chaque mois. Si Consuelo les avait vues, elle aurait eu encore plus peur pour Annabelle. Beaucoup d'immigrants avaient traversé des épreuves terribles, certains étaient malades et on devait les soigner à l'hôpital. Les plus chanceux quittaient rapidement Ellis Island, mais ceux qui n'étaient pas en règle ou malades étaient mis en quarantaine et pouvaient y rester des mois, voire des années. Tous devaient posséder un minimum de vingt-cinq dollars. Ceux dont la situation n'était pas tout à fait claire étaient envoyés dans des bâtiments qui leur étaient réservés. Les malades étaient pris en charge par l'hôpital, qui comportait près de trois cents lits. C'était là qu'Annabelle se trouvait le plus souvent.

Les médecins et les infirmières étaient en nombre insuffisant et surchargés de travail. Ils confiaient donc aux bénévoles des tâches qu'Annabelle n'aurait jamais pu assumer autrement. Elle participait aux accouchements, soignait les enfants malades, assistait aux examens. Certains immigrants tentaient de masquer leurs symptômes, de crainte d'être expulsés. Il y avait des salles réservées aux malades souffrant de la rougeole, de la scarlatine et de la diphtérie. Annabelle ne pouvait pas y entrer, mais elle s'occupait de presque tous les autres, et les médecins avec qui elle travaillait étaient souvent impressionnés par la qualité de son diagnostic. Pour quelqu'un qui n'avait pas fait d'études de médecine, ses connaissances étaient considérables. Elle les devait à ses lectures. Cependant, elle était particulièrement douée et savait apaiser les malades. Ces derniers l'aimaient et avaient confiance en elle. Il lui arrivait parfois d'en voir près d'une centaine dans la journée. Elle les soignait seule s'il s'agissait d'affections bénignes, et assistait les médecins et les infirmières pour les cas plus graves. Trois bâtiments étaient réservés aux maladies contagieuses et beaucoup des malades qui s'y trouvaient ne seraient jamais autorisés à quitter Ellis Island.

La salle des tuberculeux était l'une des plus tristes de l'hôpital. Consuelo se serait affolée si elle avait su que sa fille se portait souvent volontaire pour y travailler. Elle ne l'avait jamais dit à sa mère ni à Josiah, mais les patients les plus atteints étaient ceux qui l'intéressaient le plus.

Un soir qu'elle avait travaillé toute la journée dans cette salle, elle trouva en rentrant Josiah et Henry en train de discuter dans la cuisine. Comme Josiah lui faisait remarquer qu'il était tard, elle se sentit coupable et s'excusa. Elle avait eu du mal à quitter les enfants tuberculeux dont elle s'occupait. Il était 22 heures et les deux hommes préparaient le dîner tout en parlant avec animation de la banque. Josiah la serra très fort dans ses bras. Elle était épuisée et encore gelée, après le trajet en bateau. Il lui dit de s'asseoir et lui tendit un bol de soupe, avant de se remettre à cuisiner.

A table, la conversation fut animée, comme toujours lorsqu'ils étaient tous les trois ensemble. Cela fit du bien à Annabelle de penser à autre chose qu'à ses patients. Ils adoraient discuter, que ce soit de politique ou de n'importe quel autre sujet. En général, ces discussions leur faisaient passer un très bon moment. Annabelle avait fini par aimer Henry presque autant que Josiah l'aimait. Il était même devenu une sorte de second frère.

Ce soir-là, elle était trop épuisée pour participer à la conversation. Josiah et Henry s'étaient lancés dans un débat passionné sur la politique, et Annabelle alla se coucher après leur avoir souhaité une bonne nuit. Elle prit un bain chaud, enfila sa chemise de nuit et se glissa sous les draps avec soulagement, en songeant au travail qu'elle avait effectué à Ellis Island. Elle s'endormit bien avant le départ de Henry. Quand Josiah la rejoignit, elle s'éveilla, posa sur son mari des yeux ensommeillés et se blottit contre lui. Quelques minutes plus tard, elle se sentit parfaitement réveillée, ayant déjà bénéficié de plusieurs heures de repos.

— Excuse-moi, j'étais vraiment fatiguée, lui dit-elle d'une petite voix.

Elle adorait la chaleur de son corps près du sien, tout comme elle aimait dormir entre ses bras. Elle aimait tout en lui et espérait toujours qu'il l'aimait autant. Parfois, elle en doutait. Elle était très ignorante des relations entre hommes et femmes, et des particularités du sexe opposé. Un mari était très différent d'un frère ou d'un père, les rapports qu'on établissait avec lui étaient bien plus subtils et parfois déroutants.

— Ne sois pas sotte, murmura-t-il. Nous parlons trop et tu as eu une journée épuisante. C'est très compréhensible.

Il savait combien elle travaillait dur et à quel point elle était généreuse. Il était fier d'elle et l'aimait vraiment.

Pendant un instant, un silence régna dans la pièce. Annabelle voulait lui demander quelque chose, mais elle hésitait. Il s'agissait d'une question délicate qu'elle craignait toujours d'aborder.

— Est-ce que tu penses... Nous pourrions peut-être... fonder bientôt une famille... murmura-t-elle.

Il se tut pendant un long moment, mais elle le sentit se raidir à son côté. Elle lui en avait déjà parlé une fois, et il n'avait pas apprécié non plus. Parfois, il n'aimait pas qu'on le bouscule et refusait d'être questionné sur certains sujets. Celui-ci en faisait partie.

— Nous avons tout le temps, Annabelle. Nous ne sommes mariés que depuis trois mois. Je t'ai déjà dit que nous devions d'abord nous habituer l'un à l'autre. Sois patiente et n'insiste pas.

— Je ne m'impatiente pas. Je posais juste la question.

Elle n'était pas pressée de vivre la même expérience qu'Hortense, mais elle voulait un enfant de lui, même si cela devait être douloureux.

— Eh bien, ne pose plus la question et cela arrivera. Il nous faut un temps d'adaptation.

Il s'était exprimé d'une voix ferme et elle ne voulait pas discuter avec lui ou le fâcher. Il était toujours gentil avec elle, mais si elle le contrariait, il rentrait dans sa coquille et devenait très froid. Et cela pouvait durer plusieurs jours. Elle n'avait aucune envie de se quereller avec lui.

— Je suis désolée, murmura-t-elle, je n'en parlerai plus.

— Abstiens-t'en, s'il te plaît, fit-il remarquer en s'écartant d'elle.

Il s'était exprimé avec beaucoup de froideur. Il était chaleureux et tendre, sauf si elle abordait ce sujet, visiblement sensible. Un instant plus tard, il se leva et quitta la chambre. Elle l'attendit longtemps, puis s'endormit finalement avant son retour. Au matin, quand elle se réveilla, il était déjà debout et habillé, ainsi qu'il le faisait la plupart du temps lorsqu'il était contrarié. C'était une manière de lui montrer son désir de ne pas être harcelé et cela lui rappelait qu'elle ne devait plus le questionner sur ce point.

La semaine suivante, Annabelle rendit visite à Hortense, qui était hors d'elle et en pleurs, car elle venait d'apprendre qu'elle était enceinte. Le bébé naîtrait en juillet, onze mois après Charles. James était ravi et espérait que ce serait encore un garçon. Hortense était terrifiée à l'idée de revivre une épreuve dont le souvenir était encore très frais dans son esprit. Etendue sur son lit, elle sanglotait à fendre l'âme. Annabelle essaya de la consoler, mais elle manquait d'arguments. Elle lui dit seulement que ce ne serait sans doute pas aussi pénible que la première fois, mais Hortense n'était pas convaincue.

— Je ne veux pas ressembler une nouvelle fois à une vache, gémit-elle. La plupart du temps, James ne m'approche plus. Ma vie est fichue et peut-être que cette fois, j'en mourrai, conclut-elle d'un air malheureux. Cela a failli m'arriver lors de mon premier accouchement.

— Tu ne mourras pas, affirma Annabelle, priant pour que ce soit vrai. Tu as un bon médecin et ta mère sera auprès de toi. Il ne t'arrivera rien.

Mais elles savaient toutes les deux que d'autres femmes étaient mortes en couches ou juste après, malgré la qualité des soins dont elles avaient bénéficié.

— En tout cas, ce ne sera pas pire que la première fois, la réconforta Annabelle.

Mais Hortense était inconsolable.

— Je n'aime même pas les bébés, avoua-t-elle. Je pensais que mon fils serait mignon, qu'il serait comme une poupée, mais tout ce qu'il fait, c'est manger, faire dans ses couches et hurler. Grâce au ciel, je ne l'allaite pas. Pourquoi faudrait-il que je risque ma vie pour cela ?

La mère d'Hortense, qui venait d'entrer dans la chambre, jeta à sa fille un regard désapprobateur.

— Parce que tu es mariée et que c'est ce que font les femmes, trancha-t-elle. Tu devrais t'estimer satisfaite de pouvoir porter des enfants et faire le bonheur de ton mari.

Toutes connaissaient des épouses stériles, qui étaient répudiées par leurs maris qui les abandonnaient pour des femmes fécondes. En les écoutant, Annabelle se réjouit que ce problème ne se posât pas entre son mari et elle, bien qu'elle trouvât le bébé d'Hortense adorable. Celle-ci ne partageait pas ce point de vue, et pourtant, en juillet, elle aurait un deuxième enfant en moins de deux ans de mariage.

— Tu es une jeune personne gâtée et égoïste, gronda la mère d'Hortense en quittant la pièce.

Bien qu'ayant assisté au supplice de sa fille, elle ne lui témoignait aucune compassion. Elle avait seulement précisé qu'elle-même avait traversé des épreuves encore plus pénibles, qu'elle avait eu des bébés aussi gros, en avait perdu deux à la naissance, et avait fait plusieurs fausses couches. Hortense n'avait donc aucune raison de se plaindre.

Après que sa mère fut sortie, Hortense se tourna vers Annabelle.

— C'est tout ce pour quoi nous sommes bonnes ? s'écria-t-elle avec colère. Pour la reproduction ? Pourquoi est-ce si facile pour les hommes ? Tout ce qu'ils font, c'est s'amuser avec toi et c'est toi qui récoltes les ennuis. Tu deviens grosse et laide, tu vomis pendant des mois et, pour finir, tu peux y laisser ta vie. C'est ce qui arrive à certaines femmes, d'ailleurs. Et que font les hommes ? Rien ! Ils se contentent de recommencer et ensuite sortent s'amuser avec leurs amis.

Tout comme Hortense, Annabelle était au courant de certaines rumeurs qui couraient en ville sur James. On disait qu'il jouait un peu trop et fréquentait d'autres femmes. Cela rappela à Annabelle qu'aucun mariage n'était parfait. Josiah n'était pas encore prêt à fonder une famille, il voulait attendre, mais elle était sûre qu'il ne la trompait pas. Ce n'était pas son genre. En fait, seuls ses parents avaient eu un mariage idéal. Mais son père était mort et sa mère, à quarante-quatre ans, était veuve. Peut-être la vie n'était-elle pas réellement juste.

Elle écouta les plaintes et les gémissements d'Hortense, puis elle rentra retrouver Josiah. Elle se réjouissait que leur relation fût plus simple mais, ce soir-là encore, il lui battit froid. Il n'avait pas apprécié ses paroles de la veille. Il dîna avec Henry au Metropolitan Club, sous prétexte qu'ils devaient discuter affaires. Restée seule, Annabelle se plongea dans ses livres de médecine. Le lendemain, elle devait retourner à Ellis Island, aussi lut-elle tout ce qu'elle trouva sur les maladies infectieuses, en particulier la tuberculose. Son travail avait beau être épuisant et éprouvant, elle adorait ce qu'elle faisait là-bas. Comme souvent, elle dormait quand Josiah rentra. Mais lorsque, dans la nuit, elle ouvrit un instant les yeux, il la serrait dans ses bras. Souriante, elle se rendormit aussitôt. Tout allait bien.

10

Josiah n'étant pas très proche de sa famille, Annabelle et lui passèrent les fêtes de Thanksgiving et de Noël avec Consuelo. Et, comme Henry était seul, ils l'invitèrent à ces deux occasions. Intelligent, charmant et très attentionné envers Consuelo, sa présence était un vrai plaisir.

Hortense s'était calmée et s'habituait à l'idée d'avoir un autre bébé. Elle n'en était pas ravie, mais elle n'avait pas le choix. En fait, elle désirait d'autres enfants, mais pas si tôt après l'épreuve du mois d'août. Elle n'était pas malade et espérait que tout se passerait mieux.

Malgré l'opposition de sa mère, Annabelle continuait de travailler à Ellis Island. Consuelo avait cessé de faire allusion à ses petits-enfants. Elle avait compris que ce ne serait pas pour tout de suite, Annabelle ayant été très claire à ce sujet. Et bien qu'elle fût pressée d'en avoir, elle ne se sentait pas le droit d'intervenir plus qu'elle ne l'avait déjà fait. Elle traitait Josiah comme un fils.

En avril, ils s'aperçurent avec surprise que deux ans s'étaient écoulés depuis le naufrage du *Titanic*. D'une certaine façon, il leur semblait que la tragédie avait eu lieu la veille. Et en même temps, tant d'événements étaient survenus qu'il leur semblait que le drame était beaucoup plus ancien. Ce jour-là, Annabelle et sa mère se rendirent à l'église, où une messe spéciale fut dite pour Arthur et Robert. Consuelo s'était adaptée à sa solitude et elle était reconnaissante à Josiah et à Annabelle de lui consacrer autant de temps. Ils se montraient très gentils avec elle.

En mai, Annabelle eut vingt et un ans. Pour fêter cet anniversaire, Consuelo les invita à dîner avec quelques-uns de leurs amis. James et Hortense étaient là, ainsi que plusieurs jeunes couples de leur entourage. Henry Orson arriva avec une jolie jeune fille dont il venait de faire la connaissance. Annabelle espéra que cela déboucherait sur une idylle.

Ils passèrent une merveilleuse soirée. Consuelo avait engagé des musiciens, si bien que tous dansèrent après le dîner. Ce soir-là, quand ils se couchèrent, Annabelle posa de nouveau à son mari la question fatidique. Elle ne lui en avait plus parlé depuis des mois. Pour son anniversaire, il lui avait offert un magnifique bracelet en diamants que tout le monde admira et qui fit l'envie de ses amies. Mais elle attendait autre chose, de bien plus important pour elle. Et cette pensée la minait.

— Quand allons-nous commencer à fonder notre famille ? lui souffla-t-elle lorsqu'ils furent étendus côte à côte.

Elle fixait le plafond, comme pour lui permettre de répondre plus franchement. Il y avait beaucoup de non-dits entre eux, et elle ne voulait pas le mettre mal à l'aise. Mais, après neuf mois de mariage, certaines choses étaient difficiles à expliquer. Il ne pouvait pas continuer à lui dire qu'ils avaient le temps ou que rien ne les pressait. Elle voulait savoir combien de jours, de semaines ou de mois elle devrait attendre.

Lorsqu'elle se tourna vers lui, elle constata qu'il semblait profondément malheureux.

— Je n'en sais rien, répondit-il. Je ne sais pas quoi te dire... Il me faut du temps.

Il paraissait proche des larmes et cela l'effraya. Elle posa alors sa main sur sa joue et la caressa doucement. Il y avait tant de choses qu'elle ne comprenait pas ! Mais elle n'avait personne à qui se confier.

— Ne t'en fais pas, je t'aime. Est-ce que c'est quelque chose, en moi, que je devrais changer ?

Il la fixa un instant en secouant la tête.

— Ce n'est pas toi, c'est moi. Je vais faire des efforts, je te le promets.

Les yeux mouillés de larmes, il la prit dans ses bras. Ils étaient plus proches qu'ils ne l'avaient jamais été, comme s'il avait entrouvert une porte pour la laisser entrer.

Elle lui sourit.

— Nous avons le temps, murmura-t-elle, employant ses propres termes.

Une larme roula sur la joue de Josiah.

En juin, Consuelo partit pour Newport. Maintenant qu'elle n'avait plus grand-chose à faire en ville, elle aimait bien s'y rendre avant le début de la saison. Annabelle avait promis de la rejoindre en juillet, suivie par Josiah à la fin du mois.

Consuelo avait déjà quitté New York quand des nouvelles venues d'Europe attirèrent l'attention de tous. Le 28 juin 1914, l'archiduc François-Ferdinand, héritier du trône d'Autriche-Hongrie, et son épouse Sophie, en visite officielle à Sarajevo, avaient été assassinés par un jeune terroriste serbe, Gavrilo Princip. Princip était membre de la Main noire, une redoutable organisation terroriste serbe, déterminée à mettre fin à l'occupation austro-hongroise dans les Balkans. Le grand-duc et sa femme avaient été tués par deux balles de revolver tirées presque à bout portant. Cette nouvelle stupéfiante se propagea à travers le monde. Les conséquences de cet attentat furent immédiates et retentissantes en Europe, et suivies avec attention aux Etats-Unis.

Accusant la Serbie d'être responsable de cet assassinat, l'Autriche-Hongrie réclama le soutien de l'Allemagne. Au bout de quelques semaines d'imbroglio diplomatique, le 28 juillet, l'Autriche-Hongrie déclara la guerre à la Serbie en ouvrant le feu sur Belgrade. Deux jours plus tard, la Russie mobilisa ses troupes et se prépara à la guerre. La France fut alors contrainte, par le jeu des alliances, de soutenir la Russie. En l'espace de quelques jours, le château de cartes qui avait maintenu la paix en Europe s'effondra. Les deux coups de revolver qui avaient tué l'archiduc et son épouse entraînèrent la plupart des grands pays européens dans la guerre. Le 3 août, bien que l'Allemagne eût prétendu rester neutre, les troupes allemandes traversèrent la Belgique et attaquèrent la France.

En l'espace de quelques jours, la Russie, l'Angleterre et la France s'allièrent pour déclarer la guerre à l'Allemagne et à l'Empire austro-hongrois. Les Américains et leur gouvernement étaient horrifiés par les événements. Le 6 août, toutes les grandes puissances européennes s'engagèrent dans la lutte armée, et les Américains ne parlèrent plus que de cela.

Annabelle avait retardé son départ pour Newport, préférant rester auprès de Josiah. Ce n'était pas leur combat, mais leurs alliés européens allaient devoir faire la guerre. Les Etats-Unis ne semblaient pas vouloir s'engager, mais au cas où ils y seraient contraints, ce qui paraissait peu probable, Josiah affirmait qu'Annabelle n'avait rien à craindre. Elle avait épousé « un vieil homme », lui rappela-t-il. A quarante et un ans, il ne risquait pas d'être mobilisé. Le président Wilson assurait d'ailleurs qu'il voulait rester en dehors du conflit. Malgré tout, la situation était profondément trouble.

A la fin du mois de juillet, deux semaines plus tard qu'elle ne le prévoyait, Annabelle partit à Newport avec Josiah. Elle avait été encore plus absorbée que d'habitude par son travail à Ellis Island. Beaucoup d'immigrants craignaient pour la sécurité de leurs familles. La guerre ayant été déclarée dans la plupart des pays dont ils étaient originaires, il était évident que leurs familles en seraient affectées et qu'elle empêcherait leurs parents de les rejoindre aux Etats-Unis. Nombreux étaient leurs fils, leurs frères ou leurs cousins qui avaient déjà été mobilisés.

Avant de partir pour Newport, Annabelle, Josiah et Henry passèrent toutes leurs soirées à discuter de la guerre en Europe. Et, arrivés là-bas, ils continuèrent. Bien que très protégée, Newport était en émoi. Pour une fois, la vie mondaine passa au second plan.

Lors de l'anniversaire de mariage de Josiah et d'Annabelle, Consuelo nota qu'ils semblaient plus proches que jamais, même si elle les trouva très graves, ce qui était compréhensible avec ce qui se passait dans le monde. Henry était venu de New York pour fêter leur anniversaire avec eux.

Hortense avait eu son bébé, une fille, cette fois, qui était née le 1er août, avec deux semaines de retard. L'accouchement avait de nouveau été long et douloureux, mais moins que pour la naissance de Charles. Louise, ainsi qu'ils la nommèrent, pesait un peu moins de quatre kilos. Alitée, Hortense ne put venir à l'anniversaire de mariage de son amie, mais bien entendu, James fut présent. D'ailleurs, comme toujours, il se rendit à toutes les réceptions qui eurent lieu durant l'été, avec ou sans Hortense.

Les nouvelles venues d'Europe firent que l'été fut plus calme, à Newport. Il semblait qu'un nuage planait au-dessus de leurs têtes. Les gens discutaient de leurs alliés, de l'autre côté de l'Atlantique, ou s'inquiétaient pour leurs amis. Annabelle et Josiah en parlaient constamment. Après le départ de Henry, ils profitèrent de quelques jours de tranquillité. Il régnait entre eux une profonde harmonie, mais Consuelo les trouvait plus graves qu'aux premiers jours de leur mariage. Elle s'attristait de les voir toujours sans enfants, mais Annabelle n'abordait jamais cette question avec elle. Une fois, pourtant, elle vit passer comme une ombre dans les yeux de sa fille, et elle se demanda si quelque chose n'allait pas. Mais Annabelle ne lui faisait part d'aucun souci et semblait plus dévouée que jamais à son mari. Les trouvant toujours parfaitement assortis, Consuelo adorait leur compagnie et celle de leurs amis. Elle espérait simplement qu'un bébé ne tarderait pas à faire son apparition...

Le jeune couple rentra à New York au début du mois de septembre. Josiah retourna à son travail et Annabelle à ses patients d'Ellis Island. De plus en plus impliquée dans ce qu'elle faisait, elle éprouvait une immense compassion vis-à-vis des gens qu'elle soignait et assistait, pour la plupart des Polonais, des Allemands et des Irlandais. Sa mère s'inquiétait toujours pour sa santé. Les maladies étaient nombreuses, les enfants souvent atteints et la tuberculose contagieuse. Malgré les avertissements et les récriminations de Consuelo, cet automne-là, elle travailla plus que jamais.

Josiah, chargé de traiter plusieurs affaires sensibles, était très occupé. En tant que puissance neutre, les Etats-Unis avaient refusé de financer ou de soutenir l'effort de guerre des Alliés. En conséquence, des entreprises privées et certains particuliers très fortunés leur avaient offert leur assistance. Ils faisaient parvenir de l'argent ainsi que des marchandises convoyées par bateau non seulement aux Alliés, mais aussi à leurs ennemis. Ces tractations étaient très délicates et réclamaient beaucoup de discrétion. C'est Josiah qui, le plus souvent, s'en occupait. Comme d'habitude, il se confiait à Annabelle et lui faisait part de ses soucis. Il était très contrarié que certains clients importants de la banque d'Arthur envoient du matériel et des fonds en Allemagne, en raison de leurs liens avec ce pays.

Il n'appréciait pas de devoir jouer ainsi double jeu, mais il était dans l'obligation de satisfaire leurs exigences.

Ces envois étant devenus un secret de Polichinelle, les Anglais avaient commencé à miner la mer du Nord pour empêcher le ravitaillement de l'Allemagne. En représailles, les Allemands menaçaient de couler tous les bateaux des Anglais et de leurs alliés, avec leurs sous-marins. Il était devenu dangereux de traverser l'Atlantique, pourtant un flot continu d'immigrants continuait d'arriver à Ellis Island, décidés à se construire une nouvelle vie aux Etats-Unis.

En raison des conditions affreuses dans leur pays, les gens dont Annabelle s'occupait étaient plus malades, leur état était bien pire que ce qu'elle avait pu constater ces dernières années. Ils lui étaient très reconnaissants de tout ce qu'elle faisait pour eux. Elle avait tenté en vain d'expliquer à sa mère combien on avait besoin d'elle, mais Consuelo restait fermement convaincue qu'elle risquait sa vie chaque fois qu'elle se rendait là-bas. Ce n'était pas complètement faux, même si Annabelle refusait de l'admettre. Josiah était le seul à la comprendre et à la soutenir. Elle avait acheté de nouveaux livres de médecine qu'elle étudiait chaque soir, avant de se coucher. Cela l'occupait, quand Josiah rentrait tard de son travail ou se rendait avec des amis dans des clubs où les femmes n'étaient pas admises. Elle ne lui en voulait jamais de sortir sans elle, cela lui donnait plus de temps pour lire et étudier tard dans la nuit.

Elle avait assisté à plusieurs opérations et lu tout ce qu'elle avait pu trouver sur les maladies contagieuses dont souffraient ses patients. De nombreux immigrants mouraient, surtout les plus âgés. Leur décès était dû aux mauvaises conditions de voyage et aux maladies qu'ils avaient contractées avant d'arriver. Annabelle était considérée par le personnel médical comme une infirmière qui n'avait pas de diplôme, mais qui était aussi compétente que les autres, et parfois même davantage. Elle était très perspicace pour découvrir le mal dont souffraient ses patients, ce qui leur sauvait souvent la vie. Josiah avait l'habitude de dire qu'elle était une sainte, mais Annabelle écartait d'un geste le compliment, qu'elle jugeait injustifié. La voyant travailler ainsi, sa mère se demandait quelquefois si elle n'essayait pas de remplir le vide qu'un bébé aurait comblé. Cette absence d'enfant la désolait apparemment bien plus qu'Annabelle, qui n'en parlait jamais à Consuelo.

Cette année encore, Henry les rejoignit chez Consuelo pour partager le repas de Noël avec eux. Ils passèrent une soirée tranquille. C'était leur troisième Noël sans Arthur et Robert, dont l'absence se faisait toujours cruellement sentir au moment des fêtes. Depuis longtemps, Annabelle avait remarqué qu'une partie de l'énergie et de l'entrain de Consuelo avait disparu après le décès de son mari et de son fils. Elle leur était toujours reconnaissante de passer du temps avec elle et elle s'intéressait à ce qui se passait dans le monde, mais c'était comme si elle ne se souciait plus de ce qui pouvait lui arriver. Henry était le seul à pouvoir encore la faire rire. Elle ne s'était jamais remise de cette double perte qui avait été trop cruelle pour elle. Son seul but, désormais, était de vivre assez longtemps pour voir les enfants d'Annabelle. Elle s'inquiétait de plus en plus à l'idée que quelque chose n'allait pas et que sa fille était stérile. Mais le lien qui l'unissait à Josiah semblait toujours aussi fort.

Comme toujours, à la fin du repas, la conversation porta sur la guerre. Les nouvelles n'étaient pas bonnes. Il était difficile de ne pas penser qu'à un moment ou un autre, ne serait-ce que par solidarité, l'Amérique entrerait en guerre et que de nombreux jeunes Américains perdraient la vie. Le président Wilson assurait fermement qu'il n'en avait pas l'intention, mais Josiah commençait à en douter.

Deux jours après Noël, Annabelle passa voir sa mère. A sa grande surprise, le maître d'hôtel lui dit qu'elle était couchée. Annabelle la trouva frissonnant sous les couvertures, pâle, deux taches rouges sur les joues. Blanche lui avait apporté une tasse de thé qu'elle n'avait pas bue. Elle semblait très malade et quand Annabelle posa sa main sur son front, elle constata qu'elle brûlait de fièvre.

— Que s'est-il passé ? demanda-t-elle avec inquiétude.

Cela semblait être la grippe et, ces deux dernières années, Consuelo était devenue plus fragile. Sa perpétuelle tristesse l'avait vieillie et avait diminué ses forces.

— Depuis combien de temps es-tu malade ?

Annabelle l'avait vue deux jours auparavant et ignorait totalement l'état de sa mère. Consuelo, certaine de se remettre rapidement, avait demandé à Blanche de ne pas inquiéter sa fille.

135

— Depuis hier, répondit-elle avec un sourire. Ce n'est rien. Je pense que j'ai attrapé froid dans le jardin, le soir de Noël.

Mais cela paraissait plus grave qu'un coup de froid et Blanche était inquiète, elle aussi.

— Tu as vu le médecin ?

Voyant sa mère secouer négativement la tête, Annabelle fronça les sourcils.

— Je pense que tu aurais dû.

A cet instant, Consuelo se mit à tousser.

— Je ne voulais pas le déranger après Noël. Il a certainement des choses plus importantes à faire.

— Ne dis pas de bêtises, maman, la gronda gentiment Annabelle.

Elle quitta la chambre sans bruit et appela le médecin, avant de revenir quelques minutes plus tard au chevet de sa mère, arborant un sourire radieux qui ne reflétait pas son état d'esprit.

— Il a dit qu'il ne tarderait pas, commenta-t-elle.

Consuelo ne discuta pas sa décision d'avoir appelé le médecin, ce qui n'était pas dans ses habitudes. Annabelle comprit qu'elle devait se sentir vraiment malade. Elle qui s'occupait si bien de ses patients d'Ellis Island éprouvait un sentiment de totale impuissance devant sa mère. Et la panique commençait à l'envahir. Elle ne se rappelait pas avoir vu sa mère aussi souffrante, pourtant elle n'avait pas entendu parler d'une épidémie de grippe. Le docteur le lui confirma dès son arrivée.

— Je ne sais pas ce qu'elle a attrapé, dit-il. Récemment, j'ai eu des patients atteints du même mal, mais ils étaient pour la plupart âgés et fragiles. Votre mère est encore jeune et en bonne santé.

Il rassura Annabelle, certain que Consuelo irait mieux quelques jours plus tard. Il prescrivit des gouttes de laudanum pour l'aider à dormir et de l'aspirine pour faire baisser la fièvre.

Mais, à 18 heures, sa mère allait si mal qu'Annabelle décida de passer la nuit auprès d'elle. Elle appela Josiah pour le prévenir. Il se montra très compatissant et demanda s'il pouvait faire quelque chose pour l'aider. Après lui avoir assuré qu'elle n'avait besoin de rien, elle retourna auprès de sa mère, qui avait entendu leur conversation.

— Tu es heureuse, avec lui ? demanda-t-elle faiblement.

La question parut bizarre à Annabelle.

— Bien sûr, maman.

S'asseyant près du lit, elle prit la main de sa mère et la garda dans la sienne, comme lorsqu'elle était enfant.

— Je l'aime énormément, dit-elle. C'est un homme merveilleux.

— Je suis tellement désolée que vous n'ayez pas de bébé ! Il n'y a encore rien en vue ?

Le visage grave, Annabelle secoua la tête et répéta la formule officielle :

— Nous avons le temps.

Mais sa mère craignait qu'elle ne fût stérile et pensait que ce serait une tragédie s'ils n'avaient pas d'enfants. Annabelle était du même avis, mais elle ne l'aurait jamais admis devant Consuelo.

— Ce qui est important, pour l'instant, c'est que tu te rétablisses, lui assura-t-elle pour changer de sujet.

Consuelo hocha la tête. Un instant plus tard, elle dormait, veillée par Annabelle. Durant les heures qui suivirent, la fièvre monta encore. Vers minuit, Annabelle baignait le front de sa mère avec des linges imbibés d'eau froide que Blanche lui préparait. Les conditions étaient bien meilleures qu'à Ellis Island, mais cela ne changeait rien. Elle ne dormit pas de la nuit et espéra que la fièvre tomberait au matin, mais ce ne fut pas le cas.

Le médecin passa matin et soir pendant trois jours, mais l'état de Consuelo continuait de s'aggraver. C'était le pire cas de grippe qu'il avait vu depuis bien longtemps, bien pire que celle qu'Annabelle avait contractée, trois ans auparavant, et qui lui avait valu d'échapper au naufrage du *Titanic*.

Josiah quitta la banque pour passer l'après-midi au chevet de sa belle-mère et permettre à Annabelle de dormir quelques heures dans sa chambre de jeune fille. Il fut surpris de constater, quand Consuelo s'éveilla et posa sur lui des yeux limpides et brillants, qu'elle semblait beaucoup mieux que la veille, et il espéra qu'elle allait se rétablir. Il savait combien sa femme s'inquiétait pour sa mère. Annabelle ne l'avait pas quittée un instant, sauf pour dormir une demi-heure ici ou là, quand Blanche ou Josiah prenait le relais.

Consuelo lui souriait. Elle était très faible et terriblement pâle.

— Annabelle vous aime beaucoup, murmura-t-elle très bas.

— Moi aussi, assura Josiah. C'est une merveilleuse épouse.

Consuelo approuva d'un signe, visiblement satisfaite de sa réponse. Elle avait souvent pensé qu'il la traitait comme une jeune sœur ou une enfant, et non comme une adulte ou sa femme. Peut-être était-ce tout simplement parce qu'elle était beaucoup plus jeune que lui.

— Vous devez vous reposer et guérir, l'encouragea-t-il.

Elle détourna son regard, comme si elle savait que rien n'y ferait, puis elle le fixa de nouveau intensément.

— Si quelque chose devait m'arriver, Josiah, je veux que vous preniez soin d'elle. Vous êtes tout ce qu'elle a. J'espère aussi que vous aurez un jour des enfants.

— Moi aussi, répondit-il doucement. Elle sera une mère parfaite. Mais vous ne devez pas parler ainsi, vous allez vous rétablir.

Consuelo n'en semblait pas si sûre. Josiah eut l'impression qu'elle pensait qu'elle était en train de mourir. Mais peut-être était-elle seulement effrayée.

— Prenez soin d'elle, répéta-t-elle.

Sur ces mots, elle ferma les yeux et se rendormit. Elle ne bougea pas jusqu'à ce qu'Annabelle revînt dans la chambre, une heure plus tard, pour vérifier sa température. A son grand désarroi, la fièvre avait encore grimpé. Elle était en train d'en parler à Josiah, lorsque sa mère ouvrit les yeux.

— Tu te sens mieux ? demanda Annabelle avec un grand sourire.

Consuelo secoua la tête. Sa fille eut alors le sentiment effrayant qu'elle abandonnait le combat.

Jusqu'à maintenant, les soins qu'on lui avait dispensés paraissaient inefficaces.

Josiah rentra chez eux et demanda à Annabelle de l'appeler si elle avait besoin de quoi que ce soit. Annabelle le lui promit, mais il quitta la maison des Worthington tourmenté par les paroles de Consuelo. Il veillerait toujours sur Annabelle. Il savait parfaitement qu'en dehors de sa mère elle n'avait que lui au monde.

Le soir du nouvel an, le médecin déclara que Consuelo avait contracté une pneumonie. C'était ce qu'il craignait depuis le début. Elle était encore jeune, en bonne santé, mais la pneumonie était une maladie dangereuse et il avait l'impression que sa patiente n'avait pas envie de vivre. Ils en connaissaient tous la raison. Elle semblait doucement s'éloigner et elle ne pouvait pas remporter ce combat si elle ne le voulait pas. Assise au chevet de sa mère, Annabelle avait l'air terrifiée. Elle ne retrouvait du courage que lorsque la malade s'éveillait. Elle l'encourageait alors, par des paroles aimantes, à s'alimenter et à s'hydrater, assurant qu'elle ne tarderait pas à guérir. Dévorée par la fièvre, Consuelo ne répondait pas. Elle mangeait à peine et s'affaiblissait de jour en jour. Blanche, qui montait les plateaux, semblait aussi accablée qu'Annabelle. Tous étaient terrorisés.

Le 6 janvier, Consuelo abandonna définitivement la partie. Elle s'endormit en début de soirée, après une longue et difficile journée. Elle tenait la main d'Annabelle, avec qui elle avait un peu parlé dans l'après-midi. Avant de céder au sommeil, elle sourit à sa fille et lui dit qu'elle l'aimait. Annabelle somnolait auprès d'elle, lorsqu'à 20 heures, elle perçut quelque chose de différent et s'éveilla en sursaut. Se penchant sur le visage paisible de sa mère, elle s'aperçut aussitôt qu'elle ne respirait plus. Annabelle laissa échapper un cri. Pour la première fois depuis deux semaines, la peau de sa mère était bizarrement fraîche. La fièvre l'avait quittée en emportant sa vie. Tout en sachant que son geste était vain, Annabelle s'efforça de la réveiller en la secouant. Devant l'inutilité de ses efforts, elle s'agenouilla près du lit et serra le corps sans vie de sa mère en sanglotant. Elle lui fit ainsi les adieux qu'elle n'avait pas pu faire à son frère et à son père.

Blanche la trouva un peu plus tard et se mit à pleurer elle aussi. Elle caressa les cheveux de Consuelo, puis elle fit sortir Annabelle et demanda à Thomas d'aller chercher Josiah. Dès son arrivée, celui-ci fit tout pour réconforter sa femme. Il savait à quel point elle avait aimé sa mère et combien sa perte lui était douloureuse.

Consuelo fut mise en bière le lendemain et son cercueil fut installé dans la salle de bal. Accablée de chagrin, Annabelle demeurait auprès d'elle, la main dans celle de son mari.

Dès qu'ils apprirent la nouvelle, leurs amis accoururent. De nouveau, si peu de temps après la disparition d'Arthur et de Robert, trois ans auparavant, la maison était plongée dans le deuil. Annabelle prit conscience qu'elle était maintenant orpheline. Comme sa mère l'avait dit à Josiah, désormais il était tout ce qu'elle avait. Durant les jours qui suivirent, ainsi qu'à l'église Saint-Thomas, elle s'accrocha à lui comme une noyée. La tenant serrée contre lui, il fut fidèle à sa parole et ne la quitta pas une seconde. Il dormit même auprès d'elle dans sa chambre de jeune fille. Elle refusait de rentrer chez eux et voulait rester dans la maison de ses parents. Elle parlait même de s'y installer, mais il pensait que ce serait malsain et trop dur pour elle. Henry venait souvent les voir et sa présence la réconfortait aussi beaucoup. Josiah et lui discutaient tranquillement ou jouaient aux cartes dans la bibliothèque, tandis qu'Annabelle montait se coucher, épuisée de chagrin.

Un mois entier s'écoula avant qu'elle ne quitte la maison de sa mère. Elle n'avait pas pu toucher à la chambre de Consuelo. Josiah s'occupait de gérer la fortune d'Annabelle. Désormais elle était riche, puisque tous les biens de ses parents lui appartenaient, mais cela ne lui apportait aucune consolation. Elle s'en moquait. Bien qu'il lui en coûtât, Josiah lui transmit une offre d'achat de la maison, de la part d'une famille qu'il connaissait. Tout d'abord, Annabelle ne voulut pas en entendre parler, mais Josiah lui expliqua que jamais elle ne pourrait y trouver le bonheur. Cette maison était trop pleine des souvenirs de ceux qu'elle avait aimés et qui, tous, étaient morts. Il jugeait que le prix proposé était intéressant, et qu'elle risquait de ne pas retrouver pareille occasion. Il était conscient que ce serait douloureux, pourtant il pensait qu'elle devait s'y résoudre.

— Mais où vivrons-nous ? demanda-t-elle avec angoisse. Ton appartement sera trop petit quand nous aurons des enfants, et je ne veux pas d'une autre maison.

Elle n'avait pas envie de la vendre, mais elle savait que Josiah avait raison. Ils auraient eu besoin de déménager si Josiah avait accepté de devenir père. Mais ce n'était pas le cas et tout ce qu'elle verrait, s'ils s'installaient dans cette maison, ce seraient les ombres de ses parents et de son frère, disparus à jamais. Elle savait que, même s'ils la remplissaient d'enfants, cela ne compenserait jamais complètement la tristesse qu'elle éprouvait entre ces murs et le souvenir de ce qu'elle avait perdu.

Elle en discuta avec Hortense, qui attendait son troisième enfant et était de nouveau alitée. La jeune femme se plaignait de ce que James ait fait d'elle une usine à bébés, mais ses problèmes lui paraissaient minimes, comparés à ceux d'Annabelle. Elle s'efforça donc de la conseiller le plus judicieusement possible. Elle pensait que Josiah avait raison de la pousser à vendre la maison de ses parents, pour en acheter une autre qui ne lui rappellerait aucun mauvais souvenir.

Au bout de deux semaines, le cœur brisé, Annabelle finit par accepter. Elle n'aurait jamais imaginé abandonner la maison où elle avait passé une enfance si heureuse, mais désormais celle-ci ne recelait plus que le chagrin et la mort. Josiah promit de s'occuper de tout à sa place, assurant qu'ils en trouveraient une autre ou qu'ils en feraient construire une. Ce projet leur ferait du bien à tous les deux. Cette période de deuil leur avait fait oublier leurs problèmes. Plongée dans sa peine, Annabelle ne se préoccupait plus de fonder une famille.

Elle passa le mois d'avril à ranger et à vider la maison. Tout ce qui n'avait pas d'intérêt ou de valeur à ses yeux fut vendu aux enchères. Le personnel, ainsi que Josiah et Henry, l'aidait dans sa tâche, mais elle passait chaque jour des heures à pleurer. Depuis la mort de sa mère, elle n'était plus retournée à Ellis Island. Son travail lui manquait terriblement, mais elle était trop occupée pour s'y rendre. En mai, les dernières affaires furent envoyées au garde-meuble, le jour même du deuxième anniversaire de ses fiançailles avec Josiah. Elle comptait quitter définitivement la maison en juin et s'installer dans la villa de Newport, qu'elle souhaitait absolument conserver. Josiah et elle y passeraient l'été.

Six jours après qu'elle eut fermé la maison de New York, les Allemands coulèrent le *Lusitania,* tuant plus de mille personnes. Cette terrible tragédie, qui ravivait les souvenirs du *Titanic*, ébranla le monde. L'un des cousins de sa mère, Alfred Gwynne Vanderbilt, s'y trouvait et mourut de la même manière que son père et son frère en aidant d'autres personnes à monter dans les canots de sauvetage. Il était encore à bord quand le bateau avait explosé et sombré. Deux semaines plus tard, l'Italie rejoignit les Alliés et entra en guerre. Les journaux parlèrent du gaz moutarde qui causait de terribles lésions chez les hommes qui l'avaient respiré. Toute l'Europe était plongée dans un chaos qui semblait faire écho au désespoir et à l'angoisse d'Annabelle.

La jeune femme passa le reste du mois de mai dans leur appartement, puis elle partit pour Newport. Elle emmena Blanche et le personnel de la maison de ses parents qui était encore là. A la fin de l'été, la plupart la quitteraient pour d'autres emplois. La vie qu'elle avait connue aurait à jamais disparu. Blanche et William, le maître d'hôtel, resteraient avec quelques autres à Newport.

Josiah avait promis de la rejoindre à la mi-juin. Il comptait prendre un congé plus long que d'habitude, sachant qu'Annabelle avait besoin de lui. Lorsqu'elle quitta New York, elle semblait brisée. La maison qu'elle avait tant aimée se trouvait déjà dans d'autres mains.

Une fois à Newport, elle passa un peu de temps avec Hortense, qui était arrivée en avance avec ses enfants, leur nourrice et sa mère. Bien qu'elle ne fût enceinte que de six mois, elle était déjà énorme. Annabelle ne se sentait pas assez bien pour rester longtemps avec elle. Depuis le décès de sa mère, elle était triste, anxieuse, et elle avait du mal à supporter Newport sans elle. Il lui semblait revivre l'été qui avait suivi le naufrage du *Titanic* et elle fut soulagée quand Josiah arriva.

Ils s'étaient installés dans la villa de sa mère et non dans celle de Josiah, et dormaient dans sa chambre de jeune fille. Ils faisaient de longues promenades au bord de la mer et Josiah était presque aussi pensif et silencieux qu'elle, mais elle ne lui posait aucune question. Il y avait toujours eu des moments où il semblait sombre, voire déprimé. Ni l'un ni l'autre n'étaient en forme. Elle lui demanda quand Henry arriverait, espérant que son ami saurait lui remonter le moral. Les réponses de Josiah furent vagues et incertaines.

Josiah était arrivé depuis près d'une semaine, lorsqu'un soir qu'ils étaient assis devant la cheminée, il se tourna vers elle. Il devait lui parler, lui annonça-t-il. Elle sourit, se demandant ce qu'il pouvait avoir à lui dire. Ces temps-ci, la plupart de leurs conversations portaient sur la guerre. Mais, cette fois, il laissa échapper un profond soupir et, lorsqu'il la regarda, elle vit que ses yeux étaient pleins de larmes.

— Tu vas bien ? s'inquiéta-t-elle.

Il secoua lentement la tête et, lorsqu'il parla, le cœur d'Annabelle battit très fort dans sa poitrine.

— Non, je ne vais pas bien.

11

Rien ne pouvait avoir préparé Annabelle à ce que Josiah allait lui dire. Ses paroles seraient aussi dévastatrices et auraient sur elle le même effet que lorsqu'elle avait lu l'annonce du naufrage du *Titanic*.

Au début, il ne sut par où commencer. Pour l'aider, elle lui prit la main.

— Qu'est-ce qui ne va pas ? lui demanda-t-elle doucement.

Elle ne pouvait imaginer ce qui le mettait dans un tel état de désespoir. Il paraissait anéanti.

Prenant une profonde inspiration, il commença :

— Je ne sais comment te le dire, Annabelle…

Il savait à quel point elle était innocente et combien il lui serait difficile de comprendre ce qu'il allait lui révéler. Six mois auparavant, il avait voulu lui parler, mais il avait pensé qu'il était préférable d'attendre que les fêtes de Noël soient passées. Ensuite, sa mère était morte et Annabelle n'aurait pu supporter un autre choc, surtout venant de lui. Six mois s'étaient écoulés depuis le décès de Consuelo. La vente de la maison aussi avait été traumatisante pour elle. Mais il ne pouvait attendre plus longtemps. Elle devait savoir. Il devait mettre fin à ce mensonge qui le rendait fou.

— Je ne comprends pas ce qui ne va pas, gémit-elle, les yeux pleins de larmes, avant même qu'il eût parlé. Ai-je fait quelque chose qui t'a contrarié ?

Il secoua vigoureusement la tête.

— Bien sûr que non ! Tu as toujours été merveilleuse, Annabelle. Tu es parfaite. Ce n'est pas toi qui es dans ton tort. C'est moi... Depuis le début. Je pensais sincèrement pouvoir être un bon mari et te rendre heureuse. Je voulais...

Elle l'interrompit, craignant ce qu'il allait lui dire. Mais Josiah ne pouvait plus lui taire la vérité. Elle devait être dite.

— Mais tu es un bon mari, s'écria-t-elle, et tu me rends heureuse.

La supplication qu'il perçut dans sa voix lui brisa le cœur.

— Non ! Tu mérites mieux. Bien plus que ce que je peux te donner. J'ai cru que je le pourrais, j'en étais certain au début, sinon je ne t'aurais jamais fait cela. Mais je ne peux pas. Tu mérites un homme qui te donne tout ce que tu désires, un homme qui te donne des enfants.

— Nous ne sommes pas pressés, Josiah. C'est toi-même qui le dis.

— Nous le sommes, au contraire.

La bouche de Josiah s'était durcie, ne dessinant plus qu'une ligne mince. C'était encore plus difficile qu'il ne l'avait craint. Car le pire était qu'il l'aimait, mais il savait qu'il n'en avait plus le droit, maintenant. Il ne l'avait jamais eu. Il se sentait coupable de manquer à la promesse qu'il avait faite à sa mère de prendre soin d'elle, mais la situation était bien plus compliquée que Consuelo ne pouvait l'imaginer.

— Nous sommes mariés depuis près de deux ans et je n'ai jamais fait l'amour avec toi. Je t'ai fourni un millier d'excuses pour retarder l'échéance.

Une ou deux fois, elle s'était demandé s'il souffrait d'impuissance, mais elle n'avait pas osé lui en parler. Elle avait toujours eu le sentiment qu'il s'agissait d'un problème affectif qui se résoudrait avec le temps, du moins elle l'espérait. Mais ce n'était jamais arrivé. Au bout de deux ans de mariage, elle était encore vierge. Elle ne l'avait jamais avoué à personne, pas plus à Hortense qu'à sa mère. Elle avait trop honte à l'idée que peut-être elle ne se comportait pas comme il le fallait ou que Josiah ne la trouvait pas séduisante. Elle avait tout essayé : elle avait changé de coiffure, de robes, elle s'était même acheté des chemises de nuit plus affriolantes, puis elle avait renoncé. Elle avait alors pensé que cela arriverait quand il serait prêt. Mais cela l'avait énormément inquiétée, bien qu'elle s'efforçât maintenant de lui faire croire le contraire.

— Quand je t'ai épousée, continua-t-il, j'ai cru sincèrement que je serais capable de me comporter en homme, avec toi. Mais c'est faux. Chaque fois que j'y pensais, je savais que c'était mal, que je n'avais pas le droit d'abuser de ton innocence et de continuer à te mentir.

— Tu ne m'as pas menti, protesta-t-elle vaillamment.

Elle tentait de se battre pour sauver sa vie et son mariage, mais le combat était perdu d'avance.

— Nous nous aimons, insista-t-elle. Cela m'est égal que nous n'ayons jamais fait l'amour. Dans la vie, il y a des choses plus importantes que cela.

Sa candeur le fit sourire. Il était bien conscient que, si elle restait avec lui, elle ne connaîtrait jamais les plaisirs de l'amour. Et il ne le voulait pas. Il n'avait plus le choix. Il avait attendu beaucoup plus longtemps qu'il ne l'aurait dû pour leur bien à tous les deux. Il ne pouvait plus continuer. Il l'aimait, mais leur mariage était fondé sur le mensonge.

Elle le fixait en frémissant et ses doigts serrèrent plus fort la main de Josiah, tandis qu'elle s'armait de tout son courage pour entendre ce qu'il allait lui dire. Sans qu'elle en eût conscience, elle tremblait de la tête aux pieds.

— Ce n'est pas avec les femmes que je veux faire l'amour, avoua-t-il d'une voix rauque, mais avec les hommes. Je pensais pouvoir être un bon mari, vaincre ma nature, mais je ne peux pas. Tout en moi s'y refuse. C'est pour cela que je ne m'étais jamais marié auparavant. Je t'aime profondément, j'aime tout ce que tu es, mais pas de cette façon.

Il lui asséna alors le coup ultime :

— Henry et moi sommes amants depuis l'adolescence.

Il crut un instant qu'elle allait s'évanouir. Mais elle était courageuse et refusa de céder au vertige et à la nausée qui s'étaient emparés d'elle.

— Henry ?

Sa voix n'était plus qu'un murmure. Henry, qui avait toujours été à leurs côtés et dont elle pensait qu'il était leur meilleur ami ? Tout comme Josiah, il l'avait trahie.

— Oui. Il a compris que je veuille t'épouser et avoir des enfants avec toi. J'éprouvais pour toi une tendresse sincère et j'ai eu de la peine pour toi, quand ton père est mort. Je voulais être tout, pour toi : ton père, ton frère, ton ami. C'était mon souhait le plus cher. Mais je n'ai pas réussi à être ton mari. Je ne pouvais pas aller plus loin dans le mensonge, pas plus que je ne pouvais forcer ma nature. Tout mon être s'y refusait.

Elle hochait doucement la tête, s'efforçant d'assimiler ses paroles. Cela faisait beaucoup d'un seul coup. Tout, dans leur mariage, leur engagement mutuel, leur lune de miel, leurs promesses, les deux années qu'ils avaient passées ensemble, n'était que mensonge.

— Je pensais pouvoir mener une double vie, poursuivit Josiah, mais je me trompais. Je ne peux pas continuer à te mentir. Tu dois savoir pourquoi il ne s'est rien passé entre nous. En outre, il y a six mois, j'ai découvert quelque chose qui a tout changé. En décembre, j'ai appris que j'avais la syphilis. Désormais, il m'est encore moins possible de tenter de surmonter ma nature et de te donner les bébés que tu désires tant. Je t'aime bien trop pour risquer ta vie.

Tandis qu'il parlait, des larmes silencieuses roulèrent sur ses joues. Se jetant dans ses bras, Annabelle enfouit son visage dans son cou sans pouvoir réprimer ses sanglots. De tout ce qu'elle venait d'entendre, c'était la pire des nouvelles.

— Josiah... C'est impossible... gémit-elle en levant vers lui son visage baigné de larmes.

Lui aussi la regardait. Rien sur ses traits ne laissait deviner la maladie. C'était vrai pour l'instant, mais ce ne serait pas toujours le cas. Il perdrait la vue, puis la vie. Et il en était de même pour Henry.

Ils avaient appris ensemble qu'ils étaient frappés du même mal. Leur seule consolation était de savoir qu'ils ne se survivraient pas mutuellement. L'amour qui les unissait depuis plus de vingt ans les suivrait dans la tombe.

— Tu en es sûr ?

— Certain. Dès que je l'ai appris, j'ai voulu être franc avec toi, mais ta mère est tombée malade, et je n'ai pas eu le cœur de te l'avouer. Maintenant que c'est fait, nous devons prendre des décisions.

S'écartant de lui, elle s'essuya les joues.

— Je ne veux prendre aucune décision, s'écria-t-elle. Je veux rester mariée avec toi jusqu'à la fin.

— Il n'en est pas question, ce serait injuste. Et puis, Henry et moi voulons profiter ensemble du temps qui nous reste.

Bouleversée, elle comprit qu'il ne voulait pas terminer sa vie avec elle, mais avec l'homme qu'il aimait. C'était le pire des rejets.

Josiah inspira profondément avant de poursuivre :

— J'ai parlé à mon avocat. Il a déjà tout arrangé pour notre divorce. Il pourra avoir lieu dans la plus totale discrétion. Et si on t'interroge, tu pourras dire que j'ai été un mauvais mari et que tu es contente d'être débarrassée de moi.

— Mais je ne veux pas être débarrassée de toi ! sanglota-t-elle en s'accrochant de nouveau à lui.

Tous deux savaient que l'adultère était la seule raison qui permettait de divorcer. Si c'était lui qui demandait le divorce, on penserait qu'elle lui avait été infidèle. Mais elle se refusait à engager elle-même la procédure. S'il voulait reprendre sa liberté, pour son bien à elle, il serait contraint d'en faire la requête lui-même et elle ne pourrait pas se dérober.

— Ne pourrions-nous pas rester mariés ? demanda-t-elle, prise de panique.

Il refusa. Il était décidé et rien ne le ferait fléchir. Et elle le connaissait suffisamment pour savoir qu'il pouvait se montrer extrêmement têtu.

— Nous ne pouvons pas rester mariés, Annabelle, expliqua-t-il doucement. Nous pourrions essayer de faire annuler notre mariage, mais il faudrait en fournir la raison, ce qui serait embarrassant pour nous deux. Et au bout de deux ans, je ne suis même pas sûr que nous obtiendrions gain de cause. Un divorce sera plus simple et plus rapide. Je veux que tu sois libre de recommencer ta vie le plus vite possible, que tu rencontres un autre homme, te maries et mènes l'existence que tu mérites. Je te dois au moins cela. Tu as besoin d'un vrai mari et d'un vrai mariage, pas d'un simulacre.

— Mais je ne veux pas refaire ma vie et me marier avec quelqu'un d'autre ! sanglota-t-elle.

— Tu veux des enfants. Malgré ma maladie, je peux vivre des années. Je ne veux pas que tu sois liée à moi et que tu gâches ta vie pendant tout ce temps.

Il usait de tous les arguments pour la contraindre à céder et à le laisser partir, mais elle refusait de l'écouter. Elle ne voulait que lui, elle l'aimait autant qu'au premier jour et elle n'éprouvait aucun ressentiment à son égard. Ses révélations lui brisaient le cœur, mais il était hors de question pour elle de divorcer.

— Tu dois m'écouter, insista Josiah. C'est la seule solution. J'ai commis une terrible erreur, mais nous devons la corriger maintenant. Nous divorcerons discrètement et personne ne connaîtra les détails de notre différend, puisque l'affaire sera réglée à huis clos.

Il inspira profondément, avant de poursuivre :

— Je retournerai dès demain à New York pour voir mon avocat. Ensuite, Henry et moi, nous partirons pour le Mexique.

Ils auraient préféré aller en Europe, mais vu les événements, ils avaient modifié leur destination. Là-bas, personne ne les connaîtrait, ils pourraient se faire oublier et vivre ensemble le temps qui leur restait. C'était tout ce qu'ils souhaitaient.

— Quand reviendras-tu ? demanda Annabelle d'une petite voix.

Après avoir perdu tous ses proches, elle allait le perdre, lui aussi.

— Pas avant longtemps, répondit-il plus sèchement qu'il n'en avait l'intention.

Il avait évité de dire « jamais » pour ne pas se montrer trop dur, mais elle devait comprendre qu'entre eux, tout était terminé. Cela n'aurait même jamais dû commencer. A présent, il voulait aller vite, pour lui faire moins mal, pensait-il. Mais il se rendait compte que c'était faux. Elle semblait anéantie et il lui avait porté le coup de grâce en lui annonçant qu'il partait le lendemain.

Elle ne parvenait pas à imaginer comment elle pourrait vivre sans lui. Après son départ, elle serait seule au monde. Il avait Henry et, apparemment, l'avait toujours eu, alors qu'elle n'avait personne. Ni parents, ni frère, ni mari...

D'une voix plaintive, presque enfantine, elle demanda :

— Pourquoi ne pouvons-nous rester mariés ? La situation ne serait guère différente de ce qu'elle est aujourd'hui.

— Si, parce que tu connais la vérité, maintenant. Je dois te libérer, Annabelle, c'est le moins que je puisse faire. J'ai gâché deux ans de ta vie.

Pire que cela, il l'avait détruite. Il ne lui restait plus rien, en dehors de son héritage. Elle n'avait même plus de maison à New York. Elle devrait vivre à l'hôtel, puisqu'elle ne pourrait pas occuper l'appartement de Josiah après leur divorce.

Mais il y avait pensé.

— Tu pourras rester chez moi tant que tu le voudras. Je serai parti dans quelques jours.

Henry et lui avaient tout planifié.

— Je voudrais ne pas avoir vendu la maison de mes parents, regretta-t-elle.

Mais ils savaient tous les deux que c'était une bonne décision. Elle n'aurait pas pu rester seule dans une aussi grande maison, surtout lorsqu'elle aurait divorcé. Elle devait chercher un logement plus adapté à ses besoins. Josiah était certain qu'elle ne tarderait pas à se remarier, jeune et jolie comme elle l'était. A vingt-deux ans, elle avait conservé toute sa fraîcheur et toute son innocence. Au moins n'avait-il pas gâché cela, bien qu'elle eût l'impression d'avoir vieilli de dix ans. Il se leva et la serra dans ses bras, mais ne l'embrassa pas. La vérité avait éclaté. Il ne lui appartenait plus, d'ailleurs il n'avait jamais été à elle. Il l'aimait, mais pas comme un mari. Cette découverte l'avait rendu malheureux, lui aussi, mais pour elle, c'était bien pire. Il ne lui laissait aucun espoir. Il était seulement soulagé de n'avoir jamais fait l'amour avec elle, car s'il lui avait transmis sa maladie, il ne se le serait jamais pardonné. Ce qu'il lui avait fait était suffisamment monstrueux et il s'en voulait de lui avoir menti pendant tout ce temps et de s'être menti à lui-même. Car, malgré la tendresse qu'elle lui inspirait, l'engagement qu'il avait pris en se mariant avec elle était vide de sens.

Il l'accompagna jusqu'à sa chambre, mais refusa de rester avec elle cette nuit-là, affirmant que cela n'aurait pas été correct. Il s'installa dans la chambre d'amis, au rez-de-chaussée, pendant qu'elle sanglotait dans son lit. Finalement, elle descendit sans bruit et tenta de se coucher auprès de lui pour être simplement dans ses bras. Mais il ne le lui permit pas. Plein de remords, il la renvoya dans sa chambre, mais dès qu'elle fut partie, il se mit à pleurer. Il éprouvait pour elle une réelle affection et cette séparation lui brisait le cœur, mais il estimait ne pas avoir d'autre choix. Il ne voulait pas qu'elle reste auprès de lui alors que son état allait se détériorer. Il refusait de lui imposer une telle épreuve. La maladie évoluait et, chez Henry, les premières lésions étaient déjà visibles. Il était temps qu'ils s'éloignent de New York et de tous ceux qu'ils connaissaient. C'est pour cela qu'il s'était décidé à parler à Annabelle. Il était certain qu'avec le temps, lorsqu'elle aurait accepté la réalité, elle comprendrait qu'il avait eu raison. Cela lui permettait de commencer une nouvelle vie.

Le lendemain, lorsqu'ils se séparèrent, Annabelle se mit à sangloter. La voir ainsi, dans sa robe de deuil, si émouvante, lui brisa le cœur lorsqu'il s'éloigna au volant de sa voiture. Il n'avait jamais rien fait d'aussi difficile de sa vie. Malade de remords, il pleura tout le long du chemin. S'il l'avait tuée de ses propres mains, cela n'aurait pas été pire et il ne se serait pas senti plus coupable.

12

Après le départ de Josiah, Annabelle se terra. Blanche devina que quelque chose de terrible était arrivé, mais n'osa rien demander. Annabelle restait enfermée dans sa chambre et touchait à peine aux plateaux qu'on lui apportait. Une fois par jour, elle faisait une promenade le long de la mer, sans voir personne. Lorsque Hortense passa lui rendre visite, elle refusa de la recevoir. Elle avait ordonné à Blanche de dire qu'elle était malade. Accablée de chagrin, elle ne se sentait pas le courage de la voir. Elle avait trop honte de lui dire qu'elle divorçait, même si ce n'était pas sa faute. De plus, elle aurait dû lui en donner la raison, et la vérité était impossible à dire. Elle voulait protéger Josiah. L'idée qu'elle ne le verrait plus jamais l'affolait.

Dès qu'on apprendrait son divorce, elle savait que personne ne croirait à son innocence. A New York, toutes ses relations seraient horrifiées. Elle se demandait combien de temps il faudrait pour que la nouvelle se répande. Etant en deuil de sa mère, elle ne pouvait pas sortir, mais les gens finiraient par s'étonner de ne plus voir Josiah. Blanche avait des soupçons, mais elle pensait qu'il s'agissait d'une querelle d'amoureux et n'imaginait pas que cela pût se terminer par un divorce. La gouvernante et le maître d'hôtel murmuraient qu'il devait avoir une liaison, mais personne n'aurait pu soupçonner que c'était avec Henry ni que le couple allait se séparer. Blanche ne cessait de répéter à la jeune femme que tout allait s'arranger, mais Annabelle secouait la tête en pleurant. Rien ne pourrait plus jamais s'arranger.

En juillet, l'avocat de Josiah lui rendit visite. Josiah avait quitté son poste à la banque et était parti pour le Mexique. Deux semaines auparavant, Henry avait démissionné, sous prétexte qu'un membre de sa famille était malade. Il n'était venu à l'idée de personne d'établir un lien entre les deux événements, mais le départ des deux hommes constituait une grosse perte pour la banque.

Josiah avait envoyé une lettre à Annabelle. Il lui demandait une nouvelle fois de lui pardonner, lui assurant qu'il ne cesserait jamais de se sentir coupable et que son amour pour elle avait été sincère. La procédure de divorce était déjà engagée et l'avocat lui apporta les documents. Le seul motif que Josiah pouvait invoquer étant l'adultère, Annabelle fut frappée en plein cœur lorsqu'elle le lut. Elle savait que c'était ce qu'il avait l'intention de faire, mais le lire était atroce. Josiah avait dû s'y résoudre, puisqu'elle refusait d'entamer elle-même cette démarche.

— Tout le monde va penser que je l'ai trompé, dit-elle en levant des yeux anxieux vers l'avocat.

Jusqu'au bout, elle avait espéré que Josiah renoncerait, mais il n'avait pas pu faire autrement.

— Personne ne verra jamais ces papiers, affirma l'avocat. Il n'avait pas d'autre choix, puisque vous refusiez de faire vous-même cette requête.

Mais cela lui aurait être impossible. Elle l'aimait.

Malheureusement, malgré l'assurance de Josiah et de son avocat que tout resterait confidentiel, un clerc du tribunal vendit une copie des documents aux journaux et, en août, des articles parurent, dévoilant que Josiah Millbank avait demandé le divorce pour adultère. Cette nouvelle détruisit d'un seul coup la réputation et la vie d'Annabelle. Du jour au lendemain, elle devint une paria.

Elle était encore à Newport lorsqu'elle apprit la nouvelle par la banque de son père. La rumeur se répandit comme une traînée de poudre. Tout le monde, à Newport, se mit à parler du divorce d'Annabelle et de Josiah. Pendant deux semaines, elle n'osa pas rendre visite à Hortense pour lui expliquer la vérité. Et, lorsqu'elle s'y décida, ce fut pour subir un nouveau choc. Au lieu de la laisser monter directement jusqu'à la chambre d'Hortense, qui devait être alitée comme d'habitude, le maître d'hôtel la fit entrer dans le salon. La mère d'Hortense en sortit aussitôt et passa devant elle sans lui dire un mot, la mine froide et désapprobatrice. Hortense n'apparut qu'au bout de dix minutes. Elle avait encore grossi depuis la dernière fois qu'Annabelle l'avait vue. L'air pressé, elle ne s'assit pas, se contentant de fixer son amie, dont les yeux s'emplirent de larmes. Feignant de ne pas les voir, Hortense se détourna.

— Je suppose que tu as lu les nouvelles, comme tout le monde, commença tristement Annabelle.

Elle essuya discrètement ses yeux avec un mouchoir en dentelle qui avait appartenu à sa mère.

— Je n'aurais jamais imaginé qu'il y avait un autre homme dans ta vie, s'écria Hortense d'une voix tremblante.

Elle n'esquissa pas le moindre geste et ne prononça pas le moindre mot pour réconforter son amie, restant à bonne distance d'Annabelle.

— Il n'y en a pas et il n'y en a jamais eu, répondit calmement Annabelle. L'adultère était le seul motif que Josiah pouvait invoquer. Il voulait divorcer, mais pas moi. Il a pensé que c'était la meilleure solution... Il ne pouvait pas... Il ne voulait pas...

Elle ne put aller plus loin et réprima un sanglot. Elle ne voyait pas comment se disculper, tant elle avait de mal à comprendre elle-même ce qui s'était vraiment passé. De toute façon, elle ne pouvait révéler la vérité à personne, pas même à sa meilleure amie. Malgré ce que lui avait fait Josiah, elle ne voulait pas le trahir. Elle ne pouvait pas lui porter un tel coup. Sa réputation serait anéantie si l'on apprenait qu'il l'avait quittée pour un homme. Elle n'avait pas non plus le courage d'avouer à Hortense qu'elle était encore vierge. Elle continua donc de pleurer, assise sur sa chaise, incapable de révéler à son amie les tendances sexuelles de son mari.

— Je ne sais pas quoi faire, dit-elle d'une voix tourmentée. Je voudrais mourir.

Hortense attribua sa souffrance à la culpabilité. Sa mère lui avait assuré qu'Annabelle méritait ce qui lui arrivait. Jamais un homme comme Josiah n'aurait demandé le divorce sans raison valable. Quoi qu'Annabelle eût fait, c'était impardonnable, sinon il serait resté avec elle. Et si le motif invoqué était l'adultère, cela signifiait qu'Annabelle avait trompé son mari. La mère d'Hortense était navrée pour Josiah, mais elle ne plaignait absolument pas Annabelle, qui récoltait ce qu'elle avait semé. Quant à James, il avait fermement ordonné à sa femme de ne plus jamais revoir Annabelle, dont il craignait l'influence néfaste.

— Je suis désolée de ce qui t'arrive, déclara Hortense avec embarras. Tu as dû commettre une terrible erreur.

Elle s'efforçait d'être charitable, mais elle était convaincue que sa mère avait raison. Josiah était un homme trop bien pour agir avec légèreté. Pour qu'il ait divorcé, démissionné et quitté la ville, il fallait que la conduite d'Annabelle ait été abominable. Elle n'aurait jamais cru son amie capable d'un tel forfait, mais cela signifiait qu'on ne connaissait jamais totalement les gens, pas même ses meilleurs amis. Annabelle l'avait vraiment déçue. Quant à ses larmes, elles prouvaient bien qu'elle se sentait coupable. Sa mère et James avaient raison.

— Je n'ai pas commis d'erreur, fit Annabelle d'une voix entrecoupée par les sanglots.

Elle avait le sentiment d'être une enfant abandonnée. Comment Hortense n'était-elle pas plus compréhensive envers elle, après tout ce qu'elles avaient été l'une pour l'autre depuis l'enfance ?

Sans se départir de son attitude distante, Hortense exprima froidement son point de vue :

— Je ne pense pas vouloir savoir ce qui s'est passé, asséna-t-elle en se dirigeant vers la porte. Je suis désolée, mais tu dois partir. James dit que je ne dois plus te revoir. Au revoir, Annabelle, je dois monter dans ma chambre pour m'étendre. Je ne me sens pas très bien.

Là-dessus, elle sortit de la pièce et referma la porte derrière elle, sans un mot pour son amie. Annabelle demeura un instant immobile, n'en croyant pas ses oreilles. Puis, tremblant de la tête aux pieds, elle se leva, se précipita dehors et courut jusque chez elle. L'espace de quelques minutes, elle songea à se tuer en se jetant dans la mer, mais elle n'en eut pas le courage. Elle avait du mal à croire qu'Hortense l'avait abandonnée, elle aussi, et qu'elle lui avait dit qu'elle ne voulait plus jamais la revoir. C'est alors qu'elle comprit que tout le monde réagirait de la même façon. Toutes les portes de New York et de Newport lui seraient fermées lorsqu'elle sortirait de sa période de deuil.

Arrivée chez elle, la jeune femme grimpa les marches quatre à quatre pour se réfugier dans sa chambre, puis elle se jeta sur son lit, trop boule-versée pour pleurer. Elle était encore étendue quand Blanche se glissa dans la pièce.

— Je sais que vous n'avez pas fait ce qu'ils disent, miss Annabelle, assura-t-elle. Je vous ai vue presque chaque jour de votre vie, je sais que vous avez été une bonne épouse. J'ignore ce qui s'est passé, mais je suis convaincue que vous n'y êtes pour rien.

Tout en parlant, elle s'était approchée d'Annabelle et l'avait prise dans ses bras. Serrées l'une contre l'autre, elles pleurèrent ensemble. Annabelle ne pouvait lui révéler la raison exacte de son divorce, mais au moins Blanche savait qu'elle était innocente de ce dont on l'accusait. La jeune femme ne pouvait même pas imaginer ce que serait sa vie, dorénavant.

Elle avait refusé le divorce et, pensant lui épargner un destin encore pire, Josiah l'avait marquée à jamais du sceau de l'infamie.

Durant les dernières semaines du mois d'août, elle eut un avant-goût de ce qui l'attendait. Elle se rendit plusieurs fois dans les magasins ou à la poste, et à chaque fois, les gens qu'elle croisait se détournaient et refusaient de lui parler. Les hommes la fusillaient du regard et, pour les femmes, elle était transparente. Elle était devenue une paria. Josiah avait cru agir pour son bien en lui redonnant sa liberté, mais en réalité il l'avait condamnée à la réprobation et au mépris. Elle était bannie de son propre monde. Dorénavant, il n'y avait plus de vie possible pour elle, que ce soit à Newport ou à New York. Plus jamais elle ne serait acceptée. Elle serait pour toujours la femme adultère dont Josiah Millbank avait divorcé. C'était comme s'il l'avait condamnée à mort.

13

Annabelle regagna New York durant la première semaine de septembre, laissant la villa de Newport sous la surveillance de Blanche, William et quelques autres domestiques. Elle emmena Thomas avec elle, prévoyant de vendre toutes les voitures de son père, sauf une.

Dans un premier temps, elle s'installa dans l'appartement de Josiah. Elle savait qu'elle devait trouver un autre logement, mais elle était totalement perdue. Josiah ne reviendrait pas avant longtemps, si jamais il revenait. Elle n'avait reçu aucune nouvelle de lui depuis son départ pour le Mexique. Il l'avait complètement abandonnée, comme tous les autres. Et dire qu'il avait cru agir pour son bien !

En attendant de prendre une décision, elle retourna à Ellis Island. Malgré les mines des Anglais et les sous-marins allemands, les gens continuaient d'arriver d'Europe. Et c'est en discutant avec une Française, un jour, qu'Annabelle sut ce qu'elle allait faire. Elle ne voyait pas d'autre solution et c'était certainement plus sensé que de rester à New York, où tout le monde l'évitait comme la peste. Elle se moquait bien de mourir en traversant l'océan ou lorsqu'elle serait en Europe. La seule chose qu'elle désirait, c'était d'échapper au sort auquel Josiah l'avait involontairement condamnée en demandant le divorce.

Elle prit différents renseignements et demanda au médecin pour qui elle travaillait à Ellis Island de lui rédiger une lettre de recommandation, qui lui servirait en France. Il lui parla d'un hôpital installé dans une abbaye, à Asnières-sur-Oise, entièrement tenu par des femmes, et l'encouragea à s'y présenter. Il avait été fondé l'année précédente par une Ecossaise, le docteur Elsie Inglis. Celle-ci avait d'abord proposé ses services à l'Angleterre, qui les avait refusés, alors que le gouvernement français l'avait accueillie à bras ouverts. Elle avait aménagé l'abbaye et y avait établi son hôpital. Le personnel, composé de médecins et d'infirmières, était presque entièrement féminin, puisque la plupart des hommes étaient réquisitionnés.

Elsie Inglis était une féministe, une suffragette, qui avait fait ses études à l'école de médecine pour femmes d'Edimbourg et avait ensuite fondé sa propre école. Le médecin qui en parla à Annabelle savait que l'établissement était excellent et impeccablement tenu. L'hôpital qu'elle avait créé au cœur de l'abbaye de Royaumont fonctionnait depuis décembre 1914. Selon les sources de ce médecin, on y accueillait les soldats blessés au front et on y faisait un travail remarquable. Tout ce qu'Annabelle apprit sur ce lieu la confirma dans l'idée que sa place était là-bas et qu'elle y serait certainement la bienvenue. Peu lui importait ce qu'on lui donnerait à faire sur place, elle serait ravie de s'en acquitter.

Désormais, elle n'avait plus aucune raison de rester aux Etats-Unis. Elle n'y avait plus ni maison, ni parents, ni mari, et personne ne voulait plus la voir, pas même sa meilleure amie. Comme Josiah avait quitté New York, tout le monde supposait qu'elle lui avait brisé le cœur. Elle était déshonorée et personne ne connaîtrait jamais la vérité.

Elle n'avait vraiment aucune raison de rester et, au contraire, toutes les raisons de partir.

Annabelle passa plusieurs jours à emballer tout ce qu'elle voulait déposer au garde-meuble. Elle fit refaire son passeport, retint une cabine sur le *Saxonia,* qui partait pour la France, et s'acheta des vêtements confortables puisque, là où elle allait, elle n'aurait pas besoin de fanfreluches ni de tenues élégantes. Elle plaça tous les bijoux de sa mère dans un coffre à la banque, après quoi elle prit les dispositions financières nécessaires pour son séjour en Europe. Sans avoir fait part de ses projets à quiconque, elle se rendit à Newport à la fin du mois de septembre pour dire au revoir à Blanche et aux autres domestiques. Ils étaient cinq à rester dans la maison pour en prendre soin et entretenir le parc. Etant donné la taille de la villa, ils étaient en nombre suffisant pour s'acquitter de ces tâches. Sachant qu'elle ne reviendrait pas avant longtemps, Annabelle révéla à Blanche sa destination.

La gouvernante se mit à pleurer, maudissant le sort qui s'en était pris à sa jeune maîtresse et se lamentant sur ce qui l'attendait en France. Tous craignaient qu'elle ne survive pas à son projet, entre les champs de mines et les sous-marins allemands. Mais cela n'effrayait pas Annabelle, qui n'avait rien à perdre et personne pour qui vivre. Au moins serait-elle utile, sur le front. Pensant en avoir besoin, elle prit tous ses livres de médecine.

De retour à New York, elle fit ses adieux aux médecins et aux infirmières avec qui elle avait travaillé à Ellis Island, ainsi qu'à certains des malades qu'elle connaissait depuis longtemps, essentiellement des enfants. Tous étaient désolés de la voir partir. A aucun elle ne donna les raisons de son départ. Elle confia simplement au médecin-chef qu'elle allait travailler dans un hôpital de campagne, en France.

Tout ce qu'elle possédait était maintenant au garde-meuble. Elle avait pu caser ce qu'elle emportait dans trois grosses valises. Ne comptant pas sortir de sa cabine pendant la traversée, elle n'avait pas pris de robe de soirée. Son passeport et son billet étaient tous les deux établis à son nom de jeune fille, et non à celui de Josiah.

La veille de son départ, elle fit une longue promenade et passa devant la maison de ses parents. Elle resta là un long moment, pensant à tout ce qu'elle avait perdu. L'un de ses anciens voisins sortit de sa voiture et, remarquant sa présence, lui lança un regard méchant. Lui tournant le dos sans la saluer, il monta les marches qui menaient à sa propre maison et claqua la porte derrière lui. Cette attitude renforça sa détermination. Elle était certaine, désormais, qu'elle ne laissait rien derrière elle à New York.

Le lendemain matin, Thomas emmena Annabelle et la déposa sur le quai, près du bateau, où ses trois grosses valises furent portées à bord. Le *Saxonia* était un solide navire d'une quinzaine d'années, avec quatre mâts imposants et une grande cheminée. Ce n'était pas un bateau luxueux, il n'avait pas été conçu pour aller vite, mais il était confortable. Depuis le début de la guerre, la première classe avait été supprimée. Il était moins prestigieux que les bateaux sur lesquels Annabelle avait voyagé avec ses parents, mais elle n'y attachait aucune importance et avait retenu l'une des plus grandes cabines.

Deux jeunes marins l'escortèrent, après que Thomas lui eut fait ses adieux en la serrant dans ses bras. Il allait mettre la voiture de son père dans un garage, en attendant qu'elle soit vendue. Il cherchait déjà un autre emploi, puisque la jeune femme ne savait pas quand elle rentrerait.

Une demi-heure plus tard, on largua les amarres et il lui fit un dernier au revoir depuis le quai. Les passagers qui se trouvaient sur le pont semblaient graves, conscients des risques qu'ils prenaient en traversant l'Atlantique. Tous avaient de bonnes raisons de le faire. Personne ne voyageait plus par plaisir. Depuis que l'Europe était en guerre, la traversée était devenue bien trop dangereuse.

Annabelle resta sur le pont jusqu'à ce que le bateau dépassât la statue de la Liberté. Lorsqu'elle vit Ellis Island, elle retourna dans sa cabine, le cœur serré. Là, elle prit l'un de ses livres de médecine et se mit à le lire en essayant de ne pas penser à ce qui se passerait s'ils étaient torpillés. Depuis le naufrage du *Titanic*, c'était la première fois qu'elle remontait sur un bateau. Tendue, elle écoutait les gémissements du navire tout en se demandant à quelle distance des eaux américaines se trouvaient les sous-marins et s'ils les attaqueraient. Tous les passagers pensaient à la même chose.

Elle dîna seule dans sa cabine. Et, lorsqu'elle se coucha, elle ne parvint pas à trouver le sommeil. Elle se demandait si le bateau parviendrait à destination et ce qui l'attendait en France. Elle comptait aller là où on aurait le plus besoin d'elle. Ses cousins Astor avaient financé un hôpital de campagne et l'un de ses cousins Vanderbilt s'était engagé comme volontaire, mais après que la nouvelle de son divorce se fut répandue, elle n'avait pas osé les contacter. Elle devrait se débrouiller seule. Dès qu'elle serait à l'hôpital, elle ferait tout ce qu'on lui demanderait, y compris les tâches subalternes. D'après ce qu'elle savait, il y avait énormément de soldats dans les tranchées et de nombreux blessés affluaient dans les hôpitaux. Si elle arrivait à destination, elle était certaine qu'on lui trouverait du travail.

A Ellis Island, elle avait beaucoup appris au contact des médecins et des infirmières, et chaque jour elle continuait d'étudier dans ses livres. Même si elle était seulement autorisée à conduire une ambulance, elle serait plus utile qu'en se terrant à New York pour échapper aux rumeurs, exclue du monde qui était le sien.

Josiah avait cru bien faire, mais le divorce avait détruit sa respectabilité et sa réputation, l'empêchant de recommencer une nouvelle vie. Il n'avait pas imaginé cela. Elle aurait tout aussi bien pu être reconnue coupable de meurtre. La sentence était tombée, sa culpabilité avérée pour tous. Elle n'avait pas envisagé un seul instant de divulguer le secret de Josiah. D'une part, parce qu'elle l'aimait, et, d'autre part, parce que ce secret était plus choquant que leur divorce. La révélation de sa liaison avec Henry et de leur maladie aurait complètement détruit sa vie. Elle était incapable de lui porter un tel coup. Elle se tairait jusqu'à la mort. Mais, sans le vouloir, il l'avait sacrifiée.

Elle serait soulagée lorsqu'elle serait en France, où personne ne la connaissait. Elle ne savait pas encore si elle dirait qu'elle était veuve ou qu'elle n'avait jamais été mariée. Si quelqu'un connaissait Josiah, ce qui était possible, même en Europe, elle serait accusée de mensonge, en plus du reste. Finalement, il valait mieux qu'elle prétende ne jamais avoir été mariée. C'était plus simple, au cas où elle rencontrerait une relation de Josiah. Elle était redevenue Annabelle Worthington, comme si les deux années passées avec Josiah n'avaient jamais existé. Pourtant, elle en était arrivée à l'aimer profondément. Assez pour lui pardonner ses faiblesses et cette maladie qui finirait par l'emporter.

Tandis que le bateau voguait, elle songea qu'elle serait peut-être tuée, en France. Si cela arrivait, elle n'aurait pas à supporter un nouveau deuil. Car, malgré le divorce, quand Josiah mourrait, elle aurait le cœur brisé. Tout ce qu'elle avait voulu, c'était passer sa vie avec lui, réussir son mariage et porter ses enfants. Hortense ne savait pas quelle chance elle avait d'avoir un époux qui aimait les femmes et d'être entourée de bébés. Annabelle avait aussi perdu son amie. Tout le monde l'avait traitée comme une pestiférée et, après le rejet de Josiah, c'était la défection d'Hortense qui lui avait fait le plus de mal. Dans sa cabine, sur ce bateau, Annabelle se sentait absolument seule au monde. C'était une impression effrayante pour une jeune femme qui avait été protégée toute sa vie, d'abord par sa famille et ensuite par son mari. Et maintenant, ils n'étaient plus là, et elle avait perdu sa réputation. En tant que femme adultère, elle était condamnée à jamais. A cette pensée, les larmes jaillirent de ses yeux.

Cette nuit-là, le bateau ne rencontra aucun problème. On avait doublé le nombre des hommes de quart, afin d'éviter les champs de mines. Personne n'aurait su dire où ils se trouvaient ni jusqu'à quelle distance de la côte les sous-marins allemands osaient approcher. Après avoir quitté le quai, on leur avait fait effectuer un exercice de sauvetage. Tout le monde savait sur quel canot monter et les gilets de sauvetage étaient suspendus bien en vue dans les cabines. En temps de paix, ils étaient moins visibles, mais depuis le torpillage du *Lusitania*, la Cunard ne voulait prendre aucun risque. Toutes les consignes de sécurité étaient observées, mais cela augmentait la tension sur le bateau.

Annabelle ne parlait à personne. En consultant la liste des passagers, elle avait constaté qu'une ou deux relations de ses parents se trouvaient à bord. Avec le scandale causé à New York par son divorce, elle ne voulait surtout pas les croiser et risquer d'être traitée comme une malpropre ou pire encore. Elle préférait passer la plus grande partie de la journée dans sa cabine et faire une promenade solitaire sur le pont, à la tombée de la nuit, quand tous les passagers se changeaient pour le dîner. Chaque soir, elle prenait son repas seule, dans sa cabine. Etre dans un bateau lui remémorait la mort de son frère et de son père. Et tout ce qu'elle avait entendu sur le naufrage du *Lusitania* ne faisait qu'accentuer sa peur. La plupart du temps, elle était tendue, anxieuse, et fermait à peine l'œil de la nuit. Heureusement, elle avait ses livres de médecine et étudiait pendant ses longues heures de veille.

L'employée chargée de sa chambre tentait en vain de la persuader de monter dîner dans la salle à manger. Dès le second soir, le capitaine l'avait invitée à sa table. C'était un honneur que la plupart des passagers auraient apprécié, mais elle avait décliné l'invitation sous prétexte qu'elle ne se sentait pas bien. La mer avait été un peu agitée, ce jour-là, aussi le motif était-il crédible. En réalité, elle n'eut jamais le mal de mer pendant la traversée.

Le steward et l'employée affectés à son service se demandaient quelle sorte de malheur l'avait frappée. Elle était jeune et belle, mais très grave, et ils avaient remarqué les vêtements de deuil qu'elle portait toujours depuis le décès de sa mère. Peut-être était-elle veuve ? Peut-être avait-elle perdu un enfant ? En tout cas, il était clair qu'il lui était arrivé quelque chose. Lorsqu'elle marchait sur le pont, au coucher du soleil, sa silhouette avait quelque chose de romantique. Elle regardait longuement la mer en pensant à Josiah et se demandait si elle le reverrait un jour. Elle s'efforçait aussi de chasser Henry de son esprit et de ne pas le haïr.

En rentrant dans ses appartements, qui comportaient un grand salon et une chambre, elle semblait parfois avoir pleuré. Souvent, une voilette dissimulait son visage, déjà protégé par un grand chapeau. Elle ne voulait pas être reconnue, ni même vue. Obligée de quitter le cocon qu'elle avait tant aimé autrefois, contrainte d'oublier son identité, elle abandonnait son monde. Elle se dépouillait de tout ce qui était sûr et familier pour se fondre dans une vie consacrée aux autres, sur le front. Désormais, c'était tout ce qu'elle voulait.

Elle prit conscience qu'en dehors de la villa de Newport, elle n'avait plus de foyer. Presque tout ce qu'elle possédait se trouvait dans un garde-meuble et le reste entassé dans trois valises qu'elle devrait porter elle-même. Elle n'avait même pas une seule malle, ce qui, selon l'employée, était inhabituel pour une femme de sa condition. Même sans fourrures, bijoux et robes de soirée, il était évident qu'Annabelle venait d'un bon milieu. Sa façon de parler, son maintien, ses manières aimables, sa grâce, tout en elle trahissait son appartenance à la haute société. Mais, lorsqu'elle voyait sa tristesse, la jeune employée était navrée pour elle. Elles avaient presque le même âge et Annabelle était toujours gentille avec elle.

Le quatrième jour, alors qu'ils s'approchaient des côtes européennes, le bateau ralentit considérablement son allure. C'était à peine s'il avançait, mais l'homme de quart avait remarqué quelque chose de suspect, aussi le capitaine redoutait-il la présence d'un sous-marin allemand. Tous les passagers étaient inquiets, quelques-uns d'entre eux avaient même enfilé leurs gilets de sauvetage, bien qu'aucune alarme n'eût retenti. Pour la première fois, Annabelle sortit en plein jour, pour voir de quoi il s'agissait. Lorsqu'elle le lui demanda, l'un des officiers lui expliqua la raison de ce ralentissement. Bien qu'elle se dissimulât sous son grand chapeau et sa voilette, il fut frappé par sa beauté et se demanda si elle était une actrice célèbre voyageant incognito, ou quelque personnalité connue. Elle portait un ensemble noir bien coupé et, lorsqu'elle ôta l'un de ses gants, il remarqua la délicatesse de sa main. Après qu'il l'eut rassurée, elle s'écarta des passagers qui discutaient ou se réunissaient en petits groupes pour jouer aux cartes, se promena un peu sur le pont, puis elle regagna sa cabine.

Plus tard, dans l'après-midi, le jeune officier frappa à sa porte. Elle tenait un livre à la main et, avec ses cheveux blonds répandus sur ses épaules, elle avait l'air d'une toute jeune fille. Il la trouva encore plus jolie. Elle avait ôté sa veste de tailleur et était vêtue d'une longue jupe et d'un chemisier noirs. Tout comme l'employée, il supposait qu'elle était veuve, mais il n'avait aucune idée de ce qui la poussait à se rendre en Europe. Il lui dit qu'il passait voir si elle allait bien, car elle lui avait paru inquiète. Le bateau continuait d'ailleurs d'avancer très lentement. Avec un sourire timide, elle le rassura. Baissant les yeux pour voir ce qu'elle lisait, il fut surpris de découvrir un livre de médecine, écrit par le docteur Rudolph Virchow. Sur une table, derrière elle, il y en avait trois autres de Louis Pasteur et de Claude Bernard.

— Vous étudiez la médecine ? demanda-t-il, visiblement étonné.

Il se demanda si elle était infirmière, car ce n'étaient pas les lectures habituelles d'une femme. Cela semblait pourtant peu probable, étant donné ce qu'on pouvait supposer de son statut social.

— Oui... non... pas vraiment, en fait, répondit-elle avec embarras, mais cela m'intéresse beaucoup. C'est une sorte de passion, chez moi.

— Mon frère est médecin, dit-il fièrement. C'est le génie de la famille. Ma mère est infirmière.

Il s'attardait, cherchant des prétextes pour bavarder avec elle. Elle était vraiment mystérieuse et il ne pouvait s'empêcher de se demander pourquoi elle allait en France. Peut-être rejoignait-elle des membres de sa famille. Ces derniers temps, de moins en moins de femmes entreprenaient cette traversée.

— Si je peux faire quelque chose pour vous, miss Worthington, n'hésitez pas à me le faire savoir.

Elle hocha la tête, bouleversée de s'entendre appeler par son nom de jeune fille. Elle n'y était pas encore habituée. Il lui semblait qu'elle remontait dans le temps pour retomber en enfance. Elle avait été fière d'être Mme Millbank. C'était comme si elle ne méritait plus de porter le nom de Josiah. Si elle l'avait demandé, la cour aurait pu accorder à Annabelle le droit de le conserver, mais ils avaient pensé tous les deux qu'elle recommencerait plus facilement sa vie en reprenant le sien. Elle n'en était pas moins attristée d'avoir perdu celui de son mari.

— Merci beaucoup, répondit-elle.

Après qu'il l'eut saluée, elle referma la porte et reprit sa lecture. Elle ne sortit de sa cabine qu'à la nuit tombée. Elle avait hâte d'arriver, car cette réclusion volontaire faisait paraître le voyage très long. Le ralentissement leur avait coûté une journée, mais tout le monde était d'accord pour penser qu'il valait mieux être prudent, même au prix d'un retard.

La journée suivante fut encore plus tendue. Au matin, l'homme de quart avait repéré un champ de mines à tribord. Cette fois, les sirènes retentirent, amenant tout le monde sur le pont, et l'équipage dut expliquer la situation. On demanda aux passagers de garder leurs gilets de sauvetage sur eux. Annabelle était sortie de sa cabine sans son chapeau et sa voilette, vêtue d'une robe de lin noire. La journée était ensoleillée et une petite brise marine soufflait, rejetant ses cheveux en arrière. Le même officier s'approcha d'elle, le sourire aux lèvres.

— Il n'y a aucune raison de s'inquiéter, la rassura-t-il. Ce n'est qu'une précaution. Nous sommes à bonne distance du danger, grâce à la vigilance de nos hommes, qui ont immédiatement repéré le champ de mines.

Malgré elle, la jeune femme laissa échapper que ses parents et son frère étaient à bord du *Titanic*. Levant vers lui de grands yeux, elle frissonna.

— Je suis navré, lui dit-il gentiment. Mais rassurez-vous, cela n'arrivera pas ici. Le capitaine contrôle la situation.

Cependant, la proximité du champ de mines leur valut un nouveau jour de retard. Les deux jours suivants, le capitaine dut être encore plus vigilant, car ils approchaient de la France.

Finalement, le trajet dura sept jours. Ils atteignirent Le Havre à 6 heures du matin et le bateau accosta pendant que la plupart des passagers dormaient encore. Le petit déjeuner fut servi et, aussitôt après, les voyageurs qui descendaient là débarquèrent. Le bateau se rendait ensuite à Liverpool. Lorsqu'ils accostèrent, Annabelle était déjà habillée et sur le pont. L'officier l'aperçut et vint vers elle. La jeune femme semblait très excitée et plus heureuse qu'il ne l'avait jamais vue pendant tout le voyage. Il se demanda si sa tristesse n'avait pas été due à la peur, puisque ses parents avaient été victimes d'un naufrage. Quoi qu'il en fût, les sous-marins et les champs de mines les avaient tous effrayés, et tout le monde était content d'arriver sain et sauf en France.

— Vous vous réjouissez à l'idée de visiter Paris ? plaisanta-t-il.

Peut-être un fiancé l'attendait-il ? Un large sourire aux lèvres, elle acquiesça d'un signe de tête. Elle portait son chapeau, mais pas la voilette, aussi put-il plonger son regard dans ses grands yeux bleus.

— Oui, mais je n'y resterai pas longtemps, dit-elle simplement.

Il la regarda avec surprise. Etant donné les risques, personne ne venait en Europe pour y faire un court séjour.

— Vous allez repartir aux Etats-Unis ?

— Non. J'espère travailler dans un hôpital, au nord de la capitale, à une cinquantaine de kilomètres du front.

— C'est très courageux de votre part, assura-t-il, impressionné.

Elle était si jeune et si jolie que l'imaginer au milieu des scènes sanglantes d'un hôpital ne lui plaisait pas, mais elle était visiblement enthousiasmée par cette idée. Cela expliquait pourquoi elle lisait des livres de médecine dans sa cabine.

— Vous y serez en sécurité ? s'inquiéta-t-il.

— Je le pense, répondit-elle avec un sourire.

Elle aurait préféré être sur le front, mais on lui avait dit que seul le personnel médical militaire était autorisé à y travailler. Il lui serait plus facile de trouver sa place à l'hôpital qui avait été installé dans l'abbaye de Royaumont, à Asnières-sur-Oise.

— Vous vous y rendez dès aujourd'hui ? demanda-t-il.

Elle secoua la tête.

— Je pense passer la nuit à Paris. Demain, je verrai comment m'y rendre.

L'hôpital se trouvait à trente-cinq kilomètres de Paris et elle ne savait pas encore comment elle s'y prendrait.

— Vous êtes très courageuse de voyager seule, dit-il avec admiration.

Il devinait qu'elle avait eu une existence protégée et qu'elle n'était pas habituée à se débrouiller seule. Mais elle n'avait pas le choix. Elle devait repartir de zéro et rester loin de son pays pendant un certain temps.

Le jeune officier dut retourner à ses tâches, pendant qu'Annabelle regagnait sa cabine pour fermer ses valises. Elle était prête. Après avoir remercié l'employée de s'être si bien occupée d'elle pendant la traversée, elle lui donna un généreux pourboire et monta dans la salle à manger. Ce fut la première et la dernière fois qu'elle y entra. Mais tout le monde était bien trop occupé pour faire attention à elle. Les voyageurs faisaient leurs adieux à leurs nouveaux amis et partageaient un dernier petit déjeuner avant de quitter le bateau.

Annabelle fit partie des premiers passagers qui débarquèrent. Elle dit au revoir au jeune officier, venu lui souhaiter bonne chance. Peu après, elle monta dans le compartiment privé qui avait été réservé pour elle dans le train. Elle savait que c'était un luxe qu'elle ne s'offrirait plus avant longtemps. Avec un peu de chance, elle serait au travail dès le lendemain et vivrait comme tous les autres membres du personnel médical, à l'abbaye.

Arrivée à la gare du Nord, à Paris, elle se débrouilla pour porter ses bagages et prendre un taxi. Comme elle avait mangé dans le train, elle n'avait pas faim et se rendit directement à l'hôtel de Hollande, dans le 9e arrondissement, où elle avait retenu une chambre. Pendant le trajet, elle remarqua beaucoup d'hommes portant des képis bleus, qui circulaient à bicyclette par groupes de quatre. Les terrasses des cafés avaient disparu, ce qui constituait un grand changement depuis la dernière fois qu'elle avait vu Paris avec ses parents. Elle n'y était pas revenue depuis l'âge de seize ans. On voyait peu d'hommes dans les rues, où régnait une atmosphère pesante et tendue. La plupart d'entre eux avaient été mobilisés et combattaient sur le front, mais par ce beau jour d'automne la ville était aussi belle que dans ses souvenirs. La place de la Concorde et les Champs-Elysées étaient aussi majestueux qu'autrefois. Quand le taxi s'arrêta devant l'hôtel, le soleil brillait dans le ciel.

Le réceptionniste était très âgé et la conduisit jusqu'à sa chambre, au premier étage. C'était une petite pièce ensoleillée, donnant sur un jardin où l'on avait disposé des tables et des chaises. Quelques clients étaient en train de déjeuner. Elle demanda au vieil homme s'il savait comment se rendre à Asnières-sur-Oise. Elle voulait savoir s'il était possible de trouver un véhicule et un chauffeur. Elle parlait couramment le français, grâce à l'éducation qu'elle avait reçue de sa préceptrice.

— Pourquoi voulez-vous aller là-bas ? lui demanda-t-il en fronçant les sourcils avec désapprobation.

A son goût, l'endroit était bien trop proche du front, mais pas aux yeux d'Annabelle.

— Je me rends à l'abbaye, expliqua-t-elle.

— Ce n'est plus une abbaye, mais un hôpital dirigé par des femmes, l'informa-t-il.

— Je le sais, répliqua-t-elle avec un sourire. C'est pour cela que j'y vais.

— Vous êtes infirmière ?

Pour toute réponse, elle se contenta de hocher la tête. L'homme songea que l'hôtel était un peu trop luxueux pour une infirmière. Mais, même vêtue simplement, Annabelle pouvait difficilement cacher ses origines.

— Non, je suis seulement bénévole et je ferai ce qu'ils voudront bien me donner à faire, dit-elle humblement.

Il la fixa avec étonnement.

— Vous allez là-bas pour soigner nos hommes ?

Cette fois, elle acquiesça sans hésitation.

Ce soir-là, il lui fit servir à dîner dans sa chambre, ajoutant une petite bouteille de vin qu'il avait gardée pour lui.

— Vous êtes quelqu'un de bien, lui sourit-il lorsqu'il la revit.

— Merci, dit-elle doucement, tout en sachant que ses relations de Newport et de New York n'auraient pas été d'accord avec lui.

Plus tard, le vieil employé lui apprit qu'il avait demandé à son neveu de la conduire, le lendemain, à Asnières-sur-Oise. Lors de la précédente guerre, Jean-Luc avait perdu plusieurs doigts, ce qui ne l'empêchait pas d'être un excellent conducteur, assura le vieillard. Malheureusement, ajouta-t-il, le jeune homme ne disposait que d'un camion. Annabelle lui assura que ce serait parfait.

Cette nuit-là, elle eut du mal à s'endormir. Elle ignorait ce que lui réservait la journée suivante. Elle espérait de tout son cœur qu'à l'abbaye, on lui permettrait de rester.

14

Annabelle et Jean-Luc quittèrent l'hôtel au lever du soleil. La journée s'annonçait merveilleusement belle. Le jeune homme lui apprit que, la veille, de terribles combats avaient eu lieu en Champagne et faisaient encore rage. C'était la seconde fois qu'on se battait à cet endroit et cent quatre-vingt-dix mille hommes avaient été tués ou blessés. Elle l'écoutait en silence, horrifiée par ce chiffre monstrueux.

C'était pour cette raison qu'elle était là, pour aider à soigner ces hommes, faire tout son possible pour les sauver ou au moins les réconforter. Elle portait une robe de laine noire, des bottines et des bas noirs. Ses livres de médecine étaient dans ses valises et elle avait glissé un tablier blanc dans son sac. C'était le tablier qu'elle utilisait à Ellis Island et qu'elle mettait par-dessus ses robes et ses jupes de couleurs vives lorsqu'elle n'était pas en deuil, ce qui n'était pas le cas aujourd'hui. Elle n'avait plus que des vêtements noirs dans ses valises.

Il leur fallut trois heures pour arriver à l'hôpital. Les routes étaient en très mauvais état, pleines de fondrières, et il n'y avait plus d'hommes pour les refaire. Tous ceux qui étaient valides avaient été mobilisés, si bien qu'il ne restait plus personne pour assurer l'entretien du pays, en dehors des vieillards, des femmes, des enfants et des blessés qu'on renvoyait chez eux. Secouée et ballottée, Annabelle ne songeait cependant pas à se plaindre dans le camion de Jean-Luc qui servait normalement à livrer des volailles. Elle sourit en voyant que des plumes s'étaient collées sur ses valises. Un peu plus tard, elle se surprit à fixer ses mains, pour s'assurer que ses ongles étaient assez courts. Ce faisant, elle remarqua la légère marque blanche laissée à son annulaire par son alliance. L'espace de quelques secondes, son cœur se serra. Elle l'avait retirée en août, mais elle lui manquait encore. Elle l'avait laissée dans un coffre, à la banque, avec sa bague de fiançailles que Josiah n'avait pas voulu reprendre.

Ils atteignirent l'hôpital vers 9 heures. L'abbaye, légèrement délabrée, datait du XIIIe siècle. C'était une belle bâtisse, aux gracieuses arcades, derrière laquelle se trouvait un étang. Le lieu bourdonnait d'activité. Des infirmières en uniforme poussaient des hommes en fauteuil roulant, d'autres rentraient d'un pas pressé dans les différentes ailes de l'abbaye. Des blessés étaient sortis des ambulances, conduites par des femmes. Il n'y avait que des brancardières. Le personnel médical était presque entièrement composé de femmes. Les seuls hommes que vit Annabelle étaient les blessés. Au bout de quelques minutes, cependant, un médecin homme franchit une porte au pas de course. Il était l'exception parmi cette population de femmes. Comme elle regardait autour d'elle, ne sachant où aller, Jean-Luc lui demanda si elle voulait qu'il l'attende.

— Oui, si cela ne vous ennuie pas.

L'espace d'une minute, elle fut prise de panique à l'idée que, si on ne voulait pas d'elle, elle ne saurait ni où aller ni quoi faire. Mais, quoi qu'il arrivât, elle ne retournerait pas aux États-Unis. Pas avant longtemps, en tout cas, et peut-être même jamais.

— Il faut que je parle aux personnes qui dirigent l'hôpital, pour savoir si elles veulent bien m'accepter, lui confia-t-elle.

Et si on ne voulait pas d'elle, elle chercherait un endroit où s'installer, même si elle ne trouvait qu'un hangar.

Elle traversa la cour et s'arrêta devant les panneaux qui indiquaient les différentes parties de l'hôpital. Sur l'un d'eux était inscrit le mot « Administration » et il était tourné vers des bureaux situés sous les arcades.

Lorsqu'elle y pénétra, elle vit des femmes occupées à des tâches administratives derrière un guichet. Des conductrices d'ambulance leur tendaient des formulaires de réquisition. Ici, on gardait la trace de tous les patients, ce qui n'était pas le cas dans la plupart des hôpitaux militaires, où, généralement, le personnel n'en avait pas le temps, car il avait trop de travail. En s'approchant du guichet, Annabelle constata que la plupart des femmes étaient françaises, mais devina à leur accent que certaines d'entre elles étaient anglaises. Toutes les conductrices d'ambulance étaient françaises. Elles habitaient dans la région et avaient été formées à l'abbaye. Parmi elles, il y en avait de très jeunes. Toutes les bonnes volontés étaient bienvenues. A vingt-deux ans, Annabelle était plus âgée que beaucoup de ces jeunes volontaires, et elle avait certainement la maturité et l'expérience nécessaires.

— A qui dois-je m'adresser pour proposer mes services ? demanda-t-elle dans un français parfait.

— A moi, répondit en souriant une femme d'à peu près son âge.

Elle portait un uniforme d'infirmière, mais elle travaillait au guichet. Comme toutes les autres, elle devait répondre à tous les besoins et il leur arrivait parfois de travailler vingt-quatre heures d'affilée. Il régnait une grande activité dans la salle, mais tout semblait se faire dans la bonne humeur et l'efficacité. Annabelle était impressionnée.

— Que pouvez-vous faire ? demanda la jeune femme en la regardant par-dessus le guichet.

Annabelle avait mis son tablier, pour avoir l'air plus professionnelle. Avec sa robe noire, elle tenait à la fois de l'infirmière et de la religieuse, bien qu'elle ne fût ni l'une ni l'autre.

Elle fouilla nerveusement dans son sac et en sortit sa lettre de recommandation. Qu'allait-elle faire, s'ils n'acceptaient que les infirmières diplômées ?

— J'ai une lettre, dit-elle. Je travaille depuis longtemps en tant que bénévole dans les hôpitaux à New York. Ces deux dernières années, j'ai apporté mon aide au centre de soins d'Ellis Island. Je me suis occupée des immigrants et j'ai acquis une certaine expérience des maladies infectieuses. Avant cela, j'ai travaillé au New York Hospital, dans le service des estropiés et des invalides. C'est sans doute plus proche de ce que vous faites ici.

Annabelle avait parlé d'une seule traite et fixait son interlocutrice avec espoir.

— Vous avez fait des études de médecine ? demanda cette dernière.

Elle parcourut la lettre du médecin d'Ellis Island, qui était très élogieuse pour Annabelle, disant que, malgré son absence de formation, elle était l'assistante la plus douée qu'il eût jamais rencontrée, meilleure que bien des infirmières et même des médecins. Annabelle avait rougi lorsqu'elle l'avait lue.

— Non, répondit-elle franchement.

Elle ne voulait pas mentir, prétendre posséder des connaissances qu'elle n'avait pas.

— Mais j'ai lu de nombreux livres de médecine, précisa-t-elle. Particulièrement ceux concernant les maladies infectieuses, la chirurgie orthopédique et les plaies gangreneuses.

L'infirmière l'observait avec attention. Cette jeune femme lui plaisait. Elle semblait très désireuse de travailler, comme si cela avait beaucoup d'importance pour elle.

— C'est une belle lettre ! remarqua-t-elle. Vous êtes américaine ?

Annabelle acquiesça. Son interlocutrice était anglaise, mais elle parlait français sans aucun accent.

— Oui. Je suis arrivée hier.

— Pour quelle raison êtes-vous venue ici ? demanda l'infirmière avec curiosité.

Annabelle hésita, puis elle rougit et sourit timidement.

— Pour être des vôtres. Le médecin d'Ellis Island qui a écrit cette lettre m'a parlé de votre hôpital. J'ai trouvé cela extraordinaire et j'ai pensé que je pourrais venir vous proposer mon aide. Je suis prête à faire tout ce que vous me demanderez, nettoyer les bassins, les plateaux, les cuvettes, n'importe quoi.

— Vous savez conduire ?

Annabelle eut une moue embarrassée. Elle avait toujours bénéficié d'un chauffeur.

— Non, mais je peux apprendre.

— Vous êtes engagée, dit simplement la jeune infirmière.

Avec une telle lettre, il était inutile de la laisser dans l'expectative plus longtemps, et elle voyait bien qu'Annabelle avait toutes les qualités requises. Un grand sourire illumina les traits de la jeune femme. C'était pour cela qu'elle avait entrepris ce long et effrayant voyage, malgré les mines, les sous-marins allemands et ses propres terreurs.

— Soyez en salle C à 13 heures.

C'était dans vingt minutes…

— Ai-je besoin d'un uniforme ?

L'infirmière jeta un coup d'œil à son tablier.

— Vous êtes très bien comme vous êtes. Vous avez un endroit où loger ?

Elles échangèrent un sourire.

— Pas encore. Avez-vous des chambres disponibles ? Je peux dormir n'importe où, vous savez, même par terre.

— Ne le répétez pas ou on vous prendra au mot ! Nous manquons de lits, ici, et on serait trop content de vous prendre le vôtre. En général, nous partageons le même lit avec celles qui ont des horaires différents. Il en reste quelques-uns dans les anciennes cellules des religieuses, ainsi qu'un dortoir au monastère, mais il est déjà bondé. Si j'étais vous, je

188

chercherais du côté des cellules et j'essaierais de trouver quelqu'un pour le partager. Demandez, il y aura sûrement une fille pour vous accueillir.

L'infirmière lui indiqua le bâtiment où elle devait se rendre. Tout étourdie, Annabelle sortit et se dirigea vers Jean-Luc. Elle avait réussi ! On lui permettait de rester ! Elle avait du mal à y croire, pourtant c'était vrai, et elle souriait encore lorsqu'elle le rejoignit près de son camion. Il n'avait pas voulu s'en éloigner, craignant qu'il ne soit réquisitionné pour être transformé en ambulance, car on manquait cruellement de véhicules.

— Vous restez ? lui demanda-t-il.

— Oui. Ils m'ont acceptée, dit-elle avec un soulagement visible. Je commence dans vingt minutes, mais je dois d'abord me trouver une chambre.

Elle ouvrit la porte du camion, ôta d'un geste les plumes collées à ses valises, puis les sortit. Jean-Luc proposa de les porter, mais elle préféra le faire elle-même. Il ne lui restait plus qu'à le remercier. Il la serra dans ses bras, l'embrassa gentiment et lui souhaita bonne chance, avant de partir au volant de son camion.

Lourdement chargée, Annabelle se dirigea vers le bâtiment où se trouvaient les cellules des religieuses. Elles se succédaient, sombres, petites, humides, malodorantes et horriblement inconfortables. Un matelas défoncé était posé à même le sol de chacune d'elles, avec une couverture et pas de draps pour la plupart. Lorsqu'il y en avait, Annabelle supposa que les femmes qui y vivaient les avaient apportés elles-mêmes. Il y avait une salle de bains pour une cinquantaine de cellules, mais au moins les sanitaires

189

étaient-ils à l'intérieur du bâtiment. Il était clair que les religieuses avaient vécu dans le dénuement le plus complet. L'ordre avait vendu l'abbaye bien des années auparavant, à la fin du siècle précédent. Quand Elsie Inglis l'avait transformée en hôpital, c'était une propriété privée. Les vieux bâtiments étaient très beaux, bien qu'en piteux état, et ils convenaient parfaitement à l'utilisation qu'on en faisait.

Annabelle observait les lieux, lorsqu'une jeune femme sortit d'une cellule. Elle était grande, mince et faisait très britannique, avec sa peau blanche et ses cheveux aussi noirs que ceux d'Annabelle étaient blonds. Elle portait un uniforme d'infirmière et lui sourit. Elle avait l'air plutôt sympathique et le courant passa instantanément entre elles.

— Ce n'est pas exactement le Claridge... commença-t-elle.

Son accent trahissait son appartenance à la haute société. Elle avait immédiatement deviné qu'Annabelle venait du même milieu qu'elle. C'était quelque chose qui se sentait, plus qu'il ne se voyait, mais aucune des deux ne souhaitait en faire état. Elles étaient venues pour travailler.

— Je suppose que vous cherchez une chambre, continua l'inconnue. Je m'appelle Edwina Sussex. Vous savez où on va vous affecter ?

Après s'être présentée, Annabelle lui répondit que non.

— Pour l'instant, j'ignore ce qu'on me fera faire, mais on m'attend en salle C, dans dix minutes.

— Tant mieux pour vous. C'est l'une des salles de chirurgie. Vous n'êtes pas du genre à tourner de l'œil ?

Annabelle secoua négativement la tête, pendant qu'Edwina lui expliquait qu'elle partageait déjà sa cellule avec deux autres filles. Désignant la porte voisine, elle ajouta que celle qui l'occupait était rentrée chez elle la veille, parce que sa mère était souffrante. Aucune d'entre elles n'habitait aussi loin qu'Annabelle. Les Anglaises pouvaient facilement regagner leurs foyers et revenir, même si la traversée de la Manche n'était pas de tout repos. Le plus dangereux restait sans conteste la traversée de l'Atlantique. Annabelle lui expliqua qu'elle était arrivée la veille des Etats-Unis.

— Vous êtes courageuse ! s'exclama Edwina avec admiration.

Les deux jeunes femmes avaient exactement le même âge. Edwina confia à Annabelle que son fiancé se battait près de la frontière italienne et qu'elle ne l'avait pas vu depuis six mois. Tout en bavardant avec sa nouvelle amie, Annabelle déposa ses bagages dans la cellule proche de la sienne. Elle était petite, sombre et aussi laide que les autres. Edwina lui dit qu'elles n'y étaient que pour dormir.

Ne pouvant s'attarder davantage, Annabelle descendit l'escalier quatre à quatre pour gagner la salle C. Immense, la salle semblait être une ancienne chapelle, et une centaine de lits y étaient installés. Elle n'était pas chauffée, aussi les blessés étaient-ils enveloppés dans des couvertures. Ils souffraient tous de lésions graves. Certains étaient amputés. La plupart gémissaient, mais il y en avait qui criaient. Tous étaient très malades et quelques-uns déliraient sous l'effet de la fièvre. Lorsqu'elle traversa la salle pour trouver la surveillante, certains agrippèrent sa jupe. A côté de la grande salle, il y en avait deux autres, assez spacieuses, utilisées pour les interventions chirurgicales. Lorsqu'elle y pénétra, Annabelle fut frappée par ce qui s'y déroulait. Si elle n'avait pas travaillé pendant six ans comme bénévole, elle se serait sans doute évanouie, mais elle passa devant les dizaines de lits sans manifester la moindre émotion.

Elle trouva la surveillante au moment où celle-ci sortait d'une salle d'opération, l'air épuisée, une cuvette à la main. Annabelle lui expliqua qu'elle venait lui apporter son aide. La surveillante lui tendit la cuvette et lui indiqua où la vider. Annabelle ne broncha pas et, lorsqu'elle revint, l'infirmière lui confia du travail pour les dix heures suivantes. Annabelle ne s'arrêta pas une seconde, sachant qu'on la mettait à l'épreuve, mais, à la fin, elle avait gagné le respect de sa supérieure.

— Vous ferez l'affaire, lui dit celle-ci avec un sourire glacial.

Quelqu'un indiqua à Annabelle qu'elle avait travaillé avec le docteur Inglis en personne.

Il était minuit quand Annabelle regagna sa cellule. Elle était trop fatiguée pour défaire ses valises ou même se déshabiller. Elle s'étendit sur le matelas, tira la couverture sur elle et, cinq minutes plus tard, elle était endormie, le visage serein. Ses prières avaient été exaucées. Elle était maintenant chez elle.

15

Les premières journées à Royaumont furent épuisantes. Les victimes de la deuxième bataille de
Champagne commençaient à affluer. Annabelle
assistait aux opérations, vidait les cuvettes, épon-
geait le sang, tenait la main des mourants et
baignait les hommes dévorés par la fièvre. Elle
n'avait jamais rien vu de semblable. Elle n'avait
jamais non plus travaillé si dur de toute sa vie, mais
c'était exactement ce qu'elle voulait. Elle se sentait
utile et apprenait chaque jour davantage.

Elle voyait rarement Edwina, qui travaillait dans
une autre partie de l'hôpital et dont les horaires
étaient différents. De temps en temps, elles se croi-
saient dans la salle de bains ou dans un couloir et
s'adressaient un signe amical de la main. Annabelle
n'avait pas le temps de se faire des amies, tant il y
avait de travail, avec tous ces blessés et ces
mourants. Tous les lits étaient occupés et on avait
même dû installer des patients sur des matelas à
même le sol.

Un après-midi, elle trouva quelques minutes pour
se rendre au village et envoyer un message à sa
banque. Elle précisait qu'elle était bien arrivée et
qu'elle allait bien. Elle n'avait personne d'autre à

prévenir. Elle était à Asnières depuis deux semaines, mais il lui semblait qu'une année s'était écoulée depuis son arrivée. Les Anglais et les Français avaient débarqué à Salonique, en Grèce. Les forces autrichiennes, allemandes et bulgares avaient envahi la Serbie, repoussant l'armée serbe hors de son pays. En France, les hommes mouraient comme des mouches dans les tranchées. A une cinquantaine de kilomètres de l'hôpital, le front avait à peine bougé, mais des vies ne cessaient d'être emportées. Il y avait des hôpitaux de campagne dans les églises, près du front, mais beaucoup d'hommes étaient envoyés à l'abbaye d'Asnières-sur-Oise, où ils étaient mieux soignés. Annabelle améliorait ses connaissances en chirurgie, mais aussi dans les autres domaines, car ils se trouvaient devant toutes sortes de cas allant de la dysenterie aux engelures, en passant par le choléra. Tant de souffrance boule-versait Annabelle, mais elle était heureuse de pouvoir apporter son aide.

Lors de quelques rares matinées de repos, l'une des femmes qui dormaient dans le même bâtiment qu'elle lui avait appris à conduire l'un des camions utilisés comme ambulances. Il n'était guère différent de celui de Jean-Luc. Au début, elle avait eu du mal à passer les vitesses, mais elle commençait à bien s'y prendre. Elle était affectée à la salle d'opération plus souvent que les autres, car elle était attentive, précise, méticuleuse et suivait les instructions à la lettre. Plusieurs médecins avaient fait son éloge à la surveillante, qui avait reconnu que le travail d'Annabelle était parfait. Elle pensait que la jeune femme ferait une excellente infirmière et l'avait

194

engagée à poursuivre des études dans ce sens, après la guerre. Le chirurgien-chef estimait qu'elle pouvait faire mieux que cela. Un soir tard, après une intervention, il s'arrêta pour discuter avec elle. Annabelle nettoyait la salle et semblait à peine fatiguée. La journée avait été particulièrement épuisante pour tous, mais à aucun moment elle n'avait ralenti son rythme.

— On dirait que vous aimez ce travail, lui dit-il en s'essuyant les mains sur son tablier taché de sang.

Celui d'Annabelle ne valait guère mieux et une traînée de sang barrait sa joue. Il lui tendit un chiffon, qu'elle accepta avec un sourire. C'était un chirurgien français qui était venu de Paris et faisait partie des rares hommes qui travaillaient à l'hôpital. Selon le souhait d'Elsie Inglis, le personnel était presque entièrement composé de femmes, mais le besoin les avait amenées à faire des exceptions. Les blessés étaient si nombreux que toute aide était la bienvenue.

— C'est vrai, répondit franchement Annabelle. J'ai toujours été attirée par la médecine, mais je regrette que les hommes souffrent tant. Cette guerre est terrible.

Elle mit le chiffon avec le linge sale que les filles de la buanderie viendraient chercher plus tard.

Le médecin hocha la tête. A cinquante ans, lui non plus n'avait jamais vu un tel carnage.

— La surveillante pense que vous devriez vous inscrire dans une école d'infirmières, observa-t-il.

Ils sortirent ensemble de la salle. On ne pouvait manquer de remarquer sa beauté, mais la jeune femme valait bien plus que cela. Depuis son arrivée, tous étaient impressionnés par ses connaissances. Le médecin qui avait rédigé son attestation n'avait pas exagéré, elle était même encore meilleure que ce qu'il disait.

— C'est ce que vous voudriez faire ? enchaîna le chirurgien.

Durant les deux dernières semaines, elle avait encore amélioré son français, qu'elle parlait pourtant remarquablement bien. Ils n'avaient donc aucun problème de communication.

Elle réfléchit un instant avant de lui répondre. Elle n'était plus l'épouse de Josiah et ses parents étaient morts. Elle pouvait donc faire tout ce qu'elle voulait, maintenant... Elle n'avait de comptes à rendre à personne. Si elle le souhaitait, elle pouvait faire des études pour devenir infirmière. Mais, lorsqu'elle leva les yeux vers le médecin, sa réponse la surprit presque autant que lui.

— Je préférerais être médecin, murmura-t-elle.

Elle craignait qu'il ne lui rît au nez. Certes, le docteur Inglis, qui avait fondé l'hôpital, était une femme, mais elles étaient encore très rares à fréquenter les écoles de médecine.

— J'y pensais moi-même, approuva-t-il. Il me semble que c'est ce que vous devriez faire. Je peux vous affirmer que vous êtes très douée. Puis-je vous aider d'une quelconque manière ?

Avant la guerre, il enseignait à la faculté de médecine et avait eu des étudiants bien moins capables qu'elle.

— Je ne sais pas, répondit-elle, surprise de sa proposition.

Auparavant, elle n'avait jamais pensé que son rêve pourrait se réaliser. Et aujourd'hui, cet homme la prenait au sérieux et lui offrait son appui.

— Vous croyez que ce serait possible ? demanda-t-elle, les larmes aux yeux.

— Bien sûr. Tout est toujours possible, si vous êtes vraiment déterminée et si vous êtes prête à faire ce qu'il faut pour cela. Quelque chose me dit que vous le pourriez. Réfléchissez-y et nous en reparlerons.

Il s'appelait le docteur Hugues de Bré. Ils ne se revirent plus pendant un mois. Annabelle avait entendu dire qu'il était parti travailler dans un des hôpitaux de campagne installés plus près du front. Il revint à l'abbaye en novembre. Dès qu'il aperçut Annabelle, il lui sourit et lui demanda d'administrer elle-même le chloroforme à son patient. Douce et efficace, elle endormit l'homme, avant de laisser la place à un jeune médecin. Avant de partir ce soir-là, le docteur de Bré l'interrogea.

— Avez-vous pensé à ce que vous souhaitez faire ? De mon côté, j'y ai réfléchi et il m'est venu une autre idée, commença-t-il avec précaution. Les études de médecine coûtent cher, pourrez-vous vous le permettre ?

Quelque chose en elle lui disait qu'elle en avait les moyens, mais il n'en était pas certain. Il s'était demandé s'il pourrait lui obtenir une bourse, mais ce serait difficile, parce qu'elle n'était pas française.

— Je pense que ce sera possible, répondit-elle sans en dire davantage

— Que diriez-vous de vous inscrire à l'école de médecine du docteur Inglis, en Ecosse ?

— Je crois que je préférerais rester en France.

Bien qu'il n'y eût pas de problème de langue pour elle en Ecosse, la perspective de passer des années sous un climat particulièrement rigoureux ne lui souriait guère.

— Dans ce cas, je peux vous aider. Je connais une petite école de médecine que j'ai toujours aimée, dans le sud de la France, près de Nice. Je crois que vous ne devriez pas attendre la fin de la guerre pour y aller. Vous pourriez y être admise plus facilement maintenant, car ils sont en sous-effectifs et manquent d'étudiants. Ils vous accueilleront à bras ouverts. Si vous le voulez, je peux leur écrire et voir ce qu'ils en pensent.

Annabelle lui sourit avec un étonnement mêlé de gratitude. Ce qui lui arrivait était difficile à croire. Six mois auparavant, elle était mariée et menait une vie tranquille et prévisible à Newport et à New York, en espérant fonder un jour une famille. Et aujourd'hui, elle était seule, en France, et envisageait de faire des études de médecine. Sa vie avait été totalement chamboulée et dorénavant elle n'avait de comptes à rendre à personne. Si c'était son rêve, elle pouvait le réaliser, nul ne l'en empêcherait. La seule chose qui l'attristait, c'était de ne pouvoir en discuter avec personne, en dehors du docteur de Bré.

Les blessés continuaient d'affluer du front. Les hommes mouraient parce que leurs plaies s'infectaient ou qu'ils souffraient de dysenterie. Un matin, alors qu'elle venait de constater la mort de deux d'entre eux dont elle s'occupait plus particulièrement, le docteur de Bré s'arrêta pour lui parler. A deux semaines de Noël, elle avait pour la première fois le mal du pays. Un an auparavant, sa mère était encore en vie. Le chirurgien l'interrompit dans ses pensées, car il avait reçu une lettre de Nice. Elle retint son souffle, pressée de savoir ce qu'il allait lui dire.

— Grâce à ma recommandation, ils acceptent de vous prendre. Vous serez à l'essai pendant le premier trimestre et ensuite, si tout va bien, vous serez admise. Ils souhaiteraient que vous commenciez le 15 janvier, si cela vous convient.

Stupéfaite, elle fixait le médecin, qui lui souriait.

— Vous êtes sérieux ?

Elle faillit lui sauter au cou. Elle avait l'air d'une très jeune fille et il se mit à rire. Il était heureux d'avoir apporté son aide à quelqu'un d'aussi talentueux. Bien qu'elle fût précieuse à l'abbaye, il estimait qu'elle devait entreprendre ses études le plus vite possible, car elle serait encore plus utile en tant que médecin.

— Je suis tout à fait sérieux. Qu'allez-vous faire, maintenant ?

Allait-elle accepter de partir ? Elle ne le savait pas. Lorsque le chirurgien avait écrit à l'école, elle ne s'était pas attendue à ce que ce fût si facile et si rapide. Mais l'école avait désespérément besoin d'étudiants et, du moment que le docteur de Bré la recommandait, ils étaient certains qu'elle justifierait sa confiance. Lui en était tout à fait sûr.

Dès qu'ils quittèrent la salle, ils ressentirent la fraîcheur de la nuit.

— Je vous suis si reconnaissante ! s'écria Annabelle en le regardant. Bien sûr, j'accepte !

Son rêve devenait réalité. Elle ne lirait plus simplement ses livres de médecine en s'efforçant de tout comprendre par elle-même. Désormais, elle allait pouvoir étudier et devenir ce qu'elle voulait être vraiment. Cet homme lui avait fait un cadeau inestimable. Ne sachant comment le remercier, elle se jeta à son cou et l'embrassa.

— Vous ferez un merveilleux médecin, mon petit. Restez en contact avec moi. Venez me voir quand la guerre sera terminée et que la vie reprendra son cours normal.

Pour l'instant, c'était difficilement imaginable. En Europe, il y avait déjà plus de trois millions de morts. Les pertes humaines étaient considérables et le conflit, loin d'être résolu. Tandis que l'Europe était à feu et à sang, l'Amérique refusait toujours de s'impliquer.

Annabelle regrettait de quitter l'abbaye. Elle savait qu'elle y était utile mais, comme le docteur de Bré l'avait souligné, c'était le bon moment pour s'inscrire dans une école de médecine. En temps de paix, sa candidature aurait peut-être été rejetée. La direction avait prévenu le docteur de Bré qu'elle serait la seule femme, bien qu'il y ait déjà eu d'autres étudiantes auparavant. Les études duraient six ans. La première année, elles étaient théoriques mais, durant les cinq suivantes, les étudiants partageaient leur temps entre les cours et l'un des meilleurs hôpitaux de Nice, situé près de l'école. Elle y acquerrait de l'expérience, tout en menant une existence agréable. La ville était relativement peu étendue et, n'ayant personne pour la protéger, elle y serait plus en sécurité qu'à Paris. Comme elle était la seule femme, elle disposerait d'une chambre individuelle, alors que les autres étudiants devaient se contenter de dortoirs. Le docteur de Bré lui laissa entendre que, lorsqu'elle aurait fini ses études, elle pourrait revenir à Paris et travailler avec lui. Touchée, Annabelle se jura de mériter sa confiance.

Ce soir-là, elle regagna sa cellule le cœur léger. Le docteur de Bré lui avait dit qu'il allait écrire à l'école pour les prévenir qu'elle était heureuse de s'inscrire dans leur établissement. Elle devait envoyer un premier règlement avant le 1er janvier, ce qui n'était pas un problème. Elle paierait la totalité des frais de scolarité en arrivant. Excitée, des projets plein la tête, elle ne dormit presque pas cette nuit-là. Elle se rappelait avoir confié un jour à Josiah qu'elle aimerait disséquer un cadavre. A présent, elle allait en avoir la possibilité, sans que rien ni personne ne pût l'en empêcher. Elle avait énormément accru ses connaissances en anatomie depuis qu'elle était à l'abbaye, et surtout depuis qu'elle assistait le docteur de Bré. Dès qu'il le pouvait, il prenait le temps de lui expliquer ce qu'il faisait.

Jusqu'à la veille de Noël, elle ne parla à personne de sa décision. Ce jour-là, elle en fit part à la surveillante, qui fut surprise mais ravie pour elle.

— Dieu du ciel ! s'exclama-t-elle en souriant. Je m'imaginais que vous seriez infirmière, mais il ne m'était jamais venu à l'esprit que vous souhaitiez être médecin. Mais pourquoi pas ? Le docteur Inglis est l'un des meilleurs et vous le serez peut-être un jour. Quelle bonne idée a eue le docteur de Bré ! Je l'approuve de tout mon cœur !

Elle semblait aussi fière que si elle l'avait eue elle-même. Annabelle n'était restée à l'abbaye que trois mois, mais elle avait prouvé sa valeur. En revanche, comme elle travaillait sans arrêt, même quand elle n'était pas de service, elle n'avait pas eu le loisir de se faire des amis. Le nombre de blessés l'en avait empêchée. Il lui arrivait même de conduire l'une des ambulances, lorsque c'était nécessaire. Elle se portait volontaire pour tout. C'est ainsi qu'elle s'était approchée du front, pour transporter des blessés des hôpitaux de campagne jusqu'à l'abbaye. Le bruit des canons, très proche, lui avait rappelé qu'on se battait tout près. D'une certaine façon, elle se sentait coupable de quitter Royaumont pour aller à Nice, mais la perspective d'étudier la médecine était si enthousiasmante qu'elle ne pouvait pas laisser passer pareille occasion. Elle aurait vingt-huit ans à la fin de ses études. Cela lui paraissait une éternité, mais elle aurait énormément de choses à apprendre dans ce laps de temps. Elle avait du mal à imaginer qu'elle parviendrait à les assimiler toutes.

Le matin de Noël, elle rencontra Edwina devant la porte de sa cellule. Elles s'embrassèrent, puis Annabelle lui annonça qu'elle partait trois semaines plus tard. Edwina parut très déçue.

— Oh, quel dommage ! J'aurais tant voulu passer un peu de temps à bavarder avec toi, et maintenant, tu t'en vas.

Elle avait espéré qu'elles deviendraient amies, mais elles n'avaient jamais une minute à elles, tant elles étaient surchargées de travail. Du coup, Annabelle pensa à Hortense, à leur dernière rencontre, à la façon terrible dont son amie l'avait trahie. Hortense n'avait pas hésité à tourner le dos à sa plus ancienne et meilleure amie. Cela faisait partie des raisons pour lesquelles Annabelle avait décidé de partir pour la France. Elle avait perdu trop d'êtres chers, aux Etats-Unis, et la défection d'Hortense avait été la goutte d'eau qui avait fait déborder le vase. Ce souvenir d'une amitié disparue la fit sourire gentiment à Edwina.

— Je reviendrai peut-être travailler ici quand je serai en vacances. Je ne sais pas si on en a, dans une école de médecine, mais il y a de bonnes chances, conclut-elle avec espoir.

Elle souhaitait vraiment revenir à l'abbaye. D'une certaine façon, elle ne voulait pas partir. Pendant ces trois mois, elle avait été heureuse, du moins autant qu'elle pouvait l'être parmi tous ces hommes grièvement blessés. La camaraderie qui régnait parmi le personnel était vraiment extraordinaire.

— Tu vas faire des études de médecine ? demanda Edwina avec surprise.

Les yeux d'Annabelle brillèrent de joie. Cette perspective l'excitait chaque jour davantage.

— Grâce au docteur de Bré ! Je n'aurais jamais cru qu'une chose pareille puisse m'arriver, s'exclama-t-elle avec une sorte d'étonnement.

— Comment ta famille a-t-elle réagi ? l'interrogea Edwina.

Le visage d'Annabelle s'assombrit, mais Edwina n'en comprit pas la raison.

— Ne s'inquiètent-ils pas de te savoir ici, aussi près du front ? continua-t-elle.

Si l'ennemi avançait, ils seraient tous faits prisonniers. C'était un risque auquel on refusait de penser quand on travaillait à l'abbaye, mais la menace était réelle. Les parents d'Edwina s'étaient montrés très réticents, surtout sa mère, mais elle était venue quand même. Ses deux frères se battaient et elle aussi voulait participer au combat.

— Je n'ai aucune famille, répondit Annabelle. Ma mère est morte l'an dernier, et mon frère et mon père ont disparu dans le naufrage du *Titanic*.

Elle ne fit aucune allusion à Josiah, qui avait été la dernière perte de sa vie. C'était inutile, puisque personne, à l'abbaye, ne savait qu'elle avait été mariée. De toute façon, elle n'avait pas envie d'en parler. C'était un deuil silencieux qu'elle devait porter seule, et cela à jamais.

— Je suis désolée, murmura Edwina. Je ne savais pas.

Aucune d'entre elles n'avait le temps de parler. Au mieux, elles buvaient ensemble une tasse de thé ou échangeaient un signe amical de la main. Dans d'autres circonstances, elles auraient eu tout loisir de nouer des relations amicales, mais elles étaient tellement accablées de travail que les occasions leur manquaient. Elles travaillaient côte à côte jusqu'à l'épuisement, avant d'aller se coucher dans leurs minuscules cellules. Leur seule distraction consistait à fumer en cachette une cigarette, de temps en temps, et à en rire ensemble. Annabelle avait essayé d'imiter les autres, mais elle n'aimait pas beaucoup cela.

Les deux jeunes femmes bavardèrent pendant quelques minutes, puis Edwina souhaita à Annabelle un joyeux Noël et de la chance à l'école. Elles se promirent d'essayer de passer un instant ensemble ou de se retrouver au réfectoire avant le départ d'Annabelle, mais elles n'étaient pas certaines de le pouvoir. Elles se séparèrent alors pour gagner les salles où elles travaillaient. A Noël comme tous les autres jours, il fallait s'occuper des malades et des blessés. Il n'y eut pas de fête, pas de chants, pas de cadeaux. Un cessez-le-feu avait été conclu pour la journée, mais les Allemands le violèrent en fin de journée, si bien que de nombreux hommes perdirent encore la vie ou furent gravement blessés. Quel que fût le jour de l'année, le flot des souffrances humaines ne s'interrompait pas.

Annabelle fut contente d'avoir autant de travail, cela l'empêcha de penser à ceux qu'elle avait aimés et perdus. Elle fit tout son possible pour ne pas se remémorer le réveillon de l'année précédente. C'était trop douloureux. Bientôt, elle commencerait une nouvelle vie à Nice. Elle s'efforçait de se concentrer uniquement sur l'avenir. Par exemple, elle tentait d'imaginer à quoi ressemblerait l'école, mais parfois, le visage de sa mère ou le son de sa voix s'imposait à elle, tout comme la dernière fois qu'elle l'avait vue. Cette nuit-là, étendue sur son matelas, elle se demanda ce que Consuelo aurait pensé de tout ce qui lui était arrivé dans l'année. Elle espérait que, où qu'elle fût, elle serait fière d'elle lorsqu'elle serait médecin. Elle savait que sa mère n'aurait sans doute pas approuvé son projet, mais que lui restait-il, désormais ? Et qui ? Son seul rêve, son seul espoir d'une vie nouvelle, était la médecine.

16

Le jour où Annabelle quitta l'abbaye de Royaumont, son départ passa inaperçu. La veille, elle était allée voir le docteur de Bré pour le remercier, puis elle avait fait ses adieux à la surveillante. En dehors d'Edwina, qu'elle vit le matin durant quelques minutes, elle n'avait personne d'autre à prévenir. Elles se souhaitèrent mutuellement bonne chance, répétant qu'elles espéraient se revoir, puis Annabelle monta dans le camion qui devait la déposer à la gare. Le voyage pour rejoindre Nice était long et fatigant. Beaucoup de lignes étaient coupées et la plupart des trains avaient été réquisitionnés par l'armée.

Il lui fallut un jour et une nuit pour atteindre Nice. Lorsqu'elle arriva, elle trouva deux taxis qui stationnaient devant la gare, tous deux conduits par des femmes. Elle prit l'un d'eux et donna l'adresse de l'école. Située à l'extérieur de Nice, sur une colline qui dominait la mer, l'école avait été installée dans un château qui appartenait à la famille du fondateur, le docteur Graumont. A voir ses jardins paisibles et ses vergers, on avait du mal à croire que le pays était en guerre et que des hommes tombaient ou étaient blessés. Ici, Annabelle avait l'impression d'être complètement coupée de la réalité. Depuis Newport, elle n'avait jamais vu un lieu aussi serein. D'une certaine façon, cet endroit le lui rappelait.

Une gouvernante à l'expression sévère la conduisit dans sa chambre, lui donna des draps pour faire son lit et précisa que le dîner était servi au rez-de-chaussée à 20 heures. Les étudiants de première année dormaient dans un dortoir. Les plus âgés disposaient de chambres individuelles. Etant la seule femme, on lui en avait attribué une qui était très confortable et donnait sur la mer. Il y avait en tout quarante-quatre étudiants, tous exemptés du service militaire pour diverses raisons. Parmi eux se trouvaient un Anglais, un Ecossais et deux Italiens. Tous les autres étaient français. Annabelle était la seule Américaine. On lui avait dit qu'après ses études, elle pourrait exercer la médecine aux Etats-Unis, à condition de passer un examen, mais elle ne se projetait pas aussi loin dans l'avenir. Pendant les six prochaines années, elle serait ici. C'était sa place, elle en avait été sûre dès qu'elle avait vu le château. Elle s'y sentait en sécurité, protégée.

Elle se lava le visage et les mains, passa une robe noire, l'une de ses plus jolies, et réunit ses cheveux en un discret chignon. Nette et impeccable, elle descendit dans la salle à manger à l'heure dite.

Chaque soir, les étudiants se retrouvaient avant le dîner dans le grand salon du château pour discuter, le plus souvent de questions médicales. Ils étaient tous là depuis septembre, aussi Annabelle leur faisait-elle l'effet d'être une intruse. Lorsqu'elle entra dans la pièce, tous les yeux se tournèrent vers elle. Puis les étudiants retournèrent à leurs conversations et l'ignorèrent. Etonnée par cette indifférence, elle resta à l'écart jusqu'au dîner, sans essayer de s'imposer. Elle remarqua qu'on la regardait à la dérobée, mais aucun d'entre eux ne vint vers elle. C'était comme si elle n'existait pas, comme si elle allait disparaître.

Un vieillard vêtu d'un habit encore plus vieux que lui vint les chercher. Le groupe gagna alors la salle à manger. Les étudiants s'assirent à de longues tables aussi vétustes que le château. Tout était usé et râpé, mais il en émanait une sorte de grandeur fanée qui faisait très vieille France.

Le docteur Graumont, le directeur de l'école, accueillit Annabelle et l'invita à s'asseoir près de lui. Il se présenta avec une grande courtoisie, mais ensuite, il passa la plus grande partie du repas à parler avec un jeune homme âgé d'une trentaine d'années, assis en face de lui. Ils discutaient d'une opération à laquelle ils avaient assisté tous les deux dans la journée et ne firent aucun effort pour inclure Annabelle dans leur conversation. Il lui semblait être un fantôme, invisible de tous.

Au cours du dîner, le docteur Graumont lui demanda des nouvelles du docteur de Bré, mais ce fut tout. Plus tard, il lui souhaita une bonne soirée, tandis que les autres étudiants regagnaient leurs chambres ou leurs dortoirs. Aucun ne s'était présenté ni ne lui avait demandé son nom. Elle monta seule dans sa chambre et s'assit sur son lit, se demandant ce qu'elle devait faire. Elle n'était plus aussi certaine d'avoir pris la bonne décision. Si personne ne lui adressait la parole au château, ces six années allaient être longues. Il était évident que la présence d'une femme les contrariait et que pour marquer leur désapprobation ils avaient décidé de l'ignorer. Cependant, elle n'était pas là pour se faire des amis, mais pour apprendre.

Le lendemain matin, elle se rendit dans la salle à manger à 7 heures, comme on le lui avait indiqué. En raison de la guerre, le petit déjeuner était frugal, mais elle mangea très peu. Comme la veille, les autres étudiants l'ignorèrent. Elle se dirigea ensuite vers sa salle de cours et y arriva à temps, à 8 heures. L'école occupait tout le château, ce qui avait permis à la famille Graumont de le conserver et de l'entretenir. Dès que le cours commença, Annabelle écouta avec attention le professeur qui leur parlait des maladies des reins et des différentes techniques d'opérations. Le lendemain, ils devaient tous se rendre à l'hôpital pour assister à des interventions chirurgicales et rencontrer des malades. Elle avait hâte d'y être.

Lorsqu'il fut l'heure de déjeuner, Annabelle était encore tout entière à ce que le professeur venait de leur enseigner. Oubliant combien elle avait été mal accueillie, elle engagea la conversation avec l'étudiant anglais, et lui fit part de son impression sur le cours. Il la regarda comme si elle venait de se déshabiller devant lui.

— Je suis désolée, dit-elle avec innocence. Ai-je dit quelque chose de mal ?

— Je ne me rappelle pas vous avoir parlé, lui rétorqua-t-il grossièrement en la toisant de façon à lui montrer que ses observations ne l'intéressaient absolument pas.

— Non, mais moi, je vous ai parlé, répliqua-t-elle calmement.

Elle refusait de se laisser intimider. Elle l'avait entendu raconter que dans sa famille, on était médecin de père en fils depuis quatre générations. Il était visiblement très imbu de lui-même, mais il n'était qu'en première année, tout comme elle, bien qu'il fût beaucoup plus âgé. Elle l'avait entendu expliquer que c'était parce qu'il était allé à Eton, puis à Cambridge. Apparemment, il pensait valoir beaucoup mieux qu'elle et donc ne pas avoir à perdre son temps avec elle. La beauté d'Annabelle ne l'impressionnait pas. Tout ce qu'il voulait, c'était se montrer désagréable et la remettre à sa place.

Sans se troubler, elle se présenta :

— Je m'appelle Annabelle Worthington, dit-elle aimablement.

Elle aurait bien aimé lui lancer son assiette à la tête mais elle lui sourit, puis elle se tourna vers son voisin de droite et se présenta à lui. Ce dernier jeta un coup d'œil à celui qui se trouvait en face de lui, comme s'il attendait un signe de la part de ses camarades, mais il ne put s'empêcher de sourire à la jeune femme.

— Et moi, Marcel Bobigny, lui répondit-il en français.

Pour les autres, ce fut comme s'il avait pactisé avec l'ennemi et ils continuèrent à manger en se détournant de lui.

Tandis qu'Annabelle et Marcel discutaient du cours, les autres terminèrent leur repas dans un silence de mort. Annabelle n'était vraiment pas la bienvenue, car même le directeur l'ignorait.

Lorsqu'elle se leva, elle prit ses affaires et remercia Marcel. Tandis qu'elle s'éloignait, bien droite et la tête haute, elle entendit les camarades de Marcel qui lui reprochaient de lui avoir parlé.

— Je me moque bien qu'elle soit belle ! murmurait l'un d'entre eux. Elle n'a rien à faire ici.

Pourtant, elle en avait autant le droit qu'eux. Elle avait payé les frais de scolarité et elle souhaitait, comme eux, devenir médecin, et peut-être même davantage. Mais il était évident qu'elle était mise en quarantaine.

Il en fut ainsi pendant un mois. Trois fois par semaine, ils se rendaient à l'hôpital, où ils suivaient des conférences et voyaient des malades. Annabelle s'aperçut rapidement que tous, professeurs et étudiants, l'observaient. Devinant que la moindre faute, la moindre affirmation inexacte serait immédiatement utilisée contre elle, la jeune femme faisait extrêmement attention à ce qu'elle disait. Jusque-là, elle n'avait commis aucune erreur, et les deux devoirs qu'elle avait rendus sur les infections urinaires et les maladies des reins avaient obtenu les meilleures notes.

C'était lors des visites à l'hôpital que ses camarades la jalousaient et la détestaient le plus. Elle s'adressait aux patients avec douceur et compréhension, leur posait des questions intelligentes sur leurs symptômes et les mettait immédiatement en confiance. Les malades préféraient de loin lui parler plutôt qu'à ses collègues, et ceux auprès de qui elle s'était déjà arrêtée étaient ravis de la revoir. Cela rendait ses camarades fous de rage.

— Vous êtes trop familière avec les patients, lui lança l'étudiant anglais, qui se montrait systématiquement déplaisant et critique à son égard.

— C'est curieux, répliqua-t-elle calmement, parce que moi je vous trouve très grossier avec eux.

— Qu'en savez-vous ? Etiez-vous déjà entrée dans un hôpital, auparavant ?

— Je viens de passer trois mois près du front, à Asnières, et j'ai travaillé bénévolement dans des hôpitaux pendant six ans, notamment à Ellis Island, à New York, où je soignais les immigrants qui venaient d'arriver.

Après cela, il se tut. Il ne l'aurait jamais admis, mais ses trois mois à Asnières l'avaient impressionné. On lui avait dit combien c'était dur. Après le cours, Marcel Bobigny s'approcha d'Annabelle et lui posa des questions sur son travail à l'abbaye de Royaumont. C'était la première fois qu'elle discutait avec quelqu'un depuis un mois et cela lui fit plaisir de pouvoir parler.

— C'était difficile, répondit-elle franchement. Nous travaillions sans relâche. L'hôpital est géré par des femmes et le personnel est en majorité féminin, ce qui est assez original, mais quelques médecins hommes arrivent de Paris, maintenant. L'hôpital a besoin d'aide.

— Quels genres de cas avez-vous vus là-bas ? demanda-t-il avec intérêt.

Il pensait que les autres avaient tort de la soumettre à une telle épreuve. Cette jeune femme lui plaisait. Elle était toujours de bonne humeur, droite, travailleuse et sans prétention.

— Certains blessés étaient mutilés ou amputés, beaucoup avaient la gangrène. Ils avaient été victimes d'explosions, gazés, ou bien ils souffraient de dysenterie, du choléra, des maladies qu'on ne s'attend pas à trouver près du front.

Elle parlait simplement, allait droit au fait, sans essayer de l'impressionner ou de se vanter.

— Que vous laissait-on faire ?

— Parfois, j'étais chargée de les endormir au chloroforme, sur la table d'opération. Le plus souvent, je vidais les cuvettes, mais le chirurgien-chef avait la bonté de m'expliquer ce qu'il faisait pendant les interventions. Le reste du temps, je m'occupais des hommes qui venaient d'être opérés. Deux fois, j'ai conduit une ambulance pour donner un coup de main.

— Ce n'est pas mal, pour quelqu'un qui n'a pas fait d'études de médecine, remarqua Marcel, visiblement impressionné.

— Ils avaient besoin d'aide.

Il confia alors à Annabelle qu'il regrettait de ne pas y être allé lui aussi, et elle lui sourit. Il était le seul à se montrer aimable. Les autres l'ignoraient.

En février, un mois après son arrivée, au cours d'un repas, il y eut une conversation animée à propos de la bataille de Verdun. Le combat avait commencé plusieurs jours auparavant, causant un nombre considérable de morts des deux côtés. Ils étaient tous bouleversés par les violents affrontements qui avaient lieu là-bas et, cette fois, Marcel fit entrer Annabelle dans la discussion. Les autres étaient tellement absorbés qu'ils en oublièrent de froncer les sourcils ou de l'ignorer quand elle prenait la parole.

Chaque soir, toutes les conversations tournaient autour de la bataille de Verdun. Puis, deux semaines plus tard, autour de la bataille d'Isonzo, en Italie, contre l'Autriche-Hongrie. Les discussions portaient autant sur des questions médicales que sur la guerre. Tous étaient très inquiets.

Pour finir, l'étudiant anglais demanda à Annabelle quand l'Amérique prendrait part au conflit. Le président Wilson continuait d'assurer que cela n'arriverait pas, mais tout le monde savait que les Etats-Unis approvisionnaient les deux camps, et cette politique était unanimement critiquée. Annabelle déclara clairement qu'elle réprouvait tout comme eux cette situation. Elle pensait que les Etats-Unis devaient entrer en guerre et soutenir leurs alliés européens. De fil en aiguille, ils parlèrent du *Lusitania*. On savait qu'il avait été torpillé parce qu'il transportait secrètement des munitions, même si cela n'avait jamais été officiellement confirmé. Par association d'idées, on en vint à parler du *Titanic*. Annabelle se tut, l'air bouleversée. Rupert, l'étudiant anglais, le remarqua.

— Nous avons connu de meilleurs moments, concéda-t-il avec un sourire.

— En ce qui me concerne, c'est certain, murmura-t-elle. Mes parents et mon frère étaient à bord.

Tout le monde se tut pour la regarder.

— Ils s'en sont sortis ? demanda l'un des étudiants français.

Elle secoua négativement la tête.

— Ma mère a pu monter dans un canot de sauve-tage, mais mon père et mon frère ont coulé avec le bateau.

Tous furent désolés pour elle. Pour l'aider à se ressaisir, Marcel changea délicatement de sujet. Il appréciait Annabelle et faisait son possible pour la protéger des autres. Mais, petit à petit, ceux-ci l'accep-taient. Il était difficile de résister à sa gentillesse et à sa simplicité.

Deux semaines plus tard, le *Sussex*, un paquebot français qui transportait des passagers, fut torpillé, ce qui suscita de nouvelles discussions passionnées. Sur le front, la situation avait empiré. Il y avait maintenant près de quatre millions de morts et leur nombre ne cessait d'augmenter.

Par moments, les nouvelles prenaient le pas sur leurs études et ils ne pouvaient parler de rien d'autre. Mais cela ne les empêchait pas de travailler. Ils étaient si peu nombreux que tous mettaient un point d'honneur à se surpasser.

Leurs relations avec Annabelle s'étaient amélio-rées. Depuis le mois d'avril, plusieurs d'entre eux lui parlaient, discutaient et même riaient avec elle. Ils appréciaient l'intelligence des questions qu'elle posait. Ils s'étaient également rendu compte que son approche des malades était bien meilleure que la leur. Les professeurs l'avaient tous remarqué, eux aussi, et le docteur Graumont avait écrit au docteur de Bré pour lui dire qu'il ne s'était pas trompé, qu'Annabelle était une excellente étudiante et qu'elle ferait un jour un très bon médecin. Pour Annabelle, l'hôpital de Nice était calme, comparé à l'abbaye d'Asnières, mais le travail était intéressant. Et lorsqu'ils commencèrent à disséquer des cadavres, elle réalisa son rêve et, comme elle le pensait, trouva cela fascinant.

Pendant l'été, les nouvelles de la guerre continuèrent de leur arriver. Le 1er juillet, la bataille de la Somme commença. Le nombre de victimes était énorme. A Nice, les étudiants avaient du mal à se concentrer sur leurs études. La guerre durait depuis deux ans et il semblait qu'on n'en verrait jamais la fin.

En août, Annabelle s'efforça de ne pas penser à son anniversaire de mariage. Cela aurait été le troisième. Elle était en Europe depuis onze mois maintenant et avait du mal à y croire. Depuis son arrivée à l'école de médecine, le temps filait, tant ils faisaient et apprenaient de choses. Désormais, ils étaient plus souvent auprès des malades, puisqu'ils passaient trois jours par semaine à l'hôpital. La guerre finit par les rejoindre, quand ils virent arriver des blessés qui ne retourneraient pas au front et qu'on voulait rapprocher de leurs familles. Elle retrouva même deux hommes dont elle s'était occupée à Asnières. Ils furent heureux de la voir et, chaque fois qu'elle le put, elle leur rendit visite.

Marcel et elle étaient bons amis, maintenant. Ils bavardaient après le dîner et étudiaient souvent ensemble. Les autres étudiants avaient fini par accepter la jeune femme. Elle était estimée, appréciée et respectée de tous. Rupert lui-même était lentement devenu son ami. Marcel prétendait qu'elle était leur mascotte.

Un jour qu'ils se promenaient dans les vergers, après les cours, il posa sur elle un regard interrogateur.

— Comment se fait-il qu'une jolie femme comme vous ne soit pas mariée ? lui demanda-t-il.

Elle savait qu'il ne lui faisait pas la cour, puisqu'il venait de se fiancer à une jeune Niçoise qui était depuis toujours une amie de sa famille. Lui-même était originaire de Beaulieu, non loin de là, et il passait ou dînait très souvent chez ses parents. Annabelle appréciait beaucoup sa fiancée, qui venait fréquemment le voir à l'école.

— Je ne pense pas, en ce qui me concerne, que le mariage soit compatible avec la profession de médecin, dit-elle sans répondre directement à sa question.

A son avis, ce n'était pas la même chose pour une femme que pour un homme. L'exercice de la médecine exigeait bien plus de sacrifices et d'investissement de la part d'une femme.

Marcel était un homme perspicace, qui lisait en elle à livre ouvert.

— Pourquoi ai-je le sentiment que vous êtes arrivée en Europe avec le cœur brisé ? Je ne suis pas certain que vous ayez envie de sacrifier votre vie personnelle au profit de votre métier. Je crois plutôt que vous craignez d'avoir une vie personnelle et que vous dissimulez cette crainte derrière la médecine. Il me semble pourtant que vous pourriez avoir les deux.

Pour éviter de lui répondre, elle mordit dans une pomme. En mai, elle avait eu vingt-trois ans. Elle était belle et pleine de vie, mais elle avait peur d'être à nouveau blessée. Marcel avait raison ; il la connaissait bien.

— Sous votre rire et votre gentillesse, continua-t-il, je discerne beaucoup de tristesse. Je ne pense pas que ce soit à cause de vos parents. Les femmes n'ont votre expression que lorsque leur cœur est brisé par un homme.

Il en était désolé pour elle. Plus que n'importe qui, elle méritait de rencontrer un homme bon et aimant.

— Vous devriez vous faire diseur de bonne aventure, plutôt que médecin, plaisanta-t-elle avec un sourire reconnaissant.

Il se mit à rire, mais sans qu'elle eût besoin de le lui confirmer il savait qu'il ne se trompait pas. Elle n'avait toutefois pas l'intention de lui révéler qu'elle était divorcée. Elle ne l'aurait confié à personne, tant elle avait honte.

Un mois auparavant, elle avait reçu une lettre de la banque l'avisant que le divorce avait été prononcé. L'année précédente, elle n'avait pas eu de nouvelles de Josiah, hormis une lettre à Noël, lui disant que Henry et lui vivaient toujours au Mexique. Elle ignorait où il se trouvait maintenant et elle espérait qu'il allait bien. Mais, d'après les termes de sa lettre, elle avait déduit qu'ils étaient tous les deux très malades. Elle lui avait écrit, fort inquiète, mais depuis elle n'avait eu aucune nouvelle. Il n'avait jamais répondu.

— Ai-je raison ? insista-t-il.

Il aurait aimé en savoir plus sur Annabelle. Mais elle ne parlait jamais de son enfance ni de son passé, comme si elle n'en avait pas. Elle ne désirait qu'une chose : tout oublier et repartir de zéro.

— Cela n'a pas d'importance, répondit-elle. Cœur brisé ou non, je suis ici, maintenant.

— Vous pensez retourner un jour aux Etats-Unis ?

Elle se tut pour réfléchir à la question.

— Je n'en sais rien, reconnut-elle. Rien ne m'attend, là-bas, hormis une villa à Newport. Ma famille a disparu, je n'ai donc plus aucune raison d'y retourner.

Seuls les domestiques de ses parents continuaient d'entretenir la maison, attendant son retour avec impatience. Elle écrivait de temps en temps à Blanche, mais à personne d'autre.

— Vous devez avoir des amis ?

Il la regardait tristement. Il détestait penser qu'elle était seule. Elle était tellement gentille et charmante qu'il ne pouvait l'imaginer sans amis, même si elle était timide.

— Vous avez grandi avec des personnes de votre âge, insista-t-il. Elles doivent bien y être encore.

Pensant à Hortense, elle secoua la tête. Non, elle n'avait plus d'amis. Malgré ses bonnes intentions, Josiah y avait veillé. Il avait été naïf de penser qu'en lui rendant sa liberté, il agissait pour son bien. A cause de lui, elle était devenue une paria. Aujourd'hui, Marcel était son seul ami.

— Non. Tout, dans ma vie, a changé. C'est pour cela que je suis venue ici.

Mais elle n'était pas sûre qu'elle resterait en France. Désormais, elle n'appartenait à personne et elle n'était chez elle nulle part. L'école était devenue son seul foyer et il le serait durant les cinq prochaines années. Sa maison était le château, Nice

219

était sa ville et ses camarades étudiants ses seuls amis, surtout Marcel.

Ce dernier ne voulut pas insister davantage et raviver de vieilles blessures.

— Je suis content que vous l'ayez fait, se contenta-t-il de dire.

— Moi aussi.

Elle lui sourit, puis ils reprirent leur promenade en direction du château. Marcel était étonné qu'aucun étudiant ne lui fît la cour, mais il émanait d'Annabelle un message très clair : « Ne m'approchez pas de trop près. » Il sentait qu'elle avait érigé un mur autour d'elle, mais il en ignorait la raison, même s'il estimait que c'était du gâchis. Elle était trop ravissante pour tenir ainsi les hommes à distance. Elle méritait de rencontrer quelqu'un et il espérait que cela se produirait.

L'été fut long et chaud, au château. Les jeunes gens étudiaient et se rendaient à l'hôpital. Finalement, ils eurent deux semaines de vacances en août. Annabelle fut la seule à rester à l'école, puisque personne ne l'attendait nulle part. Elle entreprit de longues promenades, fit les boutiques à Nice, bien qu'il n'y eût pas grand-chose dans les magasins, en raison de la guerre. Elle renouvela tout de même sa garde-robe, car sa période de deuil venait de s'achever et elle n'avait que des vêtements noirs. Un après-midi, elle emprunta une vieille camionnette de l'école et se rendit à Antibes. Dans les environs, elle découvrit une belle église du XIᵉ siècle et admira un long moment la vue. Le panorama était magnifique et l'après-midi parfait.

Après avoir dîné dans un petit café, elle rentra à l'école. Le docteur Graumont était absent, aussi était-elle seule au château, avec deux domestiques. Ces deux semaines passèrent paisiblement, mais elle fut contente de voir revenir les autres, en particulier Marcel. Pour tous, les vacances s'étaient bien déroulées, à l'exception de Rupert, qui avait perdu son frère à la guerre. C'était malheureusement déjà le cas de plusieurs d'entre eux, dont les frères, les cousins ou les amis étaient morts sur le front.

Quand les cours commencèrent, en septembre, la bataille de la Somme faisait toujours rage. Cela durait maintenant depuis deux mois et le nombre des victimes augmentait sans cesse. Au grand soulagement de tous, elle prit fin à la mi-novembre. Après ces combats acharnés, qui causèrent plus d'un million de morts et de blessés, la paix régna pendant dix jours. Au bout de ces dix jours, les Allemands attaquèrent pour la première fois l'Angleterre avec des aéroplanes. La guerre prenait un nouveau tour qui les terrifiait tous. A Noël, ils étaient complètement démoralisés par toutes les nouvelles. Deux autres étudiants avaient perdu leurs frères. A la fin du mois, le docteur Graumont les rassembla tous dans la grande salle, afin de leur lire une lettre envoyée par le gouvernement français. C'était un appel à tout le personnel médical pour aller prêter assistance à leurs collègues sur le front. Après leur avoir lu la lettre, le docteur Graumont resta silencieux un moment, puis il leur dit que le choix leur appartenait. S'ils souhaitaient partir, ils le pouvaient. Cela ne compromettrait pas la suite de leurs études, puisqu'ils seraient automatiquement repris à leur retour. Cela faisait plusieurs mois que le docteur Graumont recevait ce genre de lettre. L'une d'elles, parmi les plus récentes, venait d'un hôpital fondé par Elsie Inglis. Il était situé à Villers-Cotterêts, au nord-est de Paris, plus près du front que l'abbaye de Royaumont. Là aussi, le personnel était féminin et Annabelle y serait donc la bienvenue.

Pendant le dîner, les étudiants ne parlèrent que de cela. La discussion fut passionnée. Le lendemain matin, la moitié d'entre eux avaient pris leur décision et allèrent voir le docteur Graumont pour le prévenir qu'ils partaient. L'hiver était rude sur le front, et les hommes mouraient de leurs blessures, de maladie et de froid. Il était difficile de résister à la demande d'aide. Pour finir, ils partirent tous, sauf quatre. Annabelle avait pris très vite sa décision. Elle était triste d'interrompre ses études, mais il lui aurait semblé égoïste de rester.

— Vous nous quittez aussi ? demanda le docteur Graumont avec un sourire mélancolique.

Mais il n'était pas surpris. Durant l'année qui venait de s'écouler, il avait appris à la connaître et à l'apprécier. Un jour, elle serait un excellent médecin, et à bien des égards, elle l'était déjà.

— Il le faut, répondit-elle, mélancolique, car elle détestait l'idée de quitter le château. Mais je reviendrai.

— Je l'espère bien, affirma-t-il avec sincérité. Où allez-vous ?

— A l'hôpital du docteur Inglis, à Villers-Cotterêts, s'ils veulent bien de moi.

Grâce à l'enseignement qu'ils avaient reçu, ils pouvaient tous exercer. Elle serait très utile, car elle pourrait agir davantage qu'à Asnières.

— Faites attention, Annabelle, qu'il ne vous arrive rien. Nous vous attendrons.

— Merci, répondit-elle.

Ce soir-là, elle fit une unique valise et laissa les deux autres dans sa chambre.

Le lendemain, tous s'embrassèrent, se souhaitèrent bonne chance et promirent de se retrouver. Leurs adieux à Annabelle furent particulièrement affectueux. Ils lui recommandèrent d'être prudente et de prendre bien soin d'elle et elle en fit autant à leur endroit.

Marcel l'accompagna à la gare, car il devait partir plus tard dans l'après-midi. Elle marchait à côté de lui et il portait sa petite valise. Elle lui était reconnaissante d'avoir été gentil avec elle dès le début et le considérait comme son seul véritable ami.

— Soyez prudente, lui dit-il en l'embrassant. J'espère que nous nous reverrons bientôt, ajouta-t-il avec chaleur.

— Moi aussi.

Tandis que le train s'éloignait, il resta sur le quai et ils se firent des signes de la main tant qu'ils furent à portée de vue l'un de l'autre. Annabelle ne devait plus jamais le revoir. Deux semaines plus tard, il conduisait une ambulance qui passa sur une mine. Il fut le premier mort de l'école du docteur Graumont, et Annabelle perdit un ami.

17

Lorsque Annabelle arriva à l'hôpital d'Elsie
Inglis à Villers-Cotterêts, une commune située à
quatre-vingts kilomètres de Paris et à environ vingt-
cinq du front, elle put entendre les explosions dans
le lointain. L'hôpital, qui venait d'ouvrir ses portes,
était plus vaste que celui d'Asnières et on y traitait
davantage de blessés. Selon la volonté du docteur
Inglis, le personnel et les équipes médicales étaient
entièrement constitués de femmes, venant d'à peu
près toutes les nations alliées. Il y avait autant de
Françaises que d'Anglaises, et Annabelle faisait
partie des trois Américaines présentes. Cette fois,
elle avait une chambre convenable, quoique minus-
cule, qu'elle partageait avec une autre femme. Les
blessés arrivaient tous du front, où le carnage était
effroyable.

Les ambulances faisaient constamment la navette
entre l'hôpital et le front. On sortait des tranchées
des hommes mutilés, déchiquetés et mourants. La
conductrice était toujours accompagnée d'un
médecin. A elles deux, elles avaient suffisamment
d'expérience et de connaissances pour accomplir
des miracles et sauver les hommes qu'elles transpor-
taient. S'ils étaient intransportables, ils restaient

dans les hôpitaux militaires installés près des tranchées. Mais, chaque fois que c'était possible, les soldats blessés étaient amenés à Villers-Cotterêts, pour être opérés ou bénéficier de soins appropriés.

Avec sa première année de médecine et ses années de travail volontaire, Annabelle fut affectée au service des ambulances et porta l'uniforme des médecins. Elle passait de très nombreuses heures par jour à cahoter sur des routes défoncées. Elle luttait vaillamment pour sauver les blessés avec le matériel dont elle disposait, mettant en œuvre toutes les techniques qu'elle avait apprises. Mais, quelquefois, elle avait beau déployer tous ses efforts, la conductrice avait beau rouler à tombeau ouvert, les hommes étaient trop gravement atteints et mouraient en route. Parfois aussi, quand elle ne pouvait plus rien faire, elle les serrait simplement dans ses bras.

Annabelle était arrivée à Villers-Cotterêts le jour de l'an, qui n'avait été qu'une journée parmi d'autres. Plus de six millions d'hommes étaient morts. Depuis deux ans et demi que durait la guerre, l'Europe était décimée. Annabelle avait l'impression que ses compagnes et elle vidaient l'océan avec une tasse à thé ou, pire encore, un dé à coudre, tant il y avait de corps à soigner. On en sauvait très peu, et se remettraient-ils jamais des violences auxquelles ils avaient assisté ? C'était très difficile à vivre pour le personnel médical, qui terminait la journée épuisé et abattu. Mais, en dépit des difficultés et des moments de découragement, Annabelle était plus que jamais décidée à devenir médecin. Même si elle avait parfois le cœur brisé, elle aimait son travail et le faisait bien.

En janvier, le président Wilson tenta d'arrêter la guerre. En tant que force neutre, il fit son possible pour que les Alliés trouvent un terrain propice à la paix. Ses efforts n'aboutirent pas, mais il refusait toujours d'engager l'Amérique dans le conflit. Personne, en Europe, ne comprenait pourquoi les Américains ne rejoignaient pas les forces alliées. En janvier 1917, il apparut clairement qu'ils ne pourraient pas rester neutres très longtemps.

Le 1er février, les Allemands reprirent la guerre sous-marine à outrance. Deux jours plus tard, les Etats-Unis rompirent leurs relations diplomatiques avec l'Allemagne. Dans les trois semaines qui suivirent, le président Wilson demanda au Congrès l'autorisation d'armer les navires marchands américains, dans l'éventualité où ils seraient attaqués par des sous-marins allemands. Le Congrès refusa, mais le 12 mars, par décret présidentiel, Wilson annonça que les navires de commerce pourraient être munis de canons. Huit jours plus tard, le 20 mars, son cabinet de guerre se déclara unanimement favorable à la participation des Etats-Unis au conflit.

Le 2 avril, le président transmit sa requête au Congrès et quatre jours plus tard, le 6 avril, les Etats-Unis déclarèrent la guerre à l'Allemagne. L'Amérique prenait enfin part aux combats. Les alliés européens, enlisés dans la guerre, avaient désespérément besoin de son aide. Pendant les semaines et les mois qui suivirent, de jeunes Américains quittèrent leur foyer, dirent au revoir à leurs familles, leurs épouses, leurs fiancées, pour suivre un entraînement intensif et traverser deux mois plus tard l'Atlantique. Du jour au lendemain, tout avait changé.

— Il était temps ! lança l'une des Américaines à Annabelle.

Après avoir travaillé toutes les deux comme des forcenées, elles venaient de se retrouver au réfectoire, tard dans la nuit. La jeune femme qui venait de s'exprimer ainsi était infirmière, ainsi que la troisième Américaine. Elle savait qu'Annabelle était étudiante en médecine.

— Tu faisais des études d'infirmière, avant la guerre ? lui demanda-t-elle avec intérêt.

C'était une jolie fille du Sud, qui s'appelait Georgianna. Elle avait eu une enfance très privilégiée, mais cela n'avait pas la moindre importance, ici. Son instruction lui permettait cependant d'avoir de bonnes manières et de parler convenablement le français.

— Depuis l'année dernière, je suis dans une école de médecine, dans le sud de la France, répondit Annabelle en avalant un peu de soupe très claire.

L'hôpital tentait de faire durer les rations le plus longtemps possible, tant pour les blessés que pour le personnel médical. Il en résultait que personne n'avait eu de repas décent depuis des mois, mais la nourriture était assez bonne. En quatre mois, Annabelle avait énormément maigri. Elle avait du mal à croire qu'on était en avril 1917 et qu'elle était en France depuis dix-neuf mois.

Georgianna fut très impressionnée d'apprendre qu'Annabelle avait fait une première année de médecine. Elles en discutèrent quelques minutes, mais elles étaient toutes les deux épuisées. L'autre infirmière était une jolie fille aux cheveux d'un roux éclatant et aux grands yeux verts. Elle admit avec un grand rire qu'au bout de deux ans, son français était toujours aussi exécrable. En dépit de cela, Annabelle avait entendu dire qu'elle faisait bien son travail. Jamais elle n'avait rencontré de gens aussi consciencieux, compétents et dévoués que ceux qu'elle côtoyait ici. Tous se donnaient à fond.

— Tu penses terminer tes études de médecine ? demanda Georgianna.

Annabelle hocha pensivement la tête.

— Je l'espère, en tout cas.

Sauf si elle était tuée, elle ne voyait pas ce qui pourrait l'en empêcher.

— Tu n'as pas envie de rentrer chez toi, quand ce sera fini ?

Pour rien au monde Georgianna ne resterait en France. Dès que la guerre se terminerait, elle retournerait en Alabama retrouver sa famille, composée de trois jeunes sœurs et d'un frère. Mais Annabelle ne souhaitait pas rentrer à New York. Rien ne l'y attendait, hormis le châtiment et la souffrance.

— Pas vraiment. Je n'ai pas grand-chose, là-bas. Je pense m'installer en France.

Récemment, elle y avait réfléchi et avait pris sa décision. Elle avait encore cinq années d'études devant elle, ensuite elle chercherait du travail à Paris, si possible avec le docteur de Bré. Pour elle, les Etats-Unis appartenaient à l'histoire ancienne. Son avenir était en France. Ici, personne ne connaissait son passé et son divorce honteux, elle pouvait commencer une vie entièrement nouvelle. Elle allait avoir vingt-quatre ans et, avec beaucoup de travail et un peu de chance, elle serait médecin un jour. Elle n'avait commis aucune faute, pourtant, si elle retournait à New York, elle s'exposerait à la disgrâce et au mépris de tous.

Les deux jeunes femmes se séparèrent à la sortie du réfectoire pour regagner leurs quartiers respectifs. Elles se promirent de passer un moment ensemble si elles avaient une journée de congé. Mais cela ne se produisait jamais, elles n'en avaient pas le temps.

Fin avril, la troisième bataille de Champagne se termina par un désastre pour les Français, et eut pour conséquence un nombre considérable de nouveaux blessés et un surcroît de travail pour le personnel hospitalier. Annabelle ramenait sans cesse des hommes du front. La prise de la crête de Vimy par les Canadiens constitua leur seul réconfort. Ils apprirent qu'en Russie, le tsar avait abdiqué en mars. Mais ce qui se passait au-delà des tranchées et du front tout proche leur paraissait à tous très lointain. Ils étaient bien trop impliqués dans leurs tâches quotidiennes pour prêter attention au reste du monde.

Annabelle oublia complètement son anniversaire. Les jours se succédaient, sans qu'elle eût conscience des dates. Ce n'est qu'en voyant un journal que quelqu'un avait rapporté de Paris qu'elle s'aperçut que son anniversaire était passé depuis une semaine et qu'elle avait vingt-quatre ans. Le mois suivant, elle apprit que les premières troupes américaines avaient débarqué sur le sol français.

Trois semaines plus tard, à la mi-juillet, un bataillon américain s'installa près de Villers-Cotterêts et fut rejoint, après quelques jours, par des forces britanniques, afin de préparer une offensive à Ypres. La présence de soldats américains et anglais dans le secteur amena de l'animation. Ils séduisaient les filles du coin et passaient beaucoup de temps dans les bars, la police militaire les ramassait constamment dans la rue complètement ivres, et les ramenait dans leurs campements. A défaut d'autre chose, ils apportaient un peu de distraction, et même s'il y avait des voyous parmi les soldats, la plupart étaient très sympathiques. Un jour qu'elle revenait en ambulance d'un hôpital militaire, Annabelle aperçut un groupe de soldats américains en compagnie de très jeunes Françaises. Elle n'était pas d'humeur à rire, car l'homme que la conductrice et elle ramenaient à Villers-Cotterêts venait de succomber. Mais dès que l'ambulance dépassa le groupe, ils se mirent à crier et à agiter les bras en voyant ces deux jolies femmes à l'avant du véhicule. Entendre des voix américaines fit chaud au cœur d'Annabelle. Elle leur adressa un signe de la main et leur sourit. Quand l'un des hommes se mit à courir près de l'ambulance, elle ne put s'empêcher de lui parler.

— Hello ! Tout va bien ?

— Vous êtes américaine ? demanda-t-il avec étonnement.

La conductrice, qui était française, arrêta la camionnette car elle trouvait l'Américain mignon.

— Depuis quand êtes-vous là ? demanda-t-il. Je croyais que les infirmières n'arrivaient que le mois prochain.

En effet, il avait fallu plus de temps pour réunir les équipes de femmes volontaires que les conscrits.

Cette question fit rire Annabelle. Elle prenait plaisir à entendre son accent, qui lui rappelait sa patrie.

— Je suis ici depuis deux ans, lança-t-elle avec un large sourire. Vous êtes en retard, les gars.

— Un peu, que nous le sommes ! On va renvoyer les Boches là d'où ils viennent. On a gardé les meilleurs pour la fin.

Il avait l'air d'un gamin et il en était bien un. Le voir lui rappela l'Amérique et ses vacances à Newport, et elle eut le mal du pays.

— D'où êtes-vous ? demanda-t-il.

L'un de ses camarades était en train de discuter avec la conductrice, de l'autre côté de l'ambulance, mais elles savaient toutes les deux qu'elles ne pouvaient pas s'attarder. Il y avait un homme mort à l'arrière.

— Je viens de New York, répondit-elle.

— Et moi, de Boston.

Son haleine empestait l'alcool. Dès qu'ils sortaient de leurs campements, la plupart des soldats s'enivraient et couraient après tout ce qui portait jupon.

— Je m'en doutais un peu, dit-elle en faisant signe à la conductrice de démarrer. Bonne chance !

— Ouais ! A vous aussi ! répondit-il en reculant.

Tandis qu'elles roulaient en direction de l'hôpital, Annabelle fut prise de nostalgie. Jamais son pays ne lui avait autant manqué. Tout comme lui manquaient toutes les choses familières qu'elle n'avait pas vues depuis deux ans et auxquelles elle

231

ne s'était pas permis de penser. Elle soupira, tout en aidant sa collègue à porter à la morgue le brancard sur lequel se trouvait le cadavre. Il serait enterré sur les collines avec tous les autres et sa famille serait prévenue. Il était impossible de renvoyer les corps chez eux. Désormais, la région était couverte de cimetières de fortune.

Ce soir-là, après son service, Annabelle fit une courte promenade avant de regagner sa chambre. Elle pensait à cette rencontre, mais aussi au fait que tous les hommes qu'elles avaient ramenés dans la journée étaient morts. C'était courant, pourtant elle ne s'y habituait pas et cela la déprimait toujours. Ces garçons étaient si jeunes... souvent plus jeunes qu'elle. A présent, elle était plus âgée que de nombreuses infirmières. A vingt-quatre ans, avec une première année de médecine derrière elle, elle n'avait plus l'impression d'être une jeune fille. Elle avait subi trop d'épreuves, ces dernières années, et elle avait vu trop de souffrances.

Elle revenait de sa promenade sans se presser. Tête baissée, elle pensait à la vie qu'elle avait menée aux Etats-Unis. Il était plus de minuit et elle travaillait depuis 6 heures du matin. Fatiguée, elle ne prêtait aucune attention à ce qui l'entourait.

Elle sursauta en entendant une voix anglaise derrière elle.

— Eh, la jolie fille, que faites-vous là, toute seule ?

Se retournant, elle fut surprise de voir un officier anglais qui marchait sur la même allée qu'elle, visiblement ivre. Bien sanglé dans son uniforme, il paraissait vraiment très saoul. C'était un beau jeune homme qui devait avoir à peu près son âge. Elle n'éprouva aucune peur, surtout lorsqu'elle vit qu'il s'agissait d'un officier. Depuis deux ans, elle avait vu beaucoup d'hommes ivres et n'avait eu aucun mal à les tenir en respect.

— On dirait que vous avez besoin d'être raccompagné. Vous devriez aller de ce côté, lui conseilla-t-elle avec un sourire. Quelqu'un vous guidera jusqu'à vos quartiers.

Elle désignait l'un des bâtiments administratifs, sachant que ceux qui s'y trouvaient géraient souvent ce genre de situation. C'était la guerre, et il fallait s'occuper de milliers d'hommes, dont certains s'enivraient chaque soir. Dans la mesure où celui-ci était officier, on ne lui poserait pas de questions. Les simples soldats étaient souvent traités un peu plus sévèrement. Mais les officiers bénéficiaient du respect dû à leur grade. A son uniforme, elle pouvait voir qu'il était lieutenant, et d'après ses intonations elle devinait qu'il appartenait à la haute société, ce qui ne l'empêchait pas de se laisser aller comme les autres, quand il était saoul. D'ailleurs, il titubait légèrement.

— Je ne veux pas qu'on me raccompagne dans mes quartiers, dit-il avec entêtement. Je préférerais rentrer avec vous. On pourrait boire un verre ensemble, qu'en dites-vous ? Qu'est-ce que vous êtes, au juste ? Une infirmière ?

Il la regardait sous le nez avec une sorte d'arrogance hautaine.

— Je suis médecin et vous aurez besoin d'en voir un, si vous ne vous allongez pas quelque part.

— Excellente idée. Je suggère que nous nous allongions ensemble.

— Il n'en est pas question, rétorqua-t-elle froidement.

Elle se demandait si elle ne devait pas le laisser se débrouiller tout seul.

Il n'y avait personne d'autre dans l'allée, mais elle n'était pas loin des bâtiments. A cette heure, tout le monde était rentré, sauf ses camarades qui étaient de garde et qui étaient en train de conduire une ambulance ou de travailler dans les services.

— Pour qui vous prenez-vous ? dit-il en chancelant dans sa direction.

Annabelle recula, l'homme trébucha, faillit tomber et se redressa, l'air encore plus furieux.

— Vous n'êtes rien du tout, voilà ce que vous êtes, reprit-il avec hargne. Mon père est le comte de Winshire. Je suis lord Harry Winshire. Je suis vicomte, précisa-t-il avec emphase mais d'une voix pâteuse.

— Je suis ravie de l'apprendre, monsieur le vicomte, dit-elle poliment, mais vous devriez rentrer avant de vous faire mal. Quant à moi, je m'en vais. Bonne nuit.

— Garce ! cracha-t-il.

Sans daigner répondre, Annabelle s'écarta. Cet échange avait duré assez longtemps et elle ne tenait pas à s'attarder. La quantité d'alcool qu'il avait absorbée le rendait désagréable. Elle n'avait pas peur de lui, mais elle ne voulait pas forcer sa chance. C'est alors que, sans lui laisser le temps de faire un pas de plus, il l'attrapa, la fit pivoter contre lui et la serra dans ses bras pour l'embrasser. Elle le repoussa et se débattit, mais il était étonnamment fort pour quelqu'un qui avait bu.

— Arrêtez ! cria-t-elle.

Surprise par sa vigueur, elle comprit soudain qu'elle avait le dessous. Il couvrit sa bouche d'une main et l'entraîna dans l'embrasure d'une porte de l'un des baraquements tout proches. Il n'y avait personne aux alentours et d'ailleurs il appuyait si fort sa paume sur ses lèvres qu'elle ne pouvait pas crier. Elle lui mordit en vain la main et lutta, tandis qu'il l'étendait par terre et pesait sur elle de tout son poids. Le souffle coupé, elle sentit qu'il relevait sa jupe de sa main libre et faisait glisser sa culotte le long de ses jambes. Ne parvenant pas à croire qu'une telle chose pouvait lui arriver, elle luttait de toutes ses forces, mais elle était petite, alors qu'il était grand et costaud. Sous l'emprise de la rage et de l'alcool, il était bien décidé à la posséder. En le repoussant, elle l'avait exaspéré, et il allait le lui faire payer. Les yeux pleins d'une fureur noire, il la maintenait au sol, étouffant ses cris sous sa paume. Elle ne pouvait qu'émettre des sons étranglés et gutturaux que personne n'entendait.

Le silence nocturne n'était brisé que par les rires des femmes et les cris des ivrognes qui sortaient des bars. Les gémissements d'Annabelle étaient bien trop sourds pour être entendus de quiconque. A présent, elle était terrifiée. De sa main libre, il avait déboutonné son pantalon et elle sentait son sexe durci contre elle. Alors que Josiah n'avait jamais pu se résoudre à faire d'elle sa femme, cet étranger allait la prendre de force. Elle se débattait en vain pour l'en empêcher, mais il écarta ses jambes avec la sienne et en un instant il fut en elle, s'agitant furieusement avec des grognements, tandis qu'elle s'efforçait encore de le repousser. Mais il la maintenait au sol, s'enfonçant plus profondément à chaque coup de boutoir. Comme elle grimaçait de douleur, il l'écrasa encore davantage, lui broyant le dos contre le seuil de pierre. Soudain tout fut terminé. Il poussa un cri de plaisir, puis il l'écarta avec une telle violence qu'elle resta un instant recroquevillée contre la porte, comme une poupée désarticulée. Elle ne pouvait plus crier, pas même émettre un son, tant elle avait peur. Se détournant, elle vomit et étouffa un sanglot. Il se releva, boutonna son pantalon et la fixa durement et avec mépris.

— Si tu parles à quelqu'un de ce qui s'est passé, je reviendrai et je te tuerai. Je te trouverai. Et sache que c'est moi qu'on croira.

Il avait certainement raison. Il était officier et vicomte. Quoi qu'elle dise, personne n'oserait le mettre en cause, et encore moins le punir pour un incident de ce genre. Pour lui, ce n'était rien. Pour elle, il avait pris la vertu qu'elle avait défendue toute sa vie et conservée malgré deux ans de mariage. Il l'avait prise, il avait disposé d'elle et il l'avait traitée comme si elle n'était rien de plus qu'une vulgaire marchandise. Tandis qu'il s'éloignait, elle rabattit sa jupe et resta à sangloter à l'entrée du baraquement. Elle finit cependant par se relever et fut prise de vertige. Pendant qu'il la violait, il lui avait cogné la tête contre la dalle de pierre.

Comme dans un brouillard, elle regagna ses propres quartiers, s'arrêtant pour vomir encore. Par bonheur, personne ne l'avait vue. Elle aurait voulu se cacher et mourir. Jamais elle n'oublierait son expression meurtrière, lorsqu'il l'avait prise. Elle monta péniblement l'escalier et entra dans la salle de bains, heureusement déserte. Là, elle se lava comme elle le put. Il y avait du sang sur ses jambes et sa jupe, puisqu'elle était vierge, mais pour lui, cela n'avait eu aucune importance. Elle n'était qu'une prostituée de plus, qu'il avait possédée après une nuit de beuverie dans les bars. Elle avait très mal entre les jambes, au dos et à la tête, mais ce n'était rien en comparaison de la douleur qu'elle éprouvait au plus profond d'elle-même.

Et elle savait qu'il avait raison : si elle en parlait à quelqu'un, personne ne l'écouterait. Chaque jour, des filles se plaignaient d'avoir été violées par des soldats, sans qu'il y eût la moindre sanction. Si elles persistaient à protester auprès des autorités ou d'un tribunal militaire, elles étaient humiliées et couvertes de honte. Personne ne les croyait, on les accusait d'être des filles faciles qui avaient encouragé leurs agresseurs. Si elle accusait de viol un lord britannique, on lui rirait au nez. Il ne lui restait plus qu'à prier pour ne pas être enceinte. Le sort ne pouvait pas être aussi cruel.

Ce soir-là, lorsqu'elle se coucha, au milieu de sa souffrance, Annabelle repassa les événements dans sa tête et songea qu'elle n'avait jamais connu rien ni personne d'aussi inhumain que ce vicomte. Tout en sanglotant au fond de son lit, elle pensa à Josiah. Elle avait voulu partager sa vie avec lui et porter ses enfants. Au lieu de cela, cet ivrogne avait transformé l'acte d'amour en parodie et l'avait violée.

Elle ne pouvait rien faire, sinon essayer d'oublier.

18

En septembre, les Allemands battirent les Russes.
A Villers-Cotterêts, Annabelle vomissait tous les
jours. Le pire était arrivé. Elle n'avait pas eu ses
règles depuis le mois de juillet et elle avait la certi-
tude d'être enceinte. Elle ne savait absolument pas
quoi faire. Elle ne pouvait ni en parler, ni stopper le
cours des choses. Son dos, sa tête et les parties
intimes de son corps avaient mis des semaines à
guérir, mais les conséquences dureraient à jamais.
Elle avait pensé essayer de trouver une avorteuse,
mais elle ne savait pas à qui s'adresser et n'ignorait
pas les dangers qui pouvaient en résulter. Depuis
qu'elle était à l'hôpital, deux infirmières étaient
mortes des suites d'un avortement, aussi n'osait-elle
pas courir ce risque. En même temps, elle avait
envie de se suicider, mais elle n'en avait pas le
courage. Une chose était sûre, elle ne voulait pas du
bébé de ce monstre. Il naîtrait à la fin du mois
d'avril et elle était bien consciente qu'elle devrait
quitter l'hôpital dès que son état serait visible. Par
bonheur, jusque-là il n'en était rien. Elle travaillait
aussi dur que jamais, portant des hommes et du
matériel lourd, secouée en ambulance sur les routes
défoncées. Elle espérait faire une fausse couche,

mais plus le temps passait, plus il devenait clair que cela n'arriverait pas. Quand sa taille commença à s'épaissir, elle s'enveloppa dans des bandes de toile trouvées en chirurgie et serra le plus possible. Elle pouvait à peine respirer, mais elle voulait travailler aussi longtemps qu'elle en serait capable. En revanche, elle n'avait aucune idée de l'endroit où elle irait lorsqu'elle ne le pourrait plus.

A Noël, cela ne se voyait pas encore, mais elle sentait le bébé remuer doucement dans son ventre. Ayant toutes les raisons de le haïr, elle essaya de ne pas se laisser attendrir, mais n'y parvint pas. Cet enfant était aussi innocent qu'elle, même si elle détestait son père. Elle songea à le contacter pour le mettre au courant de sa paternité et le forcer à prendre ses responsabilités, mais en se remémorant son attitude lors du viol, elle se dit qu'il ne pourrait que nier. D'ailleurs, combien de femmes avait-il violées avant elle, ou même depuis ? Si elle se manifestait, il la rejetterait avec son bébé, tout comme il l'avait fait cette nuit-là. Elle n'avait aucun recours, elle n'était qu'une femme portant un enfant illégitime. Le viol dont elle avait été victime n'intéressait personne.

En janvier, elle travaillait toujours. Elle était enceinte de six mois et dissimulait son état sous son tablier. Son ventre était à peine gonflé, car elle le bandait toujours étroitement. De plus, le manque de nourriture et l'angoisse l'empêchaient de manger. Elle n'avait pas grossi et avait même plutôt maigri. Depuis le soir du viol, en juillet, elle était très déprimée.

Par un après-midi pluvieux et froid, alors qu'elle remplaçait une collègue en chirurgie, elle entendit deux blessés discuter. Tous les deux étaient anglais, l'un officier et l'autre sergent. Ils relataient le violent affrontement qui avait failli leur coûter la vie et elle s'immobilisa en les entendant parler d'un certain Harry. Elle ignorait pourquoi, car ce pouvait être n'importe qui d'autre, mais un instant plus tard, l'officier affirma que la mort de Harry Winshire constituait une terrible perte. Ils vantèrent ses qualités, ajoutant combien il allait leur manquer. Elle aurait voulu se tourner vers eux, leur hurler qu'il était un monstre. Au lieu de cela, elle se précipita dehors et resta sans bouger, oppressée comme si on l'étranglait, s'efforçant d'aspirer des bouffées d'air froid. Non seulement il l'avait violée, mais maintenant, il était mort. Son enfant n'avait pas de père et n'en aurait jamais. C'était sans doute mieux ainsi et il méritait son sort, mais l'énormité de ce qui était arrivé la frappa de nouveau. Submergée de terreur, elle chancela, puis s'évanouit et tomba dans la boue. Deux infirmières virent la scène et coururent à son secours, tandis qu'un chirurgien qui sortait du bâtiment s'agenouillait près d'elle. Comme toujours, tout le monde craignait le choléra mais, lorsqu'ils la touchèrent, ils constatèrent qu'elle n'avait pas de fièvre. Ils pensèrent que son évanouissement était dû au travail intense et au manque de sommeil et de nourriture dont ils souffraient tous.

Le médecin aidait les deux femmes à la transporter sur un brancard à l'intérieur, lorsqu'elle revint à elle. Elle était trempée, la pluie avait plaqué ses cheveux sur sa tête et son tablier collait à son corps.

Elle se confondit en excuses pour avoir causé tant de problèmes et voulut se lever pour partir. Mais à peine se fut-elle redressée qu'elle s'évanouit de nouveau. Cette fois, le chirurgien poussa le brancard dans une petite pièce et referma la porte. Il ne la connaissait pas personnellement, mais l'avait souvent vue.

Il lui demanda si elle souffrait de dysenterie. Elle lui répondit qu'elle allait très bien, mais qu'elle s'était levée tôt et n'avait pas mangé depuis la veille. Elle s'efforça de lui sourire, mais il ne fut pas dupe. Elle était aussi blanche que son tablier. Il lui demanda son nom, qu'elle lui donna.

— Miss Worthington, je pense que vous ne supportez plus la situation que nous vivons ici. Peut-être devriez-vous prendre quelques jours de congé, afin de vous remettre.

Aucun d'entre eux ne s'était arrêté depuis des mois. Elle ne voulait pas s'absenter, mais elle était bien consciente que ses jours à l'hôpital étaient comptés. Son ventre s'arrondissait maintenant chaque jour un peu plus et elle avait beau serrer ses bandages, elle avait de plus en plus de mal à dissimuler son état.

— Y a-t-il autre chose, à propos de votre santé, que vous ne m'ayez pas dit ? lui demanda-t-il avec une certaine inquiétude.

Il ne fallait surtout pas que les membres du personnel médical propagent des maladies, déclenchent une épidémie, meurent de surmenage ou d'une maladie qu'ils auraient dissimulée. Ils étaient tous tellement dévoués que beaucoup d'infirmières et de médecins se taisaient lorsqu'ils étaient malades. Il craignait que ce ne fût le cas avec cette jeune femme qui paraissait vraiment très mal.

Elle secoua la tête, mais il vit les larmes qui embuaient ses yeux.

— Je vais bien, insista-t-elle.

— Si bien que vous venez de vous évanouir, lui dit-il doucement.

Il avait le sentiment qu'elle était décidée à lui cacher la vérité et, comme bien d'autres, elle semblait sous-alimentée. Il lui demanda de s'étendre, afin qu'il pût l'examiner. Dès qu'elle eut obéi, il vit le léger renflement, sous son tablier. Leurs regards se rencontrèrent, tandis qu'il posait ses mains sur son ventre et sentait ce qu'elle cachait si soigneusement depuis si longtemps. Il sut immédiatement de quoi il s'agissait. Elle n'était pas la première à porter l'enfant d'un soldat, en temps de guerre. Voyant qu'il la fixait d'un air interrogateur, elle éclata en sanglots et se redressa. Il lui tendit un mouchoir qu'elle accepta, mortellement gênée et très malheureuse.

— Je crois que le problème est là, dit-il. L'accouchement est prévu pour quand ?

Le mot la bouleversa. Elle aurait voulu expliquer ce qui s'était passé, mais elle n'osa pas. La vérité était si affreuse qu'il la blâmerait certainement et ne la croirait pas. Elle avait déjà assisté à ce genre de scène. Des femmes prétendaient avoir été violées, alors qu'elles avaient eu une liaison hors mariage. Pourquoi lui ferait-il confiance ? Tout comme elle avait gardé le secret de Josiah pour le protéger, elle devait maintenant taire celui du vicomte Winshire.

— En avril, murmura-t-elle avec désespoir.

242

— Vous avez réussi à cacher votre état pendant longtemps, remarqua-t-il.

Il lui enleva son tablier, défit sa ceinture et souleva son chemisier. Lorsqu'il vit combien elle était serrée, sans doute depuis des mois, il fut horrifié.

— C'est un miracle que vous puissiez respirer, s'exclama-t-il.

Ces bandages la comprimaient davantage qu'un corset. Le traitement était aussi cruel pour la mère que pour l'enfant.

— Je ne peux pas, dit-elle à travers ses larmes.

— Vous allez devoir vous arrêter de travailler bientôt... Et le père ? demanda-il doucement.

— Il est mort, souffla-t-elle. Je l'ai découvert aujourd'hui.

Elle ne précisa pas qu'elle haïssait Harry et se réjouissait de sa mort. Il la méritait. Elle savait que le docteur aurait été choqué si elle s'était exprimée ainsi.

— Je vois. Vous allez rentrer chez vous ?

— C'est impossible, murmura-t-elle.

Il ne pouvait comprendre ses raisons, mais il lui était impossible de retourner à New York ou à Newport. Sa grossesse serait le dernier coup porté à sa réputation.

— Vous allez devoir trouver un endroit pour vivre. Voulez-vous que je cherche une famille qui serait d'accord pour vous accueillir ? Vous pourriez les aider à s'occuper des enfants.

Annabelle secoua la tête. Elle y avait réfléchi, pendant que son ventre s'arrondissait. Pour l'instant, elle ne pouvait pas non plus retourner à l'école de médecine. Le seul lieu qui la tentait se trouvait au-dessus d'Antibes, près de la vieille église, là où elle s'était promenée. Si elle pouvait trouver une petite maison dans les environs, elle s'y cacherait jusqu'à la naissance du bébé. Ensuite, elle retournerait sur le front ou bien reprendrait ses études. La première éventualité semblait difficilement envisageable, puisqu'elle n'avait personne à qui confier l'enfant. De toute façon, elle voulait se débrouiller seule, aussi déclina-t-elle l'offre du médecin.

— Je vous remercie, mais je m'en sortirai, soupira-t-elle tristement.

Il l'aida à descendre du brancard. Il était vraiment surpris qu'elle ait pu cacher sa grossesse pendant six mois.

— N'attendez pas trop longtemps, lui conseilla-t-il.

— C'est promis... Merci, ajouta-t-elle, les larmes aux yeux.

Il lui tapota l'épaule pour la rassurer, puis ils quittèrent la pièce. Les deux jeunes infirmières attendaient toujours devant la porte de savoir comment elle allait.

— Elle va bien, assura le médecin avec un sourire. Vous travaillez toutes beaucoup trop dur, ici. Je lui ai dit qu'elle devait prendre quelques jours de congé, sinon elle va vraiment tomber malade.

Sur ces mots, il adressa un sourire de connivence à Annabelle et s'en alla. Les deux jeunes femmes l'accompagnèrent jusqu'à sa chambre, où elle se reposa jusqu'à la fin de la journée.

Etendue sur son lit, elle réfléchissait. Le médecin avait raison. Elle devrait bientôt partir. Si les autres apprenaient la vérité, elle serait de nouveau déshonorée pour une faute qu'elle n'avait pas commise.

Annabelle resta à Villers-Cotterêts jusqu'au 1ᵉʳ février. Elle annonça alors à regret à sa supérieure qu'elle devait retourner à Nice, afin de reprendre ses études. Personne ne la blâma. Elle était restée quatorze mois. Il lui semblait trahir ses collègues en partant, mais elle ne pouvait pas faire autrement.

Elle quitta avec une grande tristesse l'hôpital et ceux avec qui elle avait travaillé. Il lui fallut deux jours pour arriver à Nice. Les trains étaient fréquemment déviés et ils devaient souvent stationner de longues heures dans les gares pour laisser passer les convois militaires qui approvisionnaient le front.

En arrivant à Nice, elle se rendit immédiatement chez un petit bijoutier et acheta une alliance en or. Elle la glissa à son doigt, tandis que le bijoutier la félicitait. C'était un vieil homme très gentil, qui lui souhaita beaucoup de bonheur. Elle quitta la boutique en pleurant. Elle s'était inventé une histoire, selon laquelle elle avait perdu son mari, mort au combat. Il n'y avait aucune raison pour que l'on ne la crût pas. Elle paraissait sérieuse et le pays était rempli de veuves de guerre, dont les enfants étaient souvent nés après la mort de leurs maris. Annabelle ne représentait qu'une petite goutte dans l'océan des tragédies causées par la guerre.

Elle prit une chambre dans un petit hôtel de Nice et acheta plusieurs robes de grossesse noires. Elle fut horrifiée de constater, après avoir enlevé les bandes de toile qui la serraient, que son ventre prenait des proportions imposantes. Pas autant que celui d'Hortense, mais il devenait évident qu'elle attendait un enfant. Heureusement, désormais, elle n'avait plus aucune raison de cacher son état. Avec son alliance au doigt et sa robe noire de veuve, elle avait l'air de la jeune femme respectable qu'elle était. Quant à son regard empreint de tristesse, il n'était pas feint.

Elle aurait voulu rendre visite au docteur Graumont, à l'école, mais elle s'en sentit incapable. Elle irait le voir plus tard avec son bébé et son histoire d'époux mort à la guerre, mais pour l'instant, il était trop tôt. Jusqu'à la naissance du bébé, elle n'était prête à affronter personne. Elle ne savait pas encore comment elle expliquerait qu'elle n'avait pas changé de nom. Elle s'en occuperait en temps utile. Pour l'instant, elle devait trouver un endroit où habiter. Elle retourna à la petite église qu'elle aimait tant sur les hauteurs d'Antibes. C'était une chapelle de marins d'où la vue sur la baie était admirable. En partant, elle demanda à la gardienne si elle connaissait des maisons à louer dans les environs. La femme commença par secouer la tête, puis elle l'inclina de côté, l'air pensif.

— Peut-être bien, dit-elle avec un fort accent du Sud. Il y avait une famille qui vivait ici, avant la guerre. Les parents ont déménagé à Lyon et leurs deux fils ont été tués. Depuis, ils ne sont pas revenus et sans doute ne reviendront-ils jamais. Cela leur briserait le cœur, car leurs deux garçons adoraient cet endroit.

Elle indiqua alors à Annabelle la direction à prendre. Depuis l'église, on pouvait se rendre à pied jusqu'à la maison, une jolie petite villa qui semblait être une résidence d'été. Un vieil homme s'occupait du jardin. Annabelle le salua et lui demanda s'il était possible de louer la maison. Il lui répondit qu'à son avis, ce n'était pas le cas, mais qu'il allait écrire aux propriétaires pour leur poser la question. Il précisa que la maison était meublée, mais Annabelle lui assura que ce n'était pas un problème. En fait, cela l'arrangeait plutôt.

Sa grossesse était visible, car elle était enceinte de sept mois. Elle lui dit qu'elle était veuve et serait heureuse de louer la maison aussi longtemps qu'ils le voudraient, peut-être jusqu'à la fin de la guerre. Elle espérait retourner à l'école à l'automne ou au plus tard en janvier. En septembre, le bébé aurait cinq mois et elle pourrait reprendre ses études, à condition de trouver quelqu'un pour le garder. Si elle trouvait un véhicule, elle pourrait même faire la navette entre l'école et la maison. Elle lui laissa l'adresse de son hôtel et le gardien lui assura qu'il la contacterait dès qu'il aurait des nouvelles des propriétaires. Elle espéra qu'elle lui avait fait bonne impression et qu'il saurait les convaincre d'accéder à sa demande.

En rentrant à Nice, elle songea que, s'il le fallait, elle pourrait rester à l'hôtel. Ce n'était pas l'idéal avec un bébé, mais l'établissement était propre et net.

Elle passa les semaines suivantes à se promener. Elle marchait sur la plage, se nourrissait du mieux qu'elle le pouvait et dormait de longues heures. On lui donna le nom d'un médecin qu'elle alla voir et à qui elle raconta son histoire de veuve de guerre. C'était un homme bon et sympathique. Elle lui confia qu'elle souhaitait accoucher chez elle. En réalité, elle craignait, si elle accouchait à l'hôpital, de rencontrer des médecins qu'elle avait connus lorsqu'elle était étudiante. Bien entendu, il accepta de l'accoucher à domicile.

En mars, en revenant d'une promenade, elle trouva un message de Gaston, le gardien de la maison d'Antibes. Il lui demandait de passer le voir, car il avait une bonne nouvelle pour elle. Les propriétaires avaient été touchés par son cas et, dans un premier temps, ils acceptaient de lui louer la maison pour six mois. Gaston proposa à Annabelle de la lui faire visiter, et celle-ci fut ravie par tout ce qu'elle vit. A l'étage, il y avait une belle chambre ensoleillée, deux autres plus petites et une salle de bains dallée et ancienne, avec une immense baignoire. Le rez-de-chaussée était composé d'un salon et d'une salle à manger, ainsi que d'une petite pièce entièrement vitrée et lumineuse, donnant sur une véranda. C'était l'endroit idéal pour son bébé et pour elle. Plus tard, elle pourrait même engager une jeune fille pour s'occuper de l'enfant.

Elle écrivit une lettre aux propriétaires, pour leur donner son accord et leur dire qu'elle allait demander à sa banque de transférer l'argent. Gaston était content pour elle et il la félicita. Il était heureux, lui dit-il, que la maison reprît vie. Sa femme serait ravie de faire le ménage et même de l'aider à s'occuper du bébé après l'accouchement. Après l'avoir remercié, elle se rendit dans une banque à Nice. Elle se présenta au directeur, puis elle lui demanda d'envoyer un télégramme à sa banque aux Etats-Unis. Son banquier avait seulement besoin de savoir où envoyer l'argent. Personne ne savait qu'elle se trouvait à Nice, ni bien sûr qu'elle attendait un heureux événement. Annabelle pensait souvent à Hortense et elle se demandait combien elle avait d'enfants, maintenant. Son amie d'enfance lui manquait toujours. Elle avait conscience que si elle l'avait trahie, c'était avant tout par faiblesse. Pourtant, elles ne seraient plus jamais amies, même si Annabelle retournait un jour aux Etats-Unis. Trop d'événements s'étaient produits.

Le 4 avril, elle s'installa dans sa maison, au-dessus du cap d'Antibes. Le médecin pensait que le bébé ne tarderait plus, bien qu'il ignorât la date exacte de l'accouchement. Malgré sa grossesse avancée, la jeune femme se promenait tous les jours dans les collines. Elle allait aussi jusqu'à l'église qu'elle aimait tant et admirait la vue. Florine, la femme de Gaston, faisait le ménage et parfois la cuisine. Annabelle passait ses nuits à relire ses livres de médecine. Vis-à-vis de l'enfant à naître, ses sentiments restaient mitigés. Il avait été conçu dans une telle violence et au prix de tant de souffrance qu'elle craignait de lui en vouloir chaque fois qu'elle le regarderait. Pourtant, le destin les avait liés l'un à l'autre. Elle avait pensé à contacter les parents du vicomte pour les prévenir de cette naissance, mais elle ne leur devait rien. Elle ne voulait pas les rencontrer s'ils étaient à l'image de leur fils et s'ils manquaient d'honneur comme lui. Le bébé et elle se suffiraient à eux-mêmes. Ils n'auraient besoin de rien d'autre.

La troisième semaine d'avril, Annabelle fit une longue promenade. Elle s'arrêta près de l'église comme elle le faisait toujours et s'assit sur un banc pour admirer la vue. Elle avait allumé un cierge pour sa mère et prié pour Josiah. Cela faisait plus de deux ans, maintenant, qu'elle n'avait pas de nouvelles de lui. Elle ignorait si Henry et lui étaient toujours au Mexique ou s'ils étaient rentrés à New York. Il avait divorcé, rompu tout contact avec elle, pour la laisser libre de recommencer sa vie, mais il ne pouvait imaginer ce que lui avait réservé le destin.

Elle rentra lentement chez elle, sous le soleil de l'après-midi. Elle pensait à tous ceux qu'elle avait aimés : Josiah, Hortense, sa mère, son père et Robert. Il lui semblait qu'ils étaient tout près d'elle et, lorsqu'elle arriva, elle monta directement dans sa chambre pour se coucher. Florine était déjà partie et Annabelle ne tarda pas à s'endormir. Il était plus de minuit lorsqu'elle s'éveilla. Une douleur dans le dos l'avait arrachée au sommeil. Elle ressentit soudain un élancement dans le bas du ventre et comprit aussitôt ce qui se passait. Elle n'avait pas le téléphone et aucun moyen de prévenir le médecin, mais elle ne s'inquiéta pas. A ses yeux, l'accouchement était un événement simple, dont elle viendrait à bout toute seule. A mesure que la nuit avançait et que les douleurs s'amplifiaient, elle n'en fut plus aussi sûre. Il lui semblait incroyable qu'après avoir autant souffert lors de sa conception, elle puisse encore souffrir pour mettre au monde cet enfant sans père, dont elle ne voulait pas. Après tant d'années à souhaiter un bébé, elle n'aurait jamais pensé qu'il pût faire irruption dans sa vie de cette façon.

Elle se tordait à chaque contraction. A l'aube, quand le soleil se leva, elle saignait abondamment. Souffrant le martyre, elle avait l'impression de se noyer et d'être sur le point de mourir. Elle pensa à toutes les choses horribles qu'Hortense lui avait racontées à propos de ses accouchements. Elle commençait à paniquer quand Florine apparut sur le seuil de sa chambre. Dès qu'elle avait entendu ses cris depuis le rez-de-chaussée, elle était montée quatre à quatre. Annabelle était étendue sur son lit, les yeux agrandis d'effroi, incapable de parler. Le travail avait commencé depuis huit heures.

Florine courut auprès d'elle, retira doucement la couverture, puis glissa sous Annabelle de vieux draps qu'elles avaient mis de côté dans ce but. Tout en agissant, elle lui murmurait des paroles apaisantes et rassurantes. Après l'avoir examinée, elle lui annonça qu'elle voyait le crâne du bébé.

Annabelle continuait à pousser des hurlements. Florine dévala l'escalier à toute vitesse et trouva Gaston, à qui elle demanda d'aller chercher le médecin très vite. Cependant, rien de ce qu'elle avait vu ne lui avait paru alarmant. Tout se passait normalement. Elle avait assisté à de nombreux accouchements et savait que cela durerait encore longtemps et que le pire était à venir. Pour l'instant, ce qu'on voyait du crâne du bébé n'était pas plus gros qu'une petite pièce de monnaie.

Etendue sur son lit, Annabelle pleurait pendant que Florine lui baignait le front avec des linges humides, parfumés à la lavande. Au bout d'un moment, elle lui demanda d'arrêter, car elle souffrait tant qu'elle ne supportait plus d'être touchée. A 14 heures, au bout d'une attente qui avait paru durer un siècle, le médecin arriva enfin. Il venait d'accoucher une autre jeune femme qui avait donné naissance à des jumeaux. Annabelle n'était plus que douleur et la situation n'avait pas évolué.

Lorsqu'il l'examina, il parut très satisfait.

— Tout va bien, dit-il pour l'encourager. Je pense qu'à l'heure du dîner, nous aurons un bébé dans cette maison.

Elle braqua sur lui un regard affolé, incapable de supporter ce calvaire une minute de plus. Tandis qu'elle sanglotait misérablement, il demanda à Florine de remonter les oreillers, puis il lui cala les pieds. Quand Annabelle se débattit en appelant sa mère, il lui enjoignit, d'une voix ferme, de se mettre au travail. Le crâne du bébé était de plus en plus visible, maintenant. Le médecin demanda à Annabelle de pousser, encore et encore. Trop épuisée pour continuer, elle finit par retomber sur les oreillers. Il lui ordonna pourtant de pousser plus fort et de ne plus s'arrêter. Le visage d'Annabelle devint cramoisi, juste au moment où la tête du bébé sortait. Elle se mit à hurler tout en regardant son enfant qui émergeait de son ventre, le minois tout plissé.

Après avoir poussé de toutes ses dernières forces, elle perçut un faible vagissement. Riant et pleurant à la fois, elle vit la petite figure du nourrisson, éclairée par deux grands yeux qui semblaient les regarder. Après avoir coupé le cordon ombilical, le médecin prit le bébé dans ses bras, puis Florine l'enveloppa dans une couverture et le donna à sa mère. C'était une fille.

— Oh… Elle est si belle ! s'extasia Annabelle, le visage ruisselant de larmes.

La petite fille était parfaite, avec ses traits d'une finesse exquise, ses mains et ses pieds délicats. Ainsi que le praticien l'avait prédit, il était tout juste 18 heures. Pour un premier enfant, constata-t-il, l'accouchement avait été rapide. Annabelle ne se lassait pas d'admirer le bébé et de lui parler. Florine ferait plus tard la toilette d'Annabelle, mais pour l'instant, elle la recouvrit d'une couverture. Avec une tendresse infinie, Annabelle porta le bébé à son sein. Cet ange fragile était son seul parent au monde. Il valait bien toutes les souffrances de l'accouchement, qui lui paraissaient maintenant insignifiantes.

— Comment allez-vous l'appeler ? demanda le médecin en lui souriant.

Il la plaignait d'être veuve, mais au moins elle avait cet enfant.

— Consuelo, murmura Annabelle. C'était le nom de ma mère…

Sur ces mots, elle se pencha pour déposer un doux baiser sur la tête de sa fille.

19

La petite fille était absolument parfaite. Elle était en bonne santé, gaie et ne posait aucun problème. On aurait dit un ange directement tombé dans les bras de sa mère. Annabelle n'aurait pas cru pouvoir l'aimer autant. Dès sa naissance, elle avait oublié celui qui l'avait engendrée. Consuelo lui appartenait, à elle et à personne d'autre.

En juillet, juste après le début de la seconde bataille de la Marne, Annabelle rendit visite au docteur Graumont. Depuis qu'elle avait quitté Villers-Cotterêts, le nombre des morts avait augmenté dans des proportions effroyables. Après la naissance de Consuelo, Annabelle avait compris qu'elle ne retournerait pas sur le front. Elle ne pouvait pas l'emmener, risquer de l'exposer à la maladie et aux épidémies, et elle n'imaginait pas non plus s'en séparer. Bien qu'elle se sentît coupable de ne plus participer à l'effort de guerre, Annabelle savait que, dorénavant, sa place était auprès de son enfant. Florine lui avait proposé de s'en occuper si elle repartait, mais déjà, elle ne supportait pas d'être loin d'elle plus d'une heure. Il était donc exclu qu'elle la confiât à quelqu'un pendant des mois. Par conséquent, elle resterait à Antibes, du moins pour l'instant.

Elle voulait reprendre ses études et espérait pouvoir retourner à l'école. Lorsqu'elle rencontra le docteur Graumont, elle avait mis au point son histoire. Elle lui raconta qu'elle s'était mariée à un officier britannique peu de temps après son arrivée à Villers-Cotterêts et qu'ils avaient préféré garder leur union secrète jusqu'à ce qu'ils puissent aller en Angleterre pour l'annoncer. Malheureusement, il avait été tué avant qu'ils aient pu mettre leur projet à exécution. Comme personne n'était au courant, elle avait préféré conserver son nom, d'autant qu'elle était la dernière de sa lignée. Pour honorer ses parents, elle avait donc décidé de garder leur nom. L'histoire n'était pas tout à fait crédible, mais le docteur Graumont ne la mit pas en doute. Il trouva le bébé adorable et proposa qu'elle s'installe avec la petite fille dans une maisonnette située dans le parc du château, lorsqu'elle reviendrait, au début du mois de septembre. Il y avait déjà neuf étudiants, et trois autres commenceraient en même temps qu'elle. Le directeur lui annonça tristement que sept de ses anciens camarades étaient morts. Il était soulagé de la savoir en bonne santé et plus lumineuse encore, depuis la naissance de l'enfant. Elle avait eu vingt-cinq ans au printemps et s'était épanouie. L'idée qu'elle aurait son diplôme à trente ans ne la décourageait pas. Elle avait hâte de reprendre les cours. La rentrée devait avoir lieu dans six semaines.

Annabelle décida de garder la maison d'Antibes, afin de s'y rendre chaque fois qu'elle le pourrait. Comme elle avait besoin de quelqu'un pour s'occuper du bébé pendant qu'elle serait en cours, elle engagea une jeune fille, Brigitte, qui devait habiter avec elles, dans la maisonnette. Tout se mettait en place.

Au jour prévu, Annabelle, Brigitte et le bébé emménagèrent. Les cours commençaient le lendemain. La jeune femme était parfaitement heureuse. Elle avait Consuelo, qu'elle aimait plus que tout, et elle reprenait ses études de médecine.

Désormais, le travail qu'on lui demandait à l'hôpital de Nice lui semblait plus facile. Après tout ce qu'elle avait appris à l'abbaye, puis à Villers-Cotterêts, elle avait énormément progressé.

La guerre fit rage pendant tout le mois de septembre. Au même moment, une épidémie de grippe ravagea l'Europe et les Etats-Unis, décimant civils et militaires. Des milliers de personnes moururent, en particulier des enfants et des vieillards.

Fin septembre, enfin, les troupes françaises et américaines entamèrent l'offensive Meuse-Argonne. En quelques jours, les troupes du général Haig balayèrent la ligne Hindenburg et la franchirent. Six jours plus tard, l'Autriche et l'Allemagne demandèrent un armistice au président Wilson, tandis que les forces anglaises, américaines et françaises continuaient d'écraser l'ennemi et renversaient la situation. Les combats durèrent encore cinq semaines.

Enfin, le 11 novembre, à 23 heures, les affrontements cessèrent. La guerre qui avait ravagé l'Europe pendant plus de quatre ans et fait quinze millions de morts était finie.

Lorsqu'elle apprit la nouvelle, Annabelle pleura longuement, son bébé dans les bras.

20

Une fois la guerre terminée, les gens reprirent le cours de leur vie. Les soldats rentrèrent chez eux, épousèrent les fiancées qu'ils avaient laissées ou les femmes qu'ils avaient rencontrées durant le conflit. Ils retrouvaient leur existence antérieure et leur métier. Partout dans les rues, on voyait des mutilés et des blessés, appuyés sur leurs béquilles ou en fauteuil roulant. Certains étaient amputés, d'autres portaient des prothèses. On aurait dit que la moitié des hommes, en Europe, étaient estropiés, mais au moins étaient-ils en vie. On pleurait ceux qui n'étaient pas revenus et on évoquait leur souvenir. Annabelle pensait souvent à ceux de ses anciens camarades qui étaient tombés. Marcel lui manquait chaque jour, ainsi que Rupert, qui l'avait tourmentée sans pitié avant de devenir un ami.

Peu à peu, de nouveaux étudiants arrivèrent. Au printemps, il y en eut soixante au château. Sérieux et déterminés, ils voulaient devenir médecins pour servir le monde. Annabelle restait la seule femme et tous adoraient Consuelo. Elle fêta son premier anniversaire entourée de soixante oncles totalement sous son charme et elle fit ses premiers pas le lendemain.

L'école de médecine devint le foyer d'Annabelle et de Consuelo, que ses soixante oncles gâtaient chaque fois qu'ils en avaient l'occasion. Ils lui apportaient de petits cadeaux, jouaient avec elle. Il y en avait toujours un pour la porter dans ses bras ou la faire sauter sur ses genoux. Ainsi choyée, la petite fille était la plus heureuse des enfants.

Annabelle dut finalement quitter la maison d'Antibes, car les propriétaires décidèrent de la vendre. C'est avec tristesse qu'elle fit ses adieux à Florine et à Gaston, mais Brigitte resta avec elle. La maisonnette qu'elles occupaient était confortable et leur suffisait largement.

De temps en temps, en voyant sa fille grandir, Annabelle envisageait de contacter les parents du vicomte. Depuis qu'elle était mère, elle se demandait s'ils ne voudraient pas garder un lien avec leur fils à travers sa fille. Mais elle ne parvenait pas à se décider. Elle ne voulait partager Consuelo avec personne. Le bébé et elle se ressemblaient comme deux gouttes d'eau. Tous ceux qui la voyaient disaient qu'elle était son portrait. C'était comme si aucun homme n'était intervenu dans sa conception.

Les années d'études d'Annabelle passèrent à la vitesse de l'éclair. Totalement absorbée par son travail, il lui sembla qu'elles n'avaient duré que le temps d'un battement de cils. Pourtant, elle avait travaillé dur.

Elle eut trente ans le mois où elle obtint son diplôme. Consuelo en avait eu cinq en avril. En quittant l'école et la maisonnette, Annabelle eut le sentiment de s'arracher de nouveau à son foyer. C'était à la fois excitant et douloureux. Elle avait décidé d'aller s'installer à Paris et avait postulé pour une collaboration avec l'Hôtel-Dieu, un hôpital situé près de Notre-Dame, sur l'île de la Cité. Elle projetait également d'ouvrir un cabinet de médecine générale. Elle aurait aimé travailler avec le docteur de Bré, mais il était mort au printemps précédent.

Un mois avant l'obtention de son diplôme, elle avait reçu une lettre de la banque de son père, l'avertissant que Josiah était mort au Mexique en février et Henry un peu plus tard. Son banquier avait joint dans son courrier une lettre que lui adressait Josiah.

Son décès à quarante-neuf ans et sa lettre ravivèrent un flot de souvenirs et beaucoup de tristesse. Huit années s'étaient écoulées depuis qu'il l'avait quittée et qu'elle était partie pour l'Europe, sept depuis leur divorce. Sa lettre, écrite peu avant sa fin, était tendre et nostalgique. Il lui disait qu'il avait été heureux au Mexique avec Henry, mais qu'il avait toujours pensé à elle avec amour. Il regrettait de lui avoir infligé une aussi terrible épreuve et espérait qu'elle avait trouvé le bonheur. Il lui demandait de bien vouloir lui accorder un jour son pardon. En le lisant, il sembla à la jeune femme que le monde dans lequel elle avait grandi et qu'elle avait partagé avec lui n'existait plus. Maintenant, sa vie était en France, avec son enfant et son métier. Les ponts étaient depuis longtemps coupés. La seule chose qui lui restait là-bas était sa maison de Newport, restée vide depuis huit ans, même si les fidèles domestiques de ses parents continuaient de l'entretenir. Elle doutait de la revoir un jour, mais elle n'avait pas encore le cœur de la vendre. Ses parents lui avaient laissé de quoi vivre largement et assurer l'avenir de Consuelo. Un jour, quand elle en aurait la force, elle la vendrait, mais pour l'instant, elle en était incapable, tout comme elle ne se résolvait pas à contacter la famille du vicomte. Consuelo et elle vivaient seules, dans le monde qu'elle s'était bâti.

Il lui fut pénible de quitter l'école et les amis qu'elle s'y était faits. Tous ses camarades diplômés se dispersaient aux quatre coins de la France. Beaucoup restaient dans le Sud et le seul qui s'installait à Paris ne lui avait jamais été proche. Pendant toutes ces années passées en France, elle n'était jamais tombée amoureuse. Elle avait été bien trop occupée à participer à l'effort de guerre, puis par ses études et par sa fille. Elle était une jeune veuve très digne et elle allait devenir un médecin très sérieux. Il n'y avait pas de place pour un homme dans sa vie, et elle ne souhaitait pas que cela change. Josiah lui avait brisé le cœur et le père de Consuelo avait détruit le reste. Elle n'avait besoin que de sa fille et de son métier.

En juin, Annabelle et Consuelo prirent le train pour Paris avec Brigitte, ravie de partir avec elles. Paris, qu'Annabelle n'avait pas vu depuis des années, fourmillait d'activité. Une fois à la gare de Lyon, elles montèrent dans un taxi qui les emmena jusqu'à l'hôtel où elle avait retenu deux chambres. Il s'agissait d'un petit établissement que le docteur Graumont lui avait recommandé. Il l'avait aussi mise en garde contre les dangers de Paris. Annabelle remarqua que le chauffeur était russe et distingué. Nombre de Russes blancs avaient immigré à Paris, après la révolution bolchevique et le meurtre du tsar et de sa famille, et étaient devenus chauffeurs de taxi ou domestiques.

Annabelle éprouva une grande émotion en signant le registre de l'hôtel sous le nom de « Dr Worthington ». Ses yeux brillaient comme ceux d'un enfant. Elle semblait toujours aussi jeune qu'en arrivant en France, et lorsqu'elle jouait avec Consuelo, on aurait dit une toute jeune fille. Mais en dépit de son apparence, elle était une femme responsable et sérieuse, à qui on pouvait confier sa santé, voire sa vie. Son attitude envers les malades avait fait l'envie de ses camarades et le respect des professeurs. Le docteur Graumont savait qu'elle serait un excellent médecin.

Elles s'installèrent à l'hôtel le temps qu'elle trouve une maison. Annabelle en voulait une où elle pût à la fois vivre et installer son cabinet.

Le lendemain de leur arrivée à Paris, elle se rendit à l'Hôtel-Dieu, pour demander si elle serait autorisée à y envoyer ses patients. Pendant ce temps, Brigitte emmena Consuelo au jardin du Luxembourg. De retour à l'hôtel, la petite fille battit des mains en voyant sa mère.

— Nous avons vu un chameau, maman.

Très excitée, elle décrivit l'animal, tandis qu'Annabelle et Brigitte riaient.

— Je voulais monter dessus, conclut la fillette avec une moue charmante, mais ils ne m'ont pas laissée.

Sur ces mots, elle éclata de rire à son tour.

Grâce à la recommandation du docteur Graumont, l'Hôtel-Dieu accorda sans peine à Annabelle l'autorisation qu'elle demandait. Elle venait de franchir une étape importante. Pour fêter l'événement, Annabelle invita Consuelo et Brigitte à dîner à l'hôtel Meurice. Ensuite, elles demandèrent à un taxi de les emmener faire le tour de Paris, la nuit, avec toutes ses lumières. Annabelle avait parcouru un long chemin depuis qu'elle était arrivée dans cette ville, pendant la guerre, bannie de la bonne société new-yorkaise et le cœur brisé. Aujourd'hui, elle commençait une nouvelle vie, celle pour laquelle elle avait travaillé si dur. Elles rentrèrent à l'hôtel à 22 heures. Annabelle porta Consuelo, qui s'était endormie, et la mit doucement dans son lit. Ensuite, elle retourna dans sa propre chambre pour regarder par la fenêtre la ville illuminée. Elle ne s'était pas sentie aussi jeune et enthousiaste depuis des années. Elle avait hâte de commencer à travailler, mais auparavant elle devait d'abord trouver une maison.

Elle passa les semaines qui suivirent à la chercher et il lui sembla qu'elle avait visité toutes les maisons de Paris, tant sur la rive droite que sur la rive gauche, pendant que Brigitte emmenait Consuelo dans tous les jardins de Paris – le parc de Bagatelle, le jardin du Luxembourg, le bois de Boulogne – ou au manège. Chaque soir, toutes les trois dînaient au restaurant. Cela faisait des années qu'Annabelle ne s'était pas autant amusée. Elle avait vraiment l'impression de repartir de zéro.

Lorsqu'elle ne visitait pas des maisons, elle faisait les boutiques pour se composer une nouvelle garde-robe. Il lui fallait des tenues suffisamment sérieuses pour un médecin, mais aussi suffisamment élégantes pour une Parisienne. Cela lui rappela l'époque où elle préparait son trousseau avec sa mère. Elle en parla à Consuelo, toujours avide d'entendre des histoires sur ses grands-parents et son oncle Robert. Annabelle tenait à les lui raconter pour lui donner le sentiment d'appartenir à une famille qui n'était pas seulement constituée de sa mère et d'elle. Annabelle souffrait de ne pas pouvoir lui offrir plus, mais en même temps, elles se suffisaient à elles-mêmes et étaient tout l'une pour l'autre. Elles n'avaient pas besoin de plus, comme elle le rappelait toujours à sa fille. A cela, Consuelo répondait gravement qu'elles auraient eu besoin d'un chien, car tout le monde à Paris en avait un. Annabelle lui avait promis qu'elles en achèteraient un dès qu'elles auraient trouvé leur maison. Elles vivaient des jours heureux, toutes les trois. Brigitte flirtait avec l'un des chasseurs de l'hôtel et était ravie de son séjour à Paris. Elle venait d'avoir vingt et un ans et avait beaucoup de succès.

A la fin du mois de juillet, Annabelle commença à se décourager. Toutes les maisons qu'elle avait visitées étaient trop petites ou trop grandes, et aucune ne convenait pour y installer son cabinet. C'était à croire qu'elle ne trouverait jamais ce qu'elle cherchait. Et puis, finalement, elle découvrit l'endroit idéal, dans une rue étroite du 16e arrondissement. C'était une élégante petite maison, avec une cour à l'avant et un jardin à l'arrière. En outre, elle pourrait recevoir ses patients dans une partie du bâtiment qui disposait d'une entrée séparée. L'ensemble était en très bon état et vendu par une banque. Annabelle appréciait tout particulièrement son aspect respectable, parfaitement approprié pour un médecin. Par ailleurs, il y avait, tout près, un petit square où Consuelo pourrait jouer avec d'autres enfants.

Annabelle contacta immédiatement la banque, paya le prix demandé et prit possession de la maison à la fin du mois d'août. Dans l'intervalle, elle acheta des meubles, du linge et de la vaisselle. Elle passa le mois de septembre à se procurer le matériel médical dont elle aurait besoin, puis elle engagea une secrétaire qui disait avoir travaillé à l'abbaye de Royaumont, bien qu'Annabelle ne l'eût jamais rencontrée. Hélène était une femme pondérée, plus âgée qu'elle, qui avait été employée par plusieurs médecins avant la guerre. Elle était ravie d'aider Annabelle à lancer son cabinet.

Au début du mois d'octobre, Annabelle fut prête à recevoir des patients. L'installation lui avait pris davantage de temps que prévu, mais elle avait voulu que tout fût parfait. Les mains tremblantes, elle accrocha sa plaque à la porte, puis elle se mit à attendre. Tout ce qu'il fallait, c'était qu'une première personne franchît le seuil de la maison. Ensuite, le cabinet se remplirait grâce au bouche à oreille. Si le docteur de Bré avait été vivant, il lui aurait adressé des patients. Le docteur Graumont avait écrit à plusieurs confrères qu'il connaissait à Paris et leur avait demandé de lui envoyer quelques patients, mais jusque-là, cette démarche n'avait pas eu de résultat.

Pendant les trois premières semaines, il ne se passa strictement rien. Annabelle et sa secrétaire restaient assises l'une en face de l'autre, sans rien faire d'autre qu'attendre. Chaque jour, Annabelle montait déjeuner avec sa fille, dans la partie privée de la maison. Et puis, enfin, dans les derniers jours de novembre, une femme entra au cabinet, souffrant d'une foulure au poignet. Un homme se présenta peu après, pour faire soigner une vilaine coupure au doigt. A partir de là et comme par magie, il y eut un flot régulier de patients dans la salle d'attente. Un malade en amenait un autre. Ils souffraient tous de maux bénins, faciles à soigner, mais le sérieux d'Annabelle, sa compétence et sa gentillesse firent rapidement sa réputation. Bientôt, des gens quittèrent leur médecin, envoyèrent des amis, amenèrent leurs enfants pour la consulter pour des problèmes aussi bien mineurs qu'importants. En janvier, son cabinet ne désemplissait plus. Elle exerçait le métier pour lequel elle avait travaillé si dur et l'adorait. Elle remerciait toujours les praticiens qui lui envoyaient des malades et respectait leurs avis pour ne pas les désavouer auprès de leurs patients. Elle était méticuleuse, compétente et mettait aussitôt en confiance, car elle prenait ses fonctions très au sérieux.

En février, elle fit hospitaliser un garçon d'une douzaine d'années, atteint d'une pneumonie sévère. Annabelle allait le voir deux fois par jour. A un moment, elle fut très inquiète pour lui, mais il fut finalement tiré d'affaire et sa mère resta à jamais reconnaissante envers Annabelle. Celle-ci utilisait les nouvelles techniques qu'on utilisait à Villers-Cotterêts pour sauver les soldats. Elle était extrêmement douée et utilisait avec bonheur les méthodes modernes. Le soir, elle continuait d'étudier pour être au courant des dernières découvertes et lisait tous les articles des revues médicales. Elle étudiait tard dans la nuit, parfois tout en câlinant Consuelo dans son lit. L'enfant commençait à dire qu'elle serait médecin, elle aussi. A certains moments, la jeune femme ne pouvait s'empêcher de se demander ce que sa mère en aurait pensé. Ce n'était pas ce qu'elle aurait voulu pour sa fille, pourtant Annabelle espérait qu'elle aurait été fière d'elle. Sans doute Consuelo aurait-elle très mal vécu son divorce. Josiah aurait-il fait cette démarche, si sa belle-mère n'était pas morte ? Mais l'eau avait coulé sous les ponts, depuis. Que se serait-il passé, s'il était resté marié avec elle tout en étant amoureux de Henry ? Elle n'avait aucune chance de l'emporter. Elle n'était pas amère, seulement triste. Chaque fois qu'elle y pensait, elle éprouvait une douleur sourde, qui ne la quitterait sans doute jamais.

Consuelo était la seule à ne lui avoir jamais causé la moindre peine. C'était la plus heureuse, la plus radieuse, la plus drôle des petites filles, et elle adorait sa mère, qui était son idole. Annabelle lui avait créé un père imaginaire, pour qu'elle ne se sentît pas défavorisée par rapport aux autres enfants. Elle lui avait dit que son père était anglais, que c'était un homme merveilleux, issu d'une très bonne famille, et qu'il était mort en héros à la guerre, avant sa naissance. Jusqu'alors, la fillette n'avait jamais demandé pourquoi elle ne voyait pas ses grands-parents paternels. Elle savait que les parents de sa mère étaient morts, mais Annabelle ne lui avait jamais dit que ceux de Harry l'étaient. Consuelo n'y faisait jamais allusion et se contentait d'écouter avec intérêt. Pourtant, un jour, pendant le déjeuner, elle se tourna vers sa mère et lui demanda

266

si son « autre » grand-mère lui rendrait un jour visite, celle qui était anglaise. Pour Annabelle, la question fit l'effet d'une bombe. Elle fixa longuement sa fille, sans savoir quoi lui dire. Il ne lui était jamais venu à l'esprit que ce jour viendrait, aussi ne s'y était-elle pas préparée. Mais Consuelo avait six ans et ses camarades du square avaient tous des grand-mères. Alors, pourquoi la sienne ne venait-elle jamais la voir ?

— Euh… Eh bien, elle est en Angleterre. Je ne lui ai pas parlé depuis longtemps… euh… en fait, jamais, ajouta-t-elle, parce qu'elle détestait mentir à son enfant. Je ne l'ai jamais rencontrée. Ton papa et moi, nous sommes tombés amoureux et nous nous sommes mariés pendant la guerre, si bien que je n'ai pas pu faire sa connaissance.

Sous le regard de sa fille, elle avait du mal à trouver ses mots. Consuelo semblait déçue.

— Elle ne veut pas me voir ?

Annabelle sentit son cœur se fendre. Elle était prise à son propre piège et ne savait que répondre, sinon que ses grands-parents ignoraient son existence. Car elle n'avait aucune envie de les contacter.

— Je suis certaine qu'elle souhaiterait te voir… Du moins, si elle le peut… c'est-à-dire, si elle n'est pas malade… Elle est peut-être très âgée.

Le cœur lourd, Annabelle promit :

— Je vais lui écrire et nous verrons ce qu'elle dit.

Consuelo lui adressa un sourire radieux.

— Tant mieux ! Merci, maman !

Annabelle retourna dans son bureau, en maudissant Harry Winshire comme elle ne l'avait pas fait depuis des années.

21

Fidèle à sa promesse, Annabelle s'assit pour écrire une lettre à lady Winshire. Elle n'avait aucune idée de la façon dont elle devait s'y prendre pour dire les choses ou aborder le sujet. La vérité était que son fils l'avait violée et que de ce viol était née une fille illégitime. Ce n'était pas vraiment une introduction engageante et lady Winshire ne l'apprécierait sans doute pas. D'un autre côté, elle ne voulait pas lui mentir. Finalement, elle lui envoya une version extrêmement édulcorée et expurgée des faits. Elle n'avait pas particulièrement envie de voir lady Winshire ou que Consuelo la rencontre, mais au moins elle pourrait dire à sa fille qu'elle avait essayé.

Elle écrivit donc que Harry et elle s'étaient rencontrés pendant la guerre, à Villers-Cotterêts, dans un hôpital où elle travaillait. Ce n'était pas faux, même s'il aurait été plus juste de dire qu'il l'avait frappée et violée. Elle précisa que Harry et elle ne se connaissaient pas et n'étaient pas amis, ce qui était exact, mais qu'un accident malheureux était arrivé… tout à fait exact… à la suite duquel elle avait eu une petite fille, âgée aujourd'hui de six ans. Annabelle précisa que si elle n'avait pas écrit plus tôt, c'était parce qu'elle n'attendait rien de la famille de Harry. Elle expliqua qu'elle était américaine et qu'elle s'était portée volontaire pour participer à l'effort de guerre. Sa rencontre avec Harry et sa grossesse faisaient partie de ces conséquences extrêmement malheureuses de la guerre, mais sa fille était une enfant merveilleuse, qui avait récemment posé des questions sur sa grand-mère paternelle. La situation était très pénible pour Annabelle, qui ne voulait pas mentir davantage qu'elle ne l'avait déjà fait. L'enfant croyait en effet que ses parents avaient été mariés, ce qui n'était pas le cas. Pour terminer, Annabelle suggérait que si lady Winshire le voulait bien, une lettre ou une photographie ferait l'affaire. Sa fille et elle s'en accommoderaient. Au bas de sa lette, elle ajouta sa signature : « Docteur Worthington ». Ainsi, cette femme saurait qu'elle était quelqu'un de sérieux. Non que ce fût vraiment important, puisque son fils ne l'avait pas été et qu'il aurait plutôt dû être jeté en prison. Mais il avait engendré la plus adorable des petites filles et, pour cette raison, Annabelle ne pouvait le haïr. D'une certaine façon, elle lui en était même reconnaissante. Néanmoins, il faisait partie de ses souvenirs les plus pénibles.

Après avoir envoyé la lettre, Annabelle n'y pensa plus. Elle eut un mois de mai très occupé et sa salle d'attente fut constamment remplie. Elle n'avait pas reçu de réponse de lady Winshire et, pour l'instant, Consuelo semblait avoir oublié sa requête. En hiver, elle avait commencé l'école et elle s'y rendait tous les jours. Du coup, Brigitte pouvait aider au cabinet.

La jeune femme revenait d'une visite à un patient hospitalisé quand Hélène lui annonça qu'une femme l'attendait. Elle était là depuis deux heures et n'avait pas voulu dire la raison de sa venue. Annabelle supposa qu'il s'agissait d'un problème de santé un peu embarrassant. Elle passa sa blouse blanche, s'assit à son bureau et demanda à Hélène de la faire entrer.

Deux minutes plus tard, Hélène introduisit une douairière de taille imposante, très forte, avec une grosse voix, et portant un immense chapeau. Elle arborait un collier de perles à six rangs et s'appuyait sur une canne en argent. Lorsqu'elle entra dans la pièce, Annabelle eut l'impression qu'elle voulait s'en servir pour frapper quelqu'un. Se forçant à sourire, elle se leva pour l'accueillir. La femme ignora la main tendue et la foudroya du regard. Elle n'avait pas l'air malade et Annabelle ne voyait pas du tout ce qui pouvait l'amener.

Sans s'embarrasser de préliminaires, sa visiteuse alla droit au but :

— Qu'est-ce que c'est que cette histoire absurde de petite-fille ? aboya-t-elle en anglais. Au moment de sa mort, mon fils n'a laissé aucun enfant, aucune succession, aucune femme dans sa vie. Et si vous prétendez avoir eu un enfant de lui, pourquoi avoir attendu six ans pour me l'annoncer ?

Sur ces mots, elle s'assit, braquant sur Annabelle un regard furieux. Elle était aussi désagréable que son fils, songea Annabelle, que la situation n'amusait pas du tout. Au lieu de répondre à sa lettre, la mère de Harry n'avait rien trouvé de mieux que de venir en personne !

— J'ai attendu six ans pour vous contacter, parce que je ne voulais pas vous contacter du tout, répliqua-t-elle froidement.

Elle pouvait se montrer aussi directe que lady Winshire ! Celle-ci semblait avoir soixante-dix ans, ce qui était plausible, puisque Harry aurait eu un peu plus de trente ans, s'il avait vécu. La nuit où il l'avait violée, Annabelle avait pensé qu'il avait à peu près le même âge qu'elle.

— Je vous ai écrit parce que ma fille était contrariée de ne pas avoir de grand-mère. Elle ne comprenait pas pourquoi nous ne nous étions jamais rencontrées. Je lui ai raconté que son père et moi avions été mariés très peu de temps, si bien que je n'avais pas eu l'occasion de faire votre connaissance. C'était un peu embarrassant pour moi.

— Vous étiez mariée à mon fils ? s'exclama lady Winshire d'une voix consternée.

Annabelle secoua lentement la tête.

— Non. Je ne l'ai rencontré qu'une fois.

Cette précision ne la ferait pas remonter dans l'estime de lady Winshire, mais cette femme, même si elle était désagréable, ne méritait pas d'apprendre que son fils était un violeur.

— J'aimerais que ma fille continue de croire que nous étions mariés, reprit-elle.

— Vous étiez déjà médecin, à cette époque ? demanda lady Winshire avec un intérêt soudain.

— Non, j'étais étudiante en médecine, attachée au service des ambulances.

— Comment l'avez-vous connu ?

Les yeux de la vieille dame s'adoucirent. Elle avait perdu ses deux fils à la guerre et elle savait ce qu'étaient le deuil et la souffrance.

— C'est sans importance, répondit simplement Annabelle. Nous ne nous connaissions pas très bien. Ma fille a été un accident.

— Quelle sorte d'accident ?

Lady Winshire était comme un chien qui s'acharne sur un os... et Annabelle était l'os.

Annabelle soupira, regrettant que son interlocutrice fût venue. Elle ne savait comment lui expliquer la chose. En tout cas, il n'était pas question de lui dire la vérité.

— Il avait beaucoup bu.

Lady Winshire ne sembla pas surprise.

— C'était son habitude. Harry buvait toujours trop et lorsqu'il était ivre, il faisait toutes sortes de choses stupides.

Ses yeux sondèrent ceux d'Annabelle et elle ajouta :

— Jusqu'à quel point a-t-il été stupide, avec vous ?

Annabelle se demanda si la mère de Harry s'imaginait qu'elle voulait la faire chanter. Elle voulut la rassurer :

— Je ne veux rien de vous.

— Ce n'est pas la question. J'ai le droit de savoir si mon fils s'est mal comporté.

— Pourquoi ? Quelle différence cela fera-t-il ? demanda Annabelle.

— Vous êtes une femme bien, répondit lady Winshire.

Elle se carra dans sa chaise, comme si elle était décidée à rester jusqu'à ce qu'on lui apprenne la vérité.

— Je connaissais mon fils, poursuivit-elle. Son frère Edward était un saint, mais Harry était un vrai démon. Enfant, il était adorable, mais devenu adulte il s'est souvent mal comporté. Et parfois, *très* mal comporté. Et cela ne s'arrangeait pas lorsqu'il buvait. Je crois connaître la plupart de ses exploits, soupira-t-elle. Je suis venue vous voir parce que personne ne m'avait jamais dit qu'il y avait un enfant. En lisant votre lettre, j'étais très soupçonneuse, je pensais que vous vouliez quelque chose. Je constate maintenant que vous êtes une femme honnête et que c'est vous qui vous méfiez de moi comme je me suis méfiée de vous.

Passant la main sur ses rangs de perles, elle eut un sourire glacial.

— J'ai hésité à venir, admit-elle. Je ne voulais pas me trouver confrontée à une femme vulgaire, qui aurait prétendu que son rejeton avait été engendré par mon fils. Ce n'est visiblement pas le cas et j'ai plutôt le sentiment que votre rencontre avec mon fils a été très désagréable, ou pire encore. Je ne souhaite nullement que ma présence vous rappelle ce triste événement.

— Merci, répondit Annabelle, touchée par ses paroles.

A cet instant, la question de lady Winshire la stupéfia :

— Est-ce qu'il vous a violée ?

Un silence pesant régna dans la pièce. Finalement, Annabelle acquiesça d'un signe, désolée de lui révéler la vérité.

— Oui.

— J'en suis navrée, soupira la vieille dame plus gentiment. Ce n'est pas la première fois que j'entends cela, poursuivit-elle avec regret. J'ignore quelle erreur nous avons commise dans son éducation.

Elle posa sur Annabelle un regard triste, que celle-ci lui rendit.

— Que faisons-nous, maintenant ? demanda-t-elle. J'admets que j'avais peur de ce que j'allais trouver ici, mais je ne peux résister à l'envie de voir ma petite-fille, si j'en ai vraiment une. Mon mari est mort au printemps dernier. Mes deux fils sont décédés. Aucun des deux n'était marié ni n'avait d'enfant... jusqu'à vous.

Voyant les larmes qui perlaient aux yeux de la vieille dame, Annabelle la regarda avec compassion.

— Aimeriez-vous rencontrer Consuelo ?

La précaution était sans doute inutile, mais elle l'avertit :

— Elle ne lui ressemble pas... Consuelo est mon portrait.

— Je dirais que cela pourrait s'avérer une bénédiction.

Elle se leva avec difficulté, en s'appuyant sur sa canne. Annabelle se leva à son tour et guida lady Winshire, après avoir prévenu Hélène qu'elle s'absentait un instant. Par bonheur, elle disposait d'un peu de temps entre deux patients. Les deux femmes traversèrent la cour pour gagner la partie privée de la maison. A cette heure-ci, Consuelo était rentrée de l'école. Toujours vêtue de sa blouse blanche, Annabelle introduisit sa clé dans la serrure et ouvrit la porte. Lady Winshire franchit le seuil et regarda autour d'elle.

— Vous avez une très jolie maison, constata-t-elle, réellement impressionnée par tout ce qu'elle voyait.

Annabelle avait bon goût et elle avait visiblement été élevée parmi les beaux objets.

— Merci, répondit la jeune femme en la faisant entrer dans le salon.

Elle alla alors chercher Consuelo, à qui elle annonça qu'elles avaient une invitée qui voulait lui dire bonjour.

Annabelle et Consuelo descendirent en se tenant par la main et entrèrent au salon. Là, Consuelo s'arrêta, sourit timidement à la vieille dame, fit une petite révérence et alla lui serrer la main. L'enfant était visiblement très bien élevée. Lady Winshire fit un signe approbateur à Annabelle, par-dessus la tête de la petite fille.

— Comment vas-tu, Consuelo ? demanda-t-elle.

La fillette venait de remarquer les rangs de perles et l'immense chapeau.

— Votre chapeau est très joli, affirma-t-elle.

La vieille dame sourit.

— C'est très gentil de ta part de me le dire. C'est un vieux chapeau un peu bizarre, mais je l'aime. Tu es une très jolie petite fille.

Sans descendance, elle n'avait pas parlé à un enfant depuis des années.

— Je suis venue d'Angleterre exprès pour te voir, précisa-t-elle. Sais-tu qui je suis ?

Consuelo secoua la tête.

— Je suis la mère de ton père.

Les yeux écarquillés, la fillette jeta un coup d'œil à sa mère par-dessus son épaule, puis revint à sa grand-mère.

— Je suis désolée que nous ne nous soyons jamais vues auparavant, mais cela n'arrivera plus, assura solennellement lady Winshire.

Elle n'avait jamais rencontré une aussi charmante enfant.

— J'ai apporté des photos de ton père, quand il était petit. Tu aimerais les voir ?

Consuelo hocha la tête, puis elle s'assit sur le canapé près de lady Winshire, qui sortit de son sac une pile de photos fanées. Pendant ce temps, Annabelle s'esquiva discrètement pour demander à Brigitte de faire du thé.

Lady Winshire resta avec elles pendant environ une heure. Lorsque Consuelo remonta dans sa chambre avec Brigitte, elle félicita Annabelle d'avoir une petite fille si charmante.

— Elle est merveilleuse, renchérit Annabelle.

— Mon fils n'a pas su quelle chance il avait eue de vous rencontrer et de laisser une aussi adorable enfant.

Elle regardait la jeune femme avec une gratitude mêlée de compassion. Dès la première seconde, elle était tombée sous le charme de Consuelo. Pour la première fois, Annabelle fut contente qu'elle soit venue. C'était aussi un beau cadeau pour Consuelo.

— Je suis navrée qu'il se soit comporté de manière aussi infâme avec vous. Il y avait du bon en lui, malheureusement vous n'aurez jamais l'occasion de le découvrir. Cela n'a pas dû être facile pour vous.

— Je suis restée à l'hôpital aussi longtemps que j'ai pu, ensuite je suis allée à Antibes. C'est là que Consuelo est née.

— Et votre famille est aux Etats-Unis ?

Il semblait étrange qu'Annabelle exerce à Paris et non dans son pays, même si l'enfant avait visiblement compliqué sa situation.

— Je n'ai plus de famille, répondit simplement Annabelle. Ils sont tous morts avant que je vienne ici. Il n'y a que Consuelo et moi.

Lady Winshire était seule au monde, elle aussi. Bizarrement, elles seraient là l'une pour l'autre, désormais.

La vieille dame finit par se lever et prit la main d'Annabelle dans la sienne.

— Merci pour cet extraordinaire cadeau, lui dit-elle, les larmes aux yeux. Cela va m'aider de savoir qu'il existe quelqu'un qui me relie à Harry. Consuelo est une enfant tout à fait unique.

Elle serra alors Annabelle dans ses bras et l'embrassa avec tendresse. Toutes deux sortirent ensuite de la maison. Puis la jeune femme aida lady Winshire à descendre les marches et à rejoindre la voiture et le chauffeur qui l'attendaient. Souriant une dernière fois à Annabelle, elle lui glissa quelque chose dans la main.

— C'est pour vous, mon petit, vous le méritez. Ce n'est qu'une petite chose.

Annabelle voulut refuser, mais lady Winshire insista. Les deux femmes s'embrassèrent de nouveau. Il semblait à Annabelle qu'elle avait une nouvelle amie, une sorte de merveilleuse vieille tante excentrique. Maintenant, elle était vraiment heureuse de lui avoir écrit. C'était ce qu'il fallait faire pour elles trois.

Tandis que la voiture s'éloignait, elle agita la main. Ce ne fut qu'ensuite qu'Annabelle regarda l'objet qui se trouvait au creux de sa paume. Elle avait deviné qu'il s'agissait d'une bague, mais elle ne s'attendait pas à découvrir un bijou d'une telle valeur. C'était une magnifique émeraude entourée de diamants. Annabelle était stupéfaite. Elle ressemblait aux bagues de sa grand-mère qui se trouvaient toujours dans le coffre, à la banque. Elle la glissa à son annulaire, près de l'alliance qu'elle s'était achetée. Elle était très touchée par ce geste. Un jour, elle la donnerait à Consuelo, mais en attendant, elle la porterait. En retournant au cabinet, elle sut que, dorénavant, sa fille avait une grand-mère. Consuelo et elle n'étaient plus seules au monde.

22

Au début de l'été, il y eut une petite épidémie de grippe à Paris et plusieurs patients d'Annabelle durent être hospitalisés. Elle leur rendit visite deux fois par jour, avant de partir en vacances en août. Elle n'arrivait pas à se décider entre la Dordogne, l'Angleterre ou le sud de la France. Finalement, elle ne partit pour aucune de ces destinations, tant elle avait de patients à soigner. Lorsque l'épidémie fut enrayée, elle emmena Consuelo et Brigitte passer quelques jours au bord de la mer, à Deauville, en Normandie.

A leur retour, deux autres de ses patients furent hospitalisés pour une pneumonie. Un jour, en fin d'après-midi, alors qu'Annabelle quittait l'hôpital, l'esprit occupé par la malade qu'elle venait de voir, une femme âgée qui n'allait pas très bien, elle heurta quelqu'un qui montait les marches de l'hôpital alors qu'elle les descendait. Le choc fut si fort que l'homme faillit la faire tomber. Il n'eut que le temps de la retenir par le bras.

— Pardonnez-moi, s'excusa-t-elle, je ne faisais pas attention.

Il lui adressa un sourire éblouissant.

— Moi non plus. Vous rendiez visite à une amie ?

C'était une erreur habituelle, mais au moins ne lui avait-il pas demandé si elle était infirmière.

— Non, je suis médecin, répondit-elle en riant.

— Quelle heureuse coïncidence ! s'exclama-t-il en riant à son tour. Moi aussi. Comment n'ai-je pas eu la chance de vous rencontrer plus tôt ?

Il était charmant et elle n'était pas habituée à ce qu'on lui parle avec tant de légèreté. Cela faisait des années, maintenant, qu'elle était cloîtrée dans son rôle de médecin, de veuve et de mère. Les hommes ne l'abordaient jamais de cette manière, mais celui-ci semblait gai et plein d'humour et il était indéniablement beau.

— Quelle est votre spécialité ? demanda-t-il avec intérêt.

Le fait qu'ils n'aient pas été présentés ne semblait pas avoir d'importance pour lui. Il lui dit s'appeler Antoine de Saint-Gris, puis il lui demanda son nom. Lorsqu'elle le lui eut donné, il refusa de croire qu'elle était américaine, tant elle parlait bien le français.

— Je suis médecin généraliste, lui dit-elle simplement, un peu gênée de parler à quelqu'un qu'elle ne connaissait pas.

— Je suis chirurgien orthopédiste, précisa-t-il avec une certaine emphase.

Elle savait que la plupart des orthopédistes étaient très fiers de leur spécialité, même si la guerre les avait rendus plus modestes, face à leur impuissance devant les horreurs qu'ils avaient vues.

Il l'accompagna jusqu'en bas des marches pour s'assurer, prétendit-il, qu'elle ne tomberait pas, puis jusqu'à la voiture qu'elle conduisait elle-même.

— Aurais-je le plaisir de vous revoir ? lui demanda-t-il, les yeux pétillants.

— Si je me casse une jambe, je ne manquerai pas de vous appeler, répliqua-t-elle en riant.

— N'attendez pas aussi longtemps, sinon je serai obligé d'attraper une pneumonie, pour me faire soigner par vous. Ce serait dommage ! Je préférerais de beaucoup vous voir pendant que nous sommes tous les deux en bonne santé.

Ils se souhaitèrent une bonne fin de journée et Annabelle s'éloigna au volant de sa voiture, tandis qu'Antoine de Saint-Gris grimpait les marches quatre à quatre et entrait dans l'hôpital. Cette conversation avec un homme avait mis un peu de fantaisie dans la vie d'Annabelle. Cela lui arrivait rarement. En fait, jamais.

Annabelle passa une soirée tranquille. Elle fit la lecture à Consuelo, puis la coucha. Le lendemain, au cabinet, elle avait reçu environ la moitié de ses patients, quand Hélène vint la prévenir qu'il y avait un médecin dans la salle d'attente. Il demandait à la voir immédiatement pour lui soumettre un cas particulier. Un peu étonnée, Annabelle sortit de son bureau. Elle ne voyait pas qui cela pouvait être... En entrant dans la salle d'attente, elle découvrit Antoine de Saint-Gris, vêtu d'un beau manteau bleu, qui faisait rire ses patients en leur racontant des histoires drôles. Elle le fit immédiatement entrer dans son bureau.

— Que faites-vous ici ? s'enquit-elle avec un sourire embarrassé. Je reçois mes patients.

Elle était contente de le revoir, mais elle était en plein travail !

— Je sais, répondit-il. Mais je crois que j'ai attrapé froid, hier soir. J'ai très mal à la gorge, ajouta-t-il en tirant la langue pour permettre à Annabelle de vérifier ses dires.

Elle éclata de rire. Il était sûr de lui, irrévérencieux et terriblement charmant.

— A mon avis, vous vous portez comme un charme.

— Et votre jambe ?

— Ma jambe ? Elle va très bien, pourquoi ?

— J'ai le sentiment qu'elle est cassée. Laissez-moi jeter un coup d'œil.

Comme il faisait mine de se pencher pour soulever le bas de sa jupe, elle recula en riant.

— Docteur, je dois vous demander de partir. Mes patients attendent.

— Si vous le prenez ainsi, très bien. Mais alors, dînons ensemble ce soir.

— Eh bien... je ne... je ne peux pas.

— Vous n'êtes même pas capable de trouver une excuse plausible ! s'exclama-t-il. C'est vraiment pathétique. Je passerai vous prendre à 20 heures.

Sur ces mots, il lui fit un petit signe et s'en alla. Il était déconcertant, très cavalier et malgré cela... ou peut-être à cause de cela... très séduisant et même quasiment irrésistible.

— Qui était-ce ? demanda Hélène avec désapprobation, avant d'introduire le patient suivant.

— C'est un chirurgien orthopédiste.

Hélène remarqua alors l'air joyeux d'Annabelle. Jamais elle ne lui avait vu ce visage radieux.

— Cela explique tout, ronchonna-t-elle. Il a l'air un peu fou... mais je dois reconnaître que, malgré sa folie, il a belle allure, ajouta-t-elle avec un sourire. Vous allez le revoir ?

— Je dîne avec lui ce soir, murmura Annabelle en rougissant.

— Oh ! Méfiez-vous de lui.

— C'est ce que je ferai, la rassura Annabelle avant de recevoir le patient suivant.

Elle rentra chez elle à 19 heures. Consuelo était dans la baignoire et riait avec Brigitte. Jetant un coup d'œil à sa montre, Annabelle constata qu'elle avait moins d'une heure pour se préparer à dîner avec l'audacieux docteur de Saint-Gris. Elle alla embrasser Consuelo, qui après son bain voulait jouer aux cartes avec elle.

— Je ne peux pas, déclara Annabelle. Je sors.

Consuelo ouvrit de grands yeux. Sa mère ne sortait jamais, sauf exceptionnellement pour participer à des colloques ou des conférences entre médecins. En dehors de cela, elle restait toujours à la maison. Elle n'avait plus eu de vie sociale depuis son départ de New York, neuf ans auparavant. Sa déclaration eut donc l'effet d'une bombe.

— Tu sors ? répéta sa fille. Où vas-tu ?

— Je dîne avec un médecin.

— Oh ! Où ?

Curieuse, Consuelo voulait tout savoir, mais sa mère parut légèrement embarrassée.

— Je ne sais pas. Il passe me chercher à 20 heures.

— Ah bon ? Il est comment ?

— Il est comme tout le monde, rétorqua la jeune femme.

Elle ne souhaitait surtout pas dire qu'il était très beau et sortit rapidement de la salle de bains pour aller s'habiller. La soirée était tiède. Elle mit donc une robe en lin blanc qu'elle avait achetée à Deauville, ainsi que le très joli chapeau qu'elle avait acquis en même temps. En s'apprêtant ainsi, elle se sentait un peu stupide, mais elle n'était pas invitée à dîner tous les jours et elle ne pouvait pas garder sa tenue de travail.

Antoine de Saint-Gris arriva à l'heure dite. Ce fut Brigitte qui lui ouvrit la porte et le fit patienter dans le salon. Ayant été laissée quelques instants sans surveillance, Consuelo en profita pour dévaler l'escalier, en chemise de nuit et robe de chambre.

— Bonjour ! lança-t-elle gaiement. Tu es le docteur qui dîne avec ma maman ?

Sans ses deux dents de lait qui venaient de tomber sur le devant, elle était particulièrement mignonne.

— C'est moi, oui. Qu'est-ce qui est arrivé à tes dents ? demanda Antoine en la regardant droit dans les yeux.

— Je les ai perdues, répondit fièrement la petite fille.

— J'en suis vraiment navré, assura-t-il avec gravité. J'espère que tu les retrouveras bientôt. Ce doit être très ennuyeux, de grandir avec des dents en moins. Comment pourras-tu manger une pomme ?

L'enfant se mit à glousser de joie.

— Non, je ne vais pas les retrouver. Une fée les a prises et elle les a remplacées par des bonbons. Mais je vais en avoir bientôt des nouvelles. Je peux déjà les sentir... Tu vois ?

Renversant la tête, elle lui montra les fines arêtes blanches qui perçaient à travers ses gencives.

— Oh ! Je m'en réjouis pour toi, s'exclama-t-il avec un large sourire.

Annabelle, qui entrait dans le salon, vit sa fille engagée dans une grande conversation avec son visiteur.

— Comment avez-vous fait connaissance ? demanda-t-elle, légèrement embarrassée.

— Pas officiellement, admit Antoine.

S'inclinant alors avec élégance devant Consuelo, il se présenta :

— Antoine de Saint-Gris. Je suis honoré de vous rencontrer, mademoiselle, surtout maintenant que je sais que vous allez avoir de nouvelles dents.

Tandis que la fillette pouffait, il se tourna vers Annabelle.

— Vous êtes prête ?

Elle acquiesça, puis embrassa Consuelo et lui dit de monter se coucher, puisqu'elle avait dîné avant son bain. Consuelo monta l'escalier en sautillant, non sans adresser un dernier signe de la main au médecin. Peu après, Annabelle et Antoine quittèrent la maison. Antoine la conduisit jusqu'à sa voiture, une magnifique Ballot bleue, qui lui correspondait tout à fait. Tout en lui était élégant et racé.

— Je suis navré, lui avoua-t-il avec un grand sérieux, mais je n'aurais jamais dû vous inviter. Je viens de tomber fou amoureux de votre fille. C'est la petite fille la plus adorable que j'aie jamais rencontrée.

— Vous savez vous y prendre, avec les enfants, répondit en souriant Annabelle.

— J'en ai été un, il y a longtemps. Ma mère prétend que je n'ai jamais grandi et le suis encore.

Annabelle comprenait sans peine pourquoi, mais cela faisait partie de son charme. Elle se demanda quel âge il avait et se dit qu'il devait avoir dans les trente-cinq ans, c'est-à-dire quatre ans de plus qu'elle. Ils avaient donc sensiblement le même âge, mais Annabelle était nettement plus sérieuse et plus réservée qu'Antoine de Saint-Gris, qui semblait toujours prêt à rire et à s'amuser. Mais elle était sensible à son charme, à son insouciance et à son sens de l'humour.

Tandis qu'il conduisait, ils bavardèrent agréablement. Il l'emmenait chez Maxim's. Elle n'était jamais entrée dans ce restaurant, mais elle savait que c'était l'un des meilleurs de Paris et un endroit très à la mode.

Dès leur arrivée, elle comprit qu'Antoine de Saint-Gris était un habitué des lieux. Le maître d'hôtel le reconnut immédiatement, ainsi que plusieurs clients à qui il présenta fièrement Annabelle comme « le docteur Worthington », titre qu'elle appréciait particulièrement, car il représentait beaucoup pour elle.

Il lui recommanda certains plats, puis demanda une bouteille de champagne. Elle buvait rarement, le champagne accentuait donc l'impression qu'ils fêtaient quelque chose. Elle n'avait plus connu de soirée comme celle-ci depuis Josiah, dix ans auparavant. Sa vie avait tellement changé depuis cette époque… Elle était arrivée en France, avait travaillé sur le front, fait ses études de médecine, donné naissance à un enfant. Et soudain, elle se retrouvait chez

Maxim's, en compagnie d'Antoine. C'était un plaisir totalement inattendu.

— Depuis combien de temps êtes-vous veuve ? lui demanda-t-il.

— Quand j'attendais Consuelo, répondit-elle simplement.

— Si vous êtes restée seule depuis tout ce temps, cela fait un long moment pour une jeune femme comme vous.

Il espérait qu'elle l'était. Annabelle l'intriguait. Elle était différente des autres... Belle, distinguée, visiblement bien née et médecin. Il n'avait jamais rencontré personne comme elle et elle l'attirait énormément.

— Je suis restée seule, confirma-t-elle.

En fait, elle l'était même depuis bien plus longtemps. Neuf ans s'étaient écoulés depuis que Josiah l'avait quittée, mais elle ne pouvait pas le lui dire.

— Vous ne devez pas avoir été mariée pendant très longtemps, remarqua-t-il.

— Seulement quelques mois. Mon mari a été tué sur le front, peu de temps après notre mariage. Nous nous sommes rencontrés quand je travaillais à Villers-Cotterêts, à l'hôpital d'Elsie Inglis.

— Vous étiez déjà médecin ?

Il était troublé, car dans ce cas, elle était plus âgée qu'elle n'en avait l'air. Elle lui semblait très jeune.

— Non, le rassura-t-elle avec un sourire. J'étais seulement étudiante en médecine. J'ai quitté l'école pour travailler là-bas. Avant cela, j'avais travaillé à l'abbaye de Royaumont, à Asnières. J'ai repris mes études après la naissance de Consuelo.

Les paroles d'Annabelle l'impressionnèrent et, durant quelques instants, ils dînèrent en silence. Il avait commandé un homard pour lui et une délicate viande de veau pour elle.

— Vous êtes quelqu'un de très entreprenant et courageux, dit-il enfin. Qu'est-ce qui vous a poussée à devenir médecin ?

Il voulait tout savoir d'elle.

— La même chose que vous, probablement. Depuis l'enfance, j'ai toujours été fascinée par la médecine et les sciences. Mais je ne pensais pas avoir la chance de pouvoir réaliser mon rêve un jour. Et vous ?

— Mon père et mon frère sont tous les deux médecins. Et ma mère aurait dû l'être, car elle voit toujours nos erreurs. J'ai horreur de l'admettre, mais elle a parfois raison, précisa-t-il en riant. Elle assiste mon père à son cabinet depuis des années. Mais pourquoi exercez-vous ici, et non aux Etats-Unis ?

Il avait encore du mal à croire qu'elle n'était pas française, tant elle parlait bien.

— Je ne sais pas. Cela ne s'est pas fait là-bas, voilà tout. Je suis venue ici pour participer à l'effort de guerre. Ensuite, j'ai bénéficié d'une série de hasards. Grâce à l'un des chirurgiens d'Asnières, j'ai pu m'inscrire à l'école de médecine de Nice. Je n'aurais jamais pu le faire du vivant de mes parents. Ma mère n'appréciait pas beaucoup que je sois fascinée par la médecine. Elle craignait que j'attrape une maladie. A l'époque, je soignais les immigrants, à New York.

— Eh bien, j'ai eu de la chance que vous soyez venue en France ! Vous pensez retourner un jour aux Etats-Unis ?

Elle secoua gravement la tête.

— Je n'ai plus personne, là-bas. Tous les membres de ma famille sont morts.

— C'est triste, dit-il avec sympathie. Je suis très proche de mes parents. Je serais perdu, sans eux.

Annabelle appréciait cet aspect de sa personnalité. Sa famille semblait soudée et heureuse. Et si tous étaient aussi drôles que lui, ils devaient bien s'entendre et rire souvent.

— Et la famille de votre mari ? demanda-t-il. Vous la voyez parfois ?

— Très peu, car il était anglais. La grand-mère de Consuelo est venue nous voir, récemment. C'est une femme charmante.

Elle ne précisa pas qu'auparavant, elle n'avait jamais rencontré lady Winshire. Son histoire était si compliquée et si choquante qu'elle ne pouvait rien révéler. Comment lui aurait-elle confié que son vrai mari l'avait quittée pour un homme ? Que c'était la cause de son divorce ? Qu'elle avait été violée et n'avait jamais épousé le père de Consuelo ? Antoine était si décontracté qu'elle pouvait presque imaginer que la vérité ne le scandaliserait pas comme d'autres. Mais elle ne la lui révélerait jamais. L'histoire qu'elle avait forgée était parfaite et respectable, et il n'avait aucune raison de la mettre en doute. Tout était parfaitement plausible.

Lorsqu'il la raccompagna chez elle, il lui demanda quand il pourrait la revoir. En dehors de ses soirées avec Consuelo, elle n'avait aucun engagement. Il promit donc de la rappeler le lendemain. Et, à la grande surprise d'Annabelle, il tint parole.

Elle était assise à son bureau, en train de remplir les dossiers de ses patients, quand Hélène lui annonça qu'il était en ligne. Lorsqu'elle le prit, il l'invita à dîner le samedi, soit deux jours plus tard. En outre, il lui demanda si, le dimanche, Consuelo et elle accepteraient de déjeuner avec ses deux frères et leurs enfants, chez ses parents. Il apportait une gaieté inattendue dans sa vie, et l'invitation était fort tentante. Le soir même, elle en parla à Consuelo, que cette perspective enchanta. La petite fille avait adoré les remarques d'Antoine au sujet de ses dents.

Le samedi, il l'emmena à la Tour d'Argent, un restaurant encore plus chic que Maxim's. Annabelle portait une robe noire toute simple, mais à la coupe parfaite, et l'émeraude de lady Winshire. Elle n'avait aucun autre bijou, en France, ce qui ne l'empêchait pas d'être extrêmement élégante. Sa beauté naturelle remplaçait tous les bijoux. Là encore, ils passèrent une merveilleuse soirée et abordèrent mille sujets, comme la guerre, la chirurgie, la médecine et la reconstruction de l'Europe. Annabelle trouvait qu'Antoine était passionnant et très amusant.

Le dimanche qu'ils passèrent ensemble fut encore meilleur. Il se trouvait que la maison de ses parents n'était qu'à quelques rues de la sienne. Ses frères étaient aussi drôles que lui et leurs épouses étaient très agréables. Leurs enfants avaient à peu près le même âge que Consuelo et toute la famille parlait constamment de médecine, ce qu'Annabelle apprécia énormément. La mère d'Antoine était un tyran bienveillant qui les régentait tous. Annabelle semblait lui plaire, mais elle refusa de croire qu'elle n'était pas française et avait grandi à New York. Elle permit à Consuelo de grimper sur ses genoux, puis elle chassa tous les enfants dans le jardin, où ils se mirent à jouer. Quand Antoine les ramena chez elles, Annabelle et Consuelo étaient épuisées, mais elles avaient passé une journée fabuleuse.

— Merci d'avoir accepté de rencontrer ma mère, dit-il avec un sourire. D'ordinaire, je n'invite personne à déjeuner, le dimanche. La plupart des femmes prendraient la fuite en hurlant.

— J'ai passé un très bon moment, répondit franchement Annabelle. Merci de nous avoir invitées.

Sa propre famille lui manquait, si bien qu'elle avait adoré celle d'Antoine. Pour Consuelo, c'était merveilleux d'avoir ainsi été entourée d'oncles, de tantes, de cousins et de grands-parents. C'était quelque chose qu'elle ne connaissait pas et la petite fille avait apprécié chaque minute de cette journée, plus encore que sa mère.

— Nous recommencerons, promit-il. Je vous appellerai et nous retournerons au restaurant, cette semaine.

Soudain, Antoine prenait une importance énorme dans sa vie et elle devait admettre qu'il la rendait très heureuse. De plus, sa famille constituait un charme supplémentaire.

Il l'appela le mardi, pour l'inviter à dîner le vendredi soir. Il laissa entendre que, le samedi, ils déjeuneraient à la Grande Cascade, l'un des plus anciens et des plus charmants restaurants de Paris. Et il espérait qu'elle accepterait de retourner, le dimanche, partager le repas dominical dans la maison familiale. Soudain, les événements se précipitaient.

Chacune de leurs rencontres fut parfaite. Le vendredi, le dîner au Ritz fut exquis, tout comme les deux précédents. Le déjeuner à la Cascade fut somptueux et se termina par une promenade dans le parc de Bagatelle où ils admirèrent les paons. Lorsqu'il la raccompagna chez elle, elle l'invita à dîner avec Consuelo et elle, dans la cuisine. Après le repas, il joua aux cartes avec Consuelo, qui hurla de plaisir lorsqu'elle le battit. Annabelle le soupçonna de l'avoir fait exprès.

Le repas dominical fut encore plus réussi que le précédent. La famille d'Antoine vivait selon les mêmes valeurs que les siennes et Annabelle appréciait cela. Etant aussi traditionnelle que les belles-sœurs d'Antoine, elle fut heureuse de bavarder avec elles à propos des enfants, avant le déjeuner.

Ensuite, elle parla médecine avec ses frères. L'un d'eux avait été chirurgien à Asnières, mais elle ne l'avait jamais rencontré, car elle était à Nice lorsqu'il était arrivé. Ils semblaient tous avoir les mêmes centres d'intérêt et Annabelle se sentait parfaitement à l'aise parmi eux.

Le week-end suivant, Antoine l'invita à Deauville avec Consuelo. Il avait retenu une chambre pour elles, et Annabelle n'avait aucune raison de mettre en doute l'honnêteté de ses intentions. Tout comme elle, Consuelo était ravie. Ils passèrent un merveilleux week-end, se promenèrent au bord de la mer, ramassèrent des coquillages, firent du lèche-vitrine et dégustèrent de délicieux repas de fruits de mer. En rentrant à Paris, Annabelle confia à Antoine qu'elle ne savait comment le remercier. Après le long voyage en voiture, Consuelo monta dans sa chambre avec Brigitte, tandis qu'Annabelle et Antoine restaient un instant dans la cour. Il la regarda avec tendresse, puis caressa son visage de ses longs doigts de chirurgien, avant de l'attirer dans ses bras pour l'embrasser.

— Je suis tombé amoureux de vous, Annabelle, murmura-t-il très bas.

Il semblait tout aussi surpris qu'elle, mais elle éprouvait la même chose. Elle n'avait jamais rencontré un homme aussi merveilleux, aussi gentil envers sa fille et elle. Jamais elle n'avait rien ressenti de tel, pas même pour Josiah, avec qui sa relation avait été avant tout amicale et beaucoup moins romantique. Aujourd'hui, elle était aussi amoureuse d'Antoine qu'il l'était d'elle, bien que tout soit arrivé très vite. Lorsqu'il l'embrassa pour la seconde fois, elle se mit à trembler.

— N'ayez pas peur, ma chérie, lui dit-il. Je sais maintenant pourquoi je ne me suis jamais marié.

Il baissa les yeux vers elle, tandis qu'un lent sourire étirait ses lèvres. Il était le plus heureux des hommes et elle, la plus heureuse des femmes.

— Je vous attendais, murmura-t-il en la serrant contre lui.

— Moi aussi, chuchota-t-elle en se blottissant dans ses bras.

Avec lui, elle se sentait à l'abri de tout danger. Il y avait une chose qu'elle savait déjà à propos d'Antoine, et qu'elle ne mettait absolument pas en doute, c'était qu'il ne lui ferait jamais de mal. Jamais personne ne lui avait inspiré une telle confiance.

23

Pour l'un comme pour l'autre, les semaines et les mois suivants ressemblèrent à un rêve. Antoine passait la plus grande partie du week-end avec Annabelle et Consuelo. La jeune femme put assister à certaines de ses interventions chirurgicales et il lui arriva de demander son avis à Antoine au sujet de ses patients. Son diagnostic était toujours excellent. Il l'invita dans les meilleurs restaurants de Paris et l'emmena danser. Quand le temps se rafraîchit, ils firent de longues promenades dans les parcs. Il l'emmena dans les jardins de Versailles, où ils marchèrent main dans la main et s'embrassèrent sous les premiers flocons de neige de la saison. Chacun des instants qu'ils partageaient était magique. Jamais un homme ne s'était montré aussi tendre et aimant envers Annabelle, pas même Josiah. Sa relation avec Antoine était plus profonde, plus romantique, et ils éprouvaient la même passion pour la médecine. Il lui témoignait constamment de petites attentions, la comblait de fleurs et offrit à Consuelo la plus belle poupée qu'elle ait jamais vue. Rien n'était assez beau pour elles. Elles passaient tous les dimanches dans sa famille et Annabelle avait l'impression qu'elle et sa fille avaient été adoptées.

Pour Thanksgiving, elle lui prépara un vrai repas de fête, sans oublier les décorations, et elle lui en expliqua les origines. Ils passèrent le réveillon de Noël dans la famille d'Antoine et elles reçurent des cadeaux de tous. Annabelle en avait préparé aussi pour chacun d'eux : un châle en cachemire pour la mère d'Antoine, des stylos plume en or pour ses frères, une édition rare d'un livre de chirurgie pour son père, de jolies vestes pour ses belles-sœurs et des jouets pour les enfants.

Le lendemain, elle les invita tous chez elle. Antoine ne lui avait fait aucune déclaration officielle, mais il était évident qu'il avait des projets d'avenir. Il en faisait déjà pour l'été suivant et Hélène ne cessait de taquiner la jeune femme.

— J'entends déjà les cloches de l'église retentir pour célébrer votre mariage, disait-elle à la jeune femme.

La secrétaire aimait bien Antoine, qui apportait tant de bonheur dans la vie d'Annabelle.

Le soir du nouvel an, Antoine emmena Annabelle à l'hôtel Crillon. Pour l'occasion, elle avait revêtu une longue robe du soir en satin blanc ornée de perles. Aux douze coups de minuit, il la prit dans ses bras et l'embrassa tendrement. Puis, sans prévenir, il s'agenouilla devant elle et, la voix vibrante d'émotion, il lui demanda :

— Annabelle, voulez-vous me faire l'honneur de m'épouser ?

Très émue, elle lui sourit et acquiesça. Alors il se releva et la prit dans ses bras, sous les applaudissements des gens autour d'eux. Où qu'ils aillent, ils ne passaient jamais inaperçus, tant ils formaient un couple éblouissant. Tous deux étaient beaux, intelligents et élégants. Jamais ils n'étaient en désaccord et Antoine se montrait toujours aimant et attentif.

Le lendemain, ils annoncèrent leurs fiançailles à la famille d'Antoine. Sa mère les embrassa tous les deux avec affection et on but le champagne. Ils parlèrent à Consuelo le soir même. Quand ils seraient mariés, Antoine s'installerait dans la maison avec elles. Ils parlaient déjà de leurs futurs enfants. C'était ce qu'ils désiraient le plus au monde. Et, cette fois, tout se passerait normalement, elle ne serait pas seule. Cette union serait celle qu'elle aurait dû avoir dès le début, mais dont elle avait été privée. Tout allait être parfait. Antoine la respectait, mais il était tellement sensuel et passionné qu'elle n'avait aucune inquiétude de ce côté.

Une seule chose la tourmentait : c'était qu'Antoine sût rien de son passé. Elle ne lui avait jamais parlé de son mariage avec Josiah, de leur divorce et de la raison pour laquelle elle avait quitté New York. Elle lui avait caché que si elle ne s'était pas enfuie, elle aurait été bannie, contrainte de partir, puisque personne ne connaissait le secret de Josiah. Jamais elle ne l'aurait révélé et jamais elle ne le ferait.

Il ne savait rien de la naissance de Consuelo ni qu'Annabelle avait été violée par Harry Winshire, à Villers-Cotterêts. Lorsqu'elle avait fait sa connaissance, il n'avait pas été question qu'elle se confie à lui. Mais plus ils devenaient proches, plus elle avait envie de lui en parler. Elle pensait qu'il avait le droit de savoir. Cependant, jusqu'alors, elle n'avait pas trouvé le bon moment pour lui dévoiler son passé et, depuis sa demande en mariage, cela lui paraissait de plus en plus difficile. Pourtant, en vraie femme d'honneur, Annabelle estimait qu'elle devait tout lui dire, même si elle savait qu'il était probable qu'il ne découvrirait jamais la vérité si elle la lui taisait. Il lui semblait important qu'Antoine connût son passé. Ce qu'elle avait vécu avait contribué à forger sa personnalité. Sans nul doute, son récit le bouleverserait, et elle ne doutait pas de sa sollicitude.

Le lendemain du nouvel an, ils parlèrent de leur futur mariage. Antoine désirait des noces somptueuses, d'autant qu'il avait de nombreux amis. Elle aurait préféré une cérémonie plus simple, puisque, officiellement, elle était veuve. En outre, elle connaissait peu de monde et n'avait plus de famille. Mais elle ne souhaitait que son bonheur et se conformerait donc à ses désirs.

A la fin de leur déjeuner au Pré Catelan, ils parlèrent de la liste des invités, du lieu de leur mariage et du nombre de leurs futurs enfants. Ils décidèrent ensuite de faire une promenade. Le ciel était dégagé, l'air vif. C'est alors que, tandis qu'elle marchait auprès de lui, une main glissée sous son bras, elle sut que le moment était venu. Ils ne pouvaient pas aborder les détails de leur mariage et le nombre des enfants qu'ils auraient sans qu'il sût ce qu'avait été sa vie. Elle était certaine que cela ne changerait rien entre eux et mettait un point d'honneur à ne rien lui cacher.

Depuis quelques instants, ils marchaient en silence, lorsqu'elle tourna vers lui un visage grave.

— Je voudrais vous dire certaines choses, murmura-t-elle doucement.

Elle avait l'estomac noué et voulait en finir au plus vite.

— De quoi s'agit-il ? demanda-t-il en souriant.

A cet instant précis, il se considérait comme l'homme le plus heureux au monde.

— De mon passé.

— Ah oui, bien sûr. Pour payer vos études de médecine, vous avez été danseuse aux Folies Bergère. C'est cela ?

— Pas tout à fait.

Elle sourit à son tour, heureuse de savoir qu'il la ferait rire jusqu'à la fin de ses jours.

Comme ils passaient devant un banc, elle lui proposa de s'arrêter un instant. Dès qu'ils furent assis, il passa un bras autour des épaules de la jeune femme et l'attira à lui. Lorsqu'il agissait ainsi, elle se sentait aimée et protégée.

— Il y a certaines choses de mon passé que je ne vous ai pas dites... Je ne sais pas si c'est important, mais il me semble que vous devez connaître la vérité.

Inspirant profondément, elle commença. C'était plus difficile qu'elle ne l'avait imaginé.

— J'ai déjà été mariée.

— Oui, mon amour, je le sais.

— Eh bien... Ce n'est pas exactement ce que vous croyez, ni avec qui.

— Cela semble bien mystérieux.

— D'une certaine façon, ça l'est. En tout cas, ce fut incompréhensible pour moi pendant longtemps. A dix-neuf ans, j'ai épousé à New York un homme qui s'appelait Josiah Millbank. Il travaillait dans la banque de mon père. Avec le recul, je suppose qu'après la mort de mon père et de mon frère, il voulait me protéger. Il avait le double de mon âge et je le considérais vraiment comme un ami. Un an après leur disparition, il m'a demandée en mariage. Il venait d'une très bonne famille et rien ne s'opposait à notre union. Nous nous sommes donc mariés et rien n'est jamais arrivé... Pour dire les choses crûment, nous n'avons jamais fait l'amour. Je pensais que c'était ma faute s'il se comportait ainsi. Il prétendait que « nous avions le temps ».

Antoine n'avait pas prononcé un mot. En évoquant sa déception et son chagrin, pourtant enfouis depuis longtemps dans sa mémoire, Annabelle avait les larmes aux yeux.

— Deux ans après notre mariage, continua-t-elle, il me révéla qu'il avait pensé pouvoir mener une double vie, tout en étant marié avec moi, mais que finalement il en était incapable. Il aimait un homme, un ami qui passait beaucoup de temps avec nous. Je n'avais jamais rien soupçonné. Josiah m'avoua qu'ils s'étaient toujours aimés et qu'il allait me quitter pour partir avec cet homme au Mexique. Il avait pris cette décision lorsqu'il avait su qu'ils avaient tous deux la syphilis. Je ne l'ai jamais revu et il est mort il y a deux ans. Je n'ai pas été exposée à la maladie, puisque nous n'avons jamais couché ensemble. Quand nous nous sommes séparés, j'étais toujours vierge. Pour être honnête, malgré ses révélations, je voulais rester avec lui. Je l'aimais au point d'abandonner tout espoir d'avenir pour moi. Mais il a refusé. Il tenait à me rendre ma liberté, affirmant que je méritais mieux que ce qu'il pouvait m'offrir, à savoir un vrai mari et des enfants, tout ce qu'il ne pouvait me donner.

Le visage ruisselant de larmes, Annabelle reprit son souffle avant de poursuivre :

— Comme je refusais de le faire moi-même, il a demandé le divorce. Il pensait ainsi agir au mieux pour moi. Pour cela, le seul motif qu'il pouvait invoquer était l'adultère. Nous avons donc divorcé pour cette raison. Malheureusement, quelqu'un a vendu notre histoire aux journaux et, du jour au lendemain, je suis devenue une paria. Plus personne ne me parlait, pas même ma meilleure amie. Désormais, j'étais déshonorée et bannie. C'est pourquoi je suis partie pour la France. Il me semblait que je n'avais pas d'autre choix. C'est ainsi que je me suis retrouvée à l'abbaye de Royaumont.

Antoine paraissait totalement abasourdi.

— Et vous vous êtes remariée ?

Elle secoua la tête.

— Non. J'étais bien trop choquée par tout ce qui m'était arrivé. Je me suis plongée dans le travail.

— Et Consuelo est née comment ? demanda Antoine, en proie à la plus grande confusion.

— Une nuit, à Villers-Cotterêts, j'ai été violée. Mon agresseur était un officier britannique issu de l'aristocratie anglaise. Peu de temps après son forfait, il a été tué. J'ai alors découvert que j'étais enceinte. J'ai travaillé le plus longtemps possible en dissimulant ma grossesse sous des bandages très serrés.

Il n'était pas facile de lui révéler tous ces détails douloureux, mais elle n'avait pas le choix. Elle ne devait pas avoir de secrets pour lui.

— Je n'ai jamais été mariée avec lui, conclut-elle. Tout ce que je connaissais de lui, c'était son nom. Jusqu'à cette année, je n'avais jamais contacté sa famille. Mais, pour faire plaisir à Consuelo, je l'ai fait, et sa mère est venue nous voir récemment. Elle s'est montrée très bonne et compréhensive. Il semble que son fils s'était souvent mal comporté, aussi n'était-elle pas surprise.

Annabelle tourna vers Antoine un visage ruisselant de larmes.

— J'ai bien été mariée, mais pas avec lui. Consuelo est une enfant illégitime, au sens propre du terme, c'est pourquoi je lui ai donné mon nom. Et je ne suis pas veuve. Je suis divorcée d'un autre homme. C'est tout, conclut-elle, soulagée de s'être déchargée de son lourd fardeau.

— C'est tout ? répéta-t-il d'une voix tendue. Vous n'avez pas fait de la prison ou tué quelqu'un ?

Elle secoua la tête en souriant.

— Non.

Elle le regarda avec amour. Cela n'avait pas été facile, mais elle était contente de lui avoir dit la vérité. Elle la lui devait. Antoine semblait en état de choc. Il se leva et se mit à marcher de long en large.

— Récapitulons, dit-il. Vous avez été mariée à un homme atteint de syphilis, mais vous prétendez n'avoir jamais couché avec lui. Vous avez été exclue de la société new-yorkaise pour un adultère que vous n'avez pas commis, mais il a invoqué ce motif parce que vous refusiez le divorce, bien qu'il vous ait trompée avec un homme. Ensuite, vous vous êtes enfuie. Une fois en France, vous avez été enceinte des œuvres d'un homme qui vous aurait violée.

Vous ne l'avez jamais épousé et ne l'avez jamais revu. Vous avez donné naissance à sa bâtarde tout en prétendant être veuve, alors que vous étiez divorcée et chassée par votre mari pour adultère. Vous avez amené votre bâtarde dans la maison de mes parents, vous l'avez laissée jouer avec mes neveux et nièces en vous faisant passer pour veuve, ce qui était aussi un mensonge. Pour l'amour du ciel, Annabelle, cela signifie-t-il que rien de ce que vous m'avez raconté au début n'était vrai ? Pour comble, vous affirmez qu'en dehors de ce viol bien pratique, qui vous a laissé votre bâtarde, vous êtes quasiment vierge ! Vous me prenez vraiment pour un imbécile !

Il la foudroyait du regard, mais c'étaient surtout ses paroles qui la transperçaient. Elle n'avait jamais vu quelqu'un d'aussi furieux. Tandis qu'il arpentait l'allée, de plus en plus en colère, elle se tassa sur le banc et se remit à pleurer. Elle n'osait pas tendre la main vers lui, car il semblait prêt à la frapper. Mais c'étaient surtout ses mots qui lui faisaient mal, tant ils étaient durs et méchants.

— Vous devrez admettre que tout cela est un peu difficile à croire, asséna-t-il sur un ton glacial. Vous vous présentez comme une ingénue pure et innocente, alors que je vous soupçonne d'avoir trompé votre mari et d'avoir sans doute attrapé la syphilis. Grâce à Dieu, je n'ai pas couché avec vous. Je me demande quand vous comptiez me révéler ce petit secret. Si vous avez été traitée comme une prostituée à New York, c'est que certainement vous l'étiez. Et ensuite, vous avouez avoir eu cette bâtarde de cet homme que vous prétendez être issu de la noblesse anglaise. Quelle importance cela a-t-il, pour l'amour du ciel ? Vous vous êtes comportée comme une putain du début à la fin. Et épargnez-moi l'histoire de votre virginité, ragea-t-il. Etant donné le risque de syphilis, je n'ai pas l'intention de m'en assurer par moi-même.

Il n'aurait pu lui faire davantage de mal. Elle se leva, tremblant de la tête aux pieds. Il venait de lui prouver qu'elle était à jamais marquée par les fautes des autres. Ainsi qu'elle le craignait par-dessus tout, personne ne croirait jamais en son innocence, pas même un homme qui prétendait l'aimer. Il ne pouvait admettre qu'elle lui disait la vérité.

— Tout ce que je viens de vous dire est vrai, soupira-t-elle tristement. Et ne traitez *jamais* ma fille de bâtarde. Ce n'est ni sa faute ni la mienne si j'ai été violée. J'aurais pu avorter, mais cela me faisait trop peur. J'ai donc décidé de la garder et de m'inventer un passé honorable, pour que les gens ne parlent pas d'elle comme vous venez de le faire. La syphilis est peut-être contagieuse, mais l'illégitimité ne l'est pas. Vous n'avez donc pas à vous inquiéter pour vos neveux et nièces. Je vous assure qu'ils ne courent aucun risque.

Blessée par la cruauté de ses paroles, Annabelle était maintenant en colère.

— Je ne peux pas en dire autant de vous, lança-t-il avec hargne. Comment avez-vous pu vous présenter à ma famille comme une femme respectable ? Et comment osez-vous croire que je vais avaler tous ces mensonges scandaleux ? Ayez au moins le courage d'admettre ce que vous êtes !

Blanc de rage, il avait l'impression qu'elle lui avait tout volé... Sa confiance, l'inviolabilité de sa famille... Ce qu'elle lui avait révélé était impensable et il n'en croyait pas un mot. La façon dont elle tentait de se justifier et de se laver de toute culpabilité lui faisait horreur.

— Et que croyez-vous que je sois, Antoine ? Une prostituée ? Si vous m'aimez, qu'est-il advenu de cet amour et de votre confiance en moi ? Je n'étais pas obligée de vous raconter tout cela. Et si je ne l'avais pas fait, vous ne l'auriez probablement jamais découvert. Mais je voulais vous dire la vérité, parce que je vous aime. Je pensais que vous aviez le droit de tout savoir à mon propos. Tout ce qui m'est arrivé de mauvais m'a été infligé par les autres et j'ai payé le prix fort. J'ai été abandonnée par un époux que j'aimais, au terme d'une union mensongère ; ensuite, la société qui était la mienne m'a rejetée. J'ai perdu tous ceux que j'aimais et me suis retrouvée seule au monde à vingt-deux ans. J'ai été violée, alors que j'étais encore vierge, et j'ai eu toute seule un bébé dont je ne voulais pas. Que vous faut-il de plus pour vous comporter en être humain et me témoigner un peu de confiance et de compassion ?

— Vous êtes une menteuse, Annabelle, c'est écrit sur votre visage.

— En ce cas, pourquoi ne vous en êtes-vous pas aperçu plus tôt ? s'écria-t-elle en pleurant.

Ils criaient tous les deux, mais il n'y avait personne pour les entendre.

— Je ne l'ai pas vu, parce que vous êtes une excellente comédienne. La meilleure que j'aie jamais connue ! Vous m'avez totalement embobiné, ainsi que ma famille, et vous avez violé ce que j'avais de plus cher, déclara-t-il avec une emphase cruelle. Je n'ai rien de plus à vous dire, ajouta-t-il en se tenant le plus loin possible d'elle. Je rentre chez moi et ne vous raccompagne pas, Annabelle. Peut-être trouverez-vous un soldat ou un marin pour vous amuser un peu, sur le chemin du retour. Vous n'êtes pas digne que je vous touche, ne serait-ce que du bout de ma botte.

Sur ces mots, il tourna les talons et s'éloigna à grandes enjambées. Tremblant de la tête aux pieds, elle le regarda partir, n'en croyant ni ses yeux ni ses oreilles. Un instant plus tard, elle entendit sa voiture démarrer. Elle marcha alors jusqu'à l'orée du bois, avec l'impression que l'univers venait de s'écrouler. Elle savait qu'elle ne ferait plus jamais confiance à qui que ce soit. Hortense l'avait trahie, et maintenant c'était Antoine. Dorénavant, elle se tairait et garderait ses secrets pour elle. Consuelo et elle n'avaient besoin de personne. Lorsqu'elle parvint enfin dans la rue, elle était aussi anéantie que si elle avait été rouée de coups.

Elle héla un taxi, puis elle donna son adresse au chauffeur. Glacée jusqu'aux os, elle s'assit sur la banquette arrière et se mit à sangloter. Le chauffeur finit par lui demander s'il pouvait faire quelque chose pour elle, mais elle ne put que secouer la tête. Antoine venait de confirmer ses pires craintes : jamais personne ne croirait en son innocence et elle serait toujours condamnée pour des fautes que d'autres avaient commises. Il venait aussi de lui prouver que l'amour et le pardon n'existaient pas. Sa manière de parler de Consuelo l'avait anéantie.

Lorsqu'ils arrivèrent devant sa maison, le chauffeur, un vieux Russe blanc, refusa le prix de la course.

Se contentant de secouer la tête, il repoussa sa main.

— Rien ne peut être aussi catastrophique que cela, lui assura-t-il.

Lui-même avait vécu bien des épreuves, ces dernières années.

— Si, répondit-elle en étouffant un sanglot.

Sur ce, elle le remercia et se précipita chez elle en courant.

24

Pendant trois jours, Annabelle erra dans la maison comme une somnambule. Elle annula ses rendez-vous et ne se rendit pas au cabinet, prétextant être malade. Et elle l'était, en effet. Les paroles d'Antoine et son attitude si blessante l'avaient frappée en plein cœur. S'il l'avait giflée, il n'aurait pas pu lui faire plus mal. En réalité, il avait fait pire, puisqu'il lui avait brisé le cœur.

Elle avait demandé à Brigitte d'emmener Consuelo à l'école, puis au parc, sous le même prétexte. Hélène était la seule à ne pas la croire. Elle devinait que quelque chose de terrible était arrivé et elle redoutait qu'Antoine ne fût impliqué.

Etendue sur son lit, Annabelle ressassait les propos d'Antoine, quand on sonna à la porte. Elle ne souhaitait pas aller ouvrir et Brigitte était sortie. Elle ne voulait voir personne, et surtout pas lui. Depuis qu'il l'avait abandonnée dans le parc, elle n'avait eu aucune nouvelle de lui et elle doutait d'en avoir jamais. De toute façon, elle n'avait aucune envie de lui parler.

La personne à la porte continuait d'insister. Finalement, elle passa une robe de chambre et descendit. Peut-être s'agissait-il d'une urgence et quelqu'un du quartier avait-il besoin d'un médecin. Sans vérifier par le judas l'identité de son visiteur, elle ouvrit la porte et se retrouva face à Antoine. L'espace d'un instant, elle ne sut que dire et, apparemment, lui non plus.

— Je peux entrer ? lui demanda-t-il gravement.

Elle hésita un moment, ne sachant si elle avait envie de l'accueillir chez elle, puis elle s'écarta lentement pour le laisser passer. Elle mit plusieurs secondes à fermer la porte et ne l'invita pas à s'asseoir, se contentant de le fixer sans un mot.

— Pourrions-nous nous asseoir ? demanda-t-il.

— Je n'y tiens pas, répondit-elle d'une voix atone. Vous m'avez tout dit, l'autre jour. Je ne vois pas ce que nous pourrions ajouter.

Il fut frappé par son expression. On aurait dit que quelque chose était mort en elle.

— Annabelle, j'ai conscience d'avoir réagi très violemment, mais ce que vous m'avez révélé était très difficile à accepter. Vous ne m'aviez pas parlé de votre mariage, ni du fait que vous aviez eu un enfant illégitime. Vous m'aviez menti en prétendant que vous étiez veuve. Il me semble que je méritais davantage d'égards. Vous auriez même pu me transmettre une maladie grave, une fois que nous aurions été mariés.

Ses paroles étaient une véritable gifle et prouvaient qu'il n'avait pas cru un mot de ce qu'elle lui avait confié.

— Je vous ai dit que je n'avais pas pu être contaminée. Si j'avais été porteuse d'une maladie qui pouvait vous tuer, je n'aurais jamais pris le risque de vous revoir et de tomber amoureuse de vous. Je vous aime, Antoine. Ou, plutôt, je vous aimais. Je vous ai dit que je n'ai jamais eu de relations sexuelles avec mon mari.

— C'est un peu difficile à croire. Vous avez été son épouse pendant deux ans.

— Il couchait avec son meilleur ami, répondit Annabelle, mais je l'ignorais. Je pensais qu'il y avait quelque chose qui n'allait pas chez moi. Finalement, c'était chez lui que quelque chose n'allait pas. Votre réaction m'a montré que je n'aurais jamais dû vous en parler.

— Vous auriez préféré me mentir, comme vous l'avez fait depuis le début, en sachant que notre mariage aurait été fondé sur le mensonge ?

— C'est bien pour cela que je vous ai révélé ce qui m'était arrivé. Ce que je veux dire, c'est que je n'aurais pas dû vous en parler, parce que je n'aurais jamais dû m'engager avec vous.

— Comment pouvez-vous dire une chose pareille ? Je vous aime, affirma-t-il.

Mais, désormais, son charme n'agissait plus sur elle.

— J'ai du mal à y croire, après ce que vous m'avez dit l'autre jour. On ne traite pas de cette façon quelqu'un qu'on aime.

— J'étais bouleversé.

Elle détourna les yeux sans répondre. Il n'osa pas s'approcher d'elle, sa froideur l'en dissuada.

— Vos propos sur Consuelo sont impardonnables, poursuivit-elle. Je ne veux plus jamais vous voir auprès d'elle. Ce n'est pas sa faute si elle est née hors mariage. C'est la mienne, car j'ai décidé de lui donner le jour, en dépit de tout. Mais je ne suis pas coupable pour autant. Le seul qui le soit, c'est celui qui m'a jetée au sol et violée. Quant à vous, je sais que jamais vous ne me croirez, conclut-elle froidement.

— Je suis justement venu pour cette raison. J'ai beaucoup réfléchi... J'admets que ce n'est pas ce que j'espérais de ma future épouse, mais je vous aime et je suis prêt à oublier et à vous pardonner vos fautes passées. Tout ce que je vous demande, c'est de faire des analyses, pour me prouver que vous n'avez pas contracté la syphilis.

Annabelle ouvrit la porte d'entrée et frissonna sous le vent frais du mois de janvier.

— Ce ne sera pas nécessaire. Je ne ferai pas d'analyses, parce que vous ne m'approcherez plus. Ainsi, vous n'aurez pas à me pardonner mes fautes ou celles de qui que ce soit, pas plus que vous n'aurez à les oublier. Et Consuelo ne risquera pas de contaminer vos neveux et nièces, puisque nous ne les verrons plus.

— Si je comprends bien, vous l'avez attrapée, lança-t-il en plissant les yeux.

— Puis-je vous rappeler que je ne suis pas digne que vous me touchiez du bout de votre botte ? Je me rappelle fort bien les termes que vous avez utilisés. En fait, je me souviens de tout ce que vous avez dit. Vous pensez peut-être pouvoir me pardonner, mais moi pas.

— Après tout ce que vous avez fait, comment osez-vous ? ragea-t-il. Une femme comme vous, qui a eu un nombre incalculable d'hommes dans sa vie ! Des maris syphilitiques, des enfants illégitimes, et qui sait avec qui vous avez couché depuis !

Annabelle réprima l'envie de le gifler... Il n'en valait pas la peine.

— J'ai entendu chacun des mots que vous avez prononcés, Antoine, et je ne les oublierai jamais. Maintenant, sortez de chez moi.

La brise fraîche les faisait frissonner tous les deux. Il la regardait avec incrédulité.

— Vous plaisantez, je suppose ? Qui d'autre acceptera de vous prendre, après ce que vous avez fait ?

Il était toujours aussi séduisant, mais elle n'aimait plus l'homme qui se tenait devant elle, dans son costume bien coupé.

— Personne, peut-être, répliqua-t-elle froidement, et je ne m'en soucie guère. Je suis seule depuis que mon mari m'a quittée, il y a près de dix ans. J'ai Consuelo, ma « bâtarde », comme vous dites. Je n'ai besoin de personne d'autre et je ne veux pas de vous.

De nouveau, elle lui montra la porte ouverte.

— Je vous remercie de votre offre généreuse, Antoine, mais je suis au regret de la refuser. Maintenant, partez, s'il vous plaît.

Elle se tenait devant lui, droite et déterminée. S'écartant d'elle de quelques pas, il la toisa avec mépris.

— Vous êtes une sotte. Aucun homme ne voudra jamais de vous si vous lui dites la vérité.

— Je n'ai pas l'intention de réitérer cette erreur. Vous m'avez donné une bonne leçon, ce dont je vous remercie infiniment. Je suis désolée que l'expérience ait été si décevante pour nous deux et que vous ayez été incapable de croire les faits et de les accepter.

— Je vous ai dit que j'étais prêt à vous pardonner ou du moins à tolérer votre passé, à condition que vous fassiez ces analyses. Vous devez admettre que c'est normal.

— Rien de ce qui m'est arrivé n'est normal. Je ne veux pas être « tolérée », mais être aimée, et je pensais que je l'étais. Apparemment, nous avons commis tous les deux une énorme erreur.

Il la fixa un instant, puis sortit sans ajouter un mot. Après avoir refermé la porte, elle s'y appuya un instant, tremblant de la tête aux pieds. Aucun homme n'avait été aussi bon envers elle que lui au début, ni aussi cruel qu'il l'était à la fin.

Elle s'assit un instant dans le salon, les yeux dans le vague. Il avait traité Consuelo de bâtarde... Il la prenait elle-même pour une prostituée... Il refusait d'admettre qu'elle avait été violée... Elle avait encore du mal à croire à toutes les insanités dont il l'avait abreuvée.

Elle était toujours assise dans le salon quand Brigitte et Consuelo revinrent du parc. Inquiète, l'enfant s'installa aussitôt sur les genoux de sa mère et jeta ses bras autour de son cou. C'était tout ce dont Annabelle avait besoin, dorénavant. Sa fille était le seul être en qui elle pût avoir confiance.

— Je t'aime, maman, chuchota la petite fille.

Les larmes aux yeux, Annabelle la serra contre elle.

— Je t'aime aussi, ma chérie.

Le lendemain, elle se sentait très mal et avait l'impression d'avoir été rouée de coups, mais elle retourna travailler. Elle n'avait pas le choix, elle devait reprendre le cours de sa vie. Grâce à Antoine, elle savait désormais combien les gens pouvaient

312

avoir l'esprit étroit et prendre pour preuves de simples présomptions. Elle avait déjà vécu cette expérience à New York, quand tout le monde s'était imaginé le pire à son sujet. Antoine avait définitivement ruiné sa confiance en l'humanité.

Pendant plusieurs semaines, Hélène s'inquiéta pour Annabelle. La jeune femme n'eut plus jamais de nouvelles d'Antoine.

Elle s'efforça d'oublier les hommes, pour se concentrer sur ses patients et sa fille. Durant quelques semaines, elle parut triste et sombre, mais, en mars, elle commença à se sentir mieux, souriant de nouveau et passant ses dimanches après-midi avec Consuelo, au parc. Au début, la fillette avait été déçue de ne plus déjeuner chez les Saint-Gris, car elle s'était beaucoup amusée avec les neveux et les nièces d'Antoine. Sa mère lui avait expliqué qu'Antoine et elle s'étaient trompés sur leurs sentiments et n'étaient plus amis. Chaque fois qu'Annabelle se rappelait ses propos sur sa fille, elle savait pourquoi elle était seule et pourquoi elle entendait toujours le rester. En dehors du fait qu'il l'avait profondément déçue et avait détruit ce qui lui restait de confiance dans le genre humain, il l'avait confirmée dans l'idée qu'elle ne pourrait jamais échapper au sort auquel Josiah et Harry l'avaient condamnée. Elle serait à jamais cataloguée par la société et toujours considérée comme coupable. Désormais, elle était convaincue que jamais personne ne croirait en son innocence ou ne l'aimerait, quoi qu'elle dît pour sa défense. Antoine lui avait démontré à quel point ses pires craintes étaient fondées.

25

Au début du printemps, Annabelle reçut deux lettres qui lui donnèrent matière à réfléchir. L'une était de lady Winshire, qui les invitait, Consuelo et elle, à passer quelques jours chez elle. Elle pensait que cela ferait du bien à la petite fille de voir d'où venait la famille de son père et comment elle vivait, car cela faisait partie de son héritage. Elle espérait qu'elles pourraient venir rapidement. Annabelle n'était pas certaine d'en avoir envie. Harry Winshire représentait un terrible souvenir, mais ce que lady Winshire disait était vrai. Il ne s'agissait pas de Harry, mais de Consuelo et de la grand-mère dont elle avait fini par faire la connaissance. En outre, Annabelle devinait que Consuelo serait ravie de lui rendre visite.

L'autre lettre provenait du conseiller de la banque qui gérait ses affaires. Elle se faisait toujours envoyer de l'argent en France, car le plus clair de sa fortune était resté aux Etats-Unis. Pour la première fois depuis longtemps, il lui demandait de préciser ses intentions concernant la maison de Newport. Elle n'y était pas retournée depuis dix ans, mais elle n'avait jamais eu le cœur de s'en séparer. Elle y avait trop de souvenirs. En même temps, elle n'envisageait pas de s'y rendre, même pour une simple visite. Mais cette maison faisait partie de l'héritage de Consuelo.

Le conseiller de la banque lui indiquait qu'il avait reçu une offre très raisonnable pour la villa. Blanche, William et les autres domestiques l'entretenaient toujours, tout en sachant qu'il y avait très peu de chances qu'Annabelle y revienne un jour. La jeune femme n'avait jamais éprouvé le désir d'y retourner, même si elle avait parfois le mal du pays. Mais elle savait que si elle revenait aux Etats-Unis, même pour une simple visite, elle subirait la même hostilité que lorsqu'elle était partie et que personne ne la recevrait. Par ailleurs, elle craignait le souvenir de la disparition de ses proches et redoutait de voir se rouvrir d'anciennes blessures. Or, elle ne voulait pas revivre cette souffrance. Toutefois, elle ne se sentait pas prête à vendre la villa, même si, ainsi que le banquier le soulignait, l'offre était particulièrement intéressante. Pour l'instant, elle était incapable de prendre une décision à ce sujet.

Le soir même, elle fit part à Consuelo de l'invitation de lady Winshire, et la petite fille se déclara ravie de rendre visite à sa grand-mère. D'une certaine façon, Annabelle s'en réjouissait aussi. Elle pensait que partir leur ferait du bien à toutes les deux. Consuelo lui avait demandé de retourner à Deauville, mais Annabelle n'y tenait pas, après sa douloureuse expérience avec Antoine. On aurait dit qu'elle avait de mauvais souvenirs partout et qu'elle était constamment contrainte de fuir ses propres fantômes.

Le lendemain, elle répondit à lady Winshire qu'elles acceptaient son invitation avec plaisir. Par retour du courrier, lady Winshire lui proposa plusieurs dates. Finalement, elles se mirent d'accord sur le week-end d'anniversaire de Consuelo, qui allait fêter ses sept ans. A cette époque, le temps serait plus clément. Annabelle demanda à Hélène de lui prendre les billets pour Calais. Ensuite, elles traverseraient la Manche pour gagner Douvres, où le chauffeur de lady Winshire les attendrait. La propriété se trouvait à deux heures de route de là.

Au moment du départ, Consuelo était si excitée qu'elle tenait à peine en place. Elles laissaient Brigitte à Paris, où la jeune fille prévoyait de passer du temps avec son nouveau petit ami. Annabelle monta dans le train avec leurs deux valises, puis elle guida sa fille jusqu'au compartiment de première classe qu'Hélène avait réservé pour elles. Depuis leur arrivée à Paris, deux ans auparavant, Consuelo n'avait jamais vécu pareille aventure, hormis le week-end à Deauville avec Antoine. Elles ne parlaient jamais de lui. Malgré son jeune âge, Consuelo avait compris que le sujet était doulou-reux pour sa mère. Un jour, à l'hôpital, Annabelle l'avait aperçu. Elle avait aussitôt fait demi-tour et emprunté un autre escalier pour voir son patient. Antoine s'était comporté de façon tellement ignoble qu'elle ne voulait plus jamais lui adresser la parole.

Quand le train quitta la gare du Nord, Consuelo s'assit sur la banquette en regardant tout autour d'elle avec fascination. Elles dînèrent au wagon-restaurant, comme de « grandes dames », ainsi que le souligna la petite fille. Ensuite, elles regardèrent le paysage défiler jusqu'à ce que l'enfant s'endorme sur les genoux de sa mère. La tête appuyée sur la banquette, Annabelle pensait aux événements douloureux des derniers mois. Elle avait l'impression qu'Antoine lui avait non seulement repris le rêve qu'il lui avait offert, mais qu'il avait aussi détruit tout espoir que les choses changent jamais.

Elle avait le sentiment qu'elle serait toujours punie à cause de son passé. Elle avait été la victime des décisions que d'autres avaient prises, victime de leur faiblesse et de leurs mensonges. Pourtant, elle ne parvenait pas à se débarrasser du sentiment déprimant que jamais la vérité n'éclaterait au grand jour et que jamais son nom ne serait lavé du déshonneur. Il lui semblait que les fautes des autres pèseraient toujours sur elle et qu'elle ne pourrait jamais s'en débarrasser. Elle était une bonne mère, un excellent médecin, une femme respectable. Pourtant, elle resterait définitivement marquée par son passé. Pire encore, Consuelo le serait aussi. « Bâtarde »... Antoine avait été le seul à prononcer le mot. C'était une façon bien cruelle de désigner une enfant innocente.

Trois heures plus tard, elles atteignirent Calais et prirent le bateau. La traversée effrayait Annabelle. Elle avait le pied relativement marin, mais elle craignait que Consuelo n'eût le mal de mer. La Manche fut en effet très agitée, mais Consuelo adora chaque minute du trajet. Plus le ferry tanguait et roulait, plus elle gloussait et poussait des cris de joie. Lorsqu'elles parvinrent à Douvres, Annabelle commençait à se sentir malade et Consuelo était plus heureuse que jamais. Elle quitta le bateau la main dans celle de sa mère et sa poupée préférée dans l'autre.

Comme promis, le chauffeur de lady Winshire les attendait sur le quai, au volant d'une vieille Rolls-Royce. Ils roulèrent pendant deux heures, admirant le paysage anglais. Il y avait des fermes, des vaches, d'immenses propriétés et parfois de vieux châteaux. Consuelo avait l'impression de vivre une grande aventure. Maintenant qu'elles n'étaient plus sur le bateau, Annabelle appréciait elle aussi le charme du moment.

Mais ni l'une ni l'autre n'étaient préparées à la splendeur de la propriété de lady Winshire et à la majesté de sa vaste demeure. D'immenses vieux arbres bordaient la longue allée et, grâce à la fortune personnelle de lady Winshire, la maison, qui datait du XVIe siècle, était dans un état impeccable. Les écuries étaient les plus spacieuses, les plus propres et les plus belles qui soient. Dans sa jeunesse, lady Winshire avait été une cavalière hors pair et elle possédait encore de très beaux chevaux, dont s'occupaient une dizaine de palefreniers.

Elle sortit sur le perron pour les accueillir. Vêtue d'une robe bleu foncé, ses rangs de perles autour du cou et coiffée d'un chapeau aux proportions imposantes, elle leur parut plus grande que jamais. Brandissant sa canne d'argent comme une épée, elle désigna les valises et demanda au chauffeur de veiller à ce que les bagages des voyageuses soient portés dans leurs chambres. Un large sourire aux lèvres, elle embrassa Annabelle et Consuelo, dont les yeux étaient écarquillés par ce qu'elle découvrait, puis elle les invita à entrer.

Elles traversèrent une longue galerie ornée de portraits de famille, un immense salon au lustre magnifique, une bibliothèque aux murs tapissés de milliers de vieux livres, une salle à manger dont la table pouvait accueillir une quarantaine d'invités, quand les maîtres de maison donnaient des soirées. Les salles de réception semblaient se succéder à l'infini. Enfin, elles parvinrent dans un petit salon confortable où lady Winshire aimait à s'installer pour contempler les jardins. Annabelle, émerveillée par la demeure et ses alentours, se demanda comment un homme élevé dans un tel environnement avait pu violer une femme et la menacer de la tuer si elle le dénonçait. Des photographies des deux fils Winshire étaient posées sur la cheminée. Après qu'on leur eut servi du thé, des brioches, de la crème et de la confiture, lady Winshire demanda à une domestique de montrer les écuries à Consuelo. Elle avait fait acheter un poney pour la petite fille. Annabelle la remercia pour sa bonté.

— J'ai beaucoup à me faire pardonner, répondit simplement la vieille dame.

Annabelle lui sourit. Elle ne la tenait pas pour responsable des actes criminels de son fils. Pouvait-on d'ailleurs les qualifier ainsi, puisque Consuelo en était le résultat ? C'est ce qu'Annabelle dit à lady Winshire, qui loua sa largeur d'esprit, ajoutant que son fils ne la méritait pas, bien qu'elle l'eût aimé tendrement. Elle confessa tristement qu'il avait été violent et corrompu.

Elles bavardèrent un moment, puis allèrent se promener dans les jardins. Elles ne tardèrent pas à voir apparaître un palefrenier tenant par la bride le poney sur lequel Consuelo était juchée, visiblement aux anges. Grâce à sa grand-mère, la fillette vivait une merveilleuse expérience. Lady Winshire demanda à Annabelle si elle souhaitait monter à cheval. La jeune femme n'avait pas fait d'équitation depuis des années, mais elle accepta volontiers l'invitation pour le lendemain matin. Tous ces plaisirs et ces privilèges avaient disparu de sa vie, lorsqu'elle avait quitté les Etats-Unis. Dans sa jeunesse, elle aimait monter à cheval, en particulier à Newport, pendant l'été.

Après que le palefrenier et Consuelo furent repartis vers les écuries, les deux femmes regagnèrent le petit salon. Annabelle confia à lady Winshire qu'elle envisageait de vendre sa villa.

— Pourquoi feriez-vous cela ? demanda la vieille dame avec réprobation. Vous m'avez dit qu'elle appartient à votre famille depuis plusieurs générations. Elle fait partie de votre histoire et, selon moi, vous devriez la garder. Ne la vendez pas.

— Mais je ne sais pas si j'y retournerai un jour. Elle est entretenue par cinq domestiques, mais elle reste vide, sans personne pour l'aimer.

— Je vous conseille d'y retourner, affirma fermement lady Winshire. Cette maison fait aussi partie de l'histoire de Consuelo. Votre passé, le mien, celui de son père sont des éléments qui contribuent à la faire ce qu'elle est et ce qu'elle sera un jour.

Apparemment, tout cela n'avait guère aidé Harry à devenir quelqu'un de bien, pensa Annabelle. Mais elle ne le dit pas à sa mère, qui le savait et s'était sans doute fait la même réflexion.

— Vous ne pouvez pas fuir ce que vous êtes, Annabelle, ou le nier. Consuelo devrait connaître cette maison, vous devriez l'y emmener de temps en temps.

— Tout cela est terminé pour moi, répondit Annabelle.

— Pour elle, c'est le commencement, contra lady Winshire. Elle a besoin d'autre chose que de Paris dans sa vie, tout comme vous. Elle a besoin de connaître le passé, ses racines américaines.

— On m'en offre un très bon prix. Cela pourrait me permettre d'acheter une autre maison en France.

Pourtant, en voyant sa fille ici, elle devait admettre que ce séjour dans la demeure de ses ancêtres était une bonne chose.

— J'ai l'impression que vous pouvez vous le permettre, sans avoir à vendre la villa de Newport.

La remarque de lady Winshire était juste. Annabelle avait en effet hérité une grande fortune de ses parents et elle avait très peu dépensé, pendant toutes ces années, parce que cela ne correspondait plus à son style de vie ni à son statut de médecin. Depuis dix ans, elle avait pris grand soin de ne pas montrer qu'elle était riche, mais aujourd'hui, à près de trente-deux ans, elle était suffisamment mûre pour en profiter.

Lady Winshire tourna vers elle un visage souriant.

— J'espère que vous me rendrez souvent visite, toutes les deux. Je vais encore à Londres de temps en temps, mais la plupart du temps, je suis ici.

C'était la demeure familiale de son défunt mari, ce qui l'amena à parler à Annabelle d'un sujet qu'elle voulait aborder sans la présence de Consuelo, et auquel elle pensait depuis un certain temps.

— J'ai beaucoup réfléchi à la situation de Consuelo et au fait que son père et vous n'étiez pas mariés. Ce pourrait être un lourd fardeau à porter, dans quelques années, lorsqu'elle sera plus âgée. Vous ne pourrez pas toujours lui mentir et quelqu'un pourrait découvrir la vérité. J'en ai parlé à mes avocats. Elle est votre fille, c'est pourquoi il serait absurde pour moi de vouloir l'adopter. Il est impossible que vous vous mariiez avec Harry de façon posthume, ce qui est regrettable. Mais je peux la reconnaître officiellement comme ma petite-fille, ce qui améliorerait sensiblement les choses. En ce cas, elle aurait le droit d'ajouter mon nom au vôtre, si vous l'acceptiez, conclut-elle prudemment.

La vieille dame ne voulait pas blesser Annabelle, qui avait assumé seule et si courageusement ses responsabilités. Mais Annabelle lui répondit par un sourire. Elle était bien plus sensible à cette question depuis qu'Antoine avait traité sa fille de « bâtarde ». Ce souvenir la blessait encore.

— Je pense que c'est une excellente idée, dit-elle avec reconnaissance. Un jour, cela pourrait lui rendre la vie plus facile.

— Vous n'y verriez pas d'inconvénient ? demanda lady Winshire avec espoir.

Pour Annabelle, le nom des Winshire était associé à la mère, et non au fils.

— Bien au contraire ! Consuelo s'appellerait Worthington-Winshire, ou l'inverse, comme vous voudrez.

— Worthington-Winshire me convient tout à fait. Je ferai rédiger les documents par mes avocats dès que vous le voudrez.

Elle sourit à Annabelle, qui s'approcha d'elle pour l'embrasser.

— Vous avez été très bonne pour nous, lui murmura-t-elle avec gratitude.

— Pourquoi ne le serais-je pas ? bougonna lady Winshire. Vous êtes quelqu'un de bien. Je le vois. En dépit de tout, vous avez réussi à devenir médecin et, d'après ce qu'on m'a rapporté, un bon médecin. Malgré ce que mon fils vous a fait, continua-t-elle, vous vous êtes ressaisie et n'avez pas éprouvé de rancune vis-à-vis de l'enfant ni de moi. D'ailleurs, je ne suis même pas sûre que vous en vouliez à Harry. Je ne sais pas ce que j'aurais fait à votre place. Vous êtes sérieuse, droite et honnête. Vous avez travaillé dur, pendant la guerre, sans le soutien d'une famille. Vous avez tout fait toute seule, personne ne vous a aidée. Vous avez eu suffisamment de courage pour élever un enfant illégitime. J'éprouve pour vous beaucoup d'admiration et de respect, et je suis fière de vous connaître.

Ces paroles arrachèrent des larmes à Annabelle. Elles étaient un baume contre les propos cruels d'Antoine.

— J'aimerais pouvoir considérer les choses comme vous, répondit-elle tristement. Pour ma part, je ne vois que mes erreurs. Aux yeux des gens, je suis coupable des fautes que d'autres ont commises.

Elle confia alors à lady Winshire l'un de ses secrets les plus sombres : elle lui révéla qu'elle avait divorcé avant son départ des Etats-Unis et lui en donna la raison. Lady Winshire ne l'en admira que davantage.

— Quelle histoire stupéfiante ! s'exclama-t-elle seulement.

Elle n'était pas choquée, mais seulement désolée pour Annabelle.

— Il a eu tort de penser qu'il pouvait modifier sa nature, remarqua-t-elle enfin. Selon moi, il le croyait vraiment, mais il a découvert qu'il en était incapable. Par ailleurs, son ami vivait tout près de nous, ce qui rendait sans doute les choses encore plus difficiles.

— Les gens sont tellement stupides, parfois, remarqua lady Winshire. Et il l'a été encore plus de croire que le divorce ne salirait pas votre nom. C'est bien joli de prétendre qu'il vous rendait votre liberté, pour que vous puissiez rencontrer un autre homme. Dès l'instant où il vous accusait d'adultère, il vous jetait dans la fosse aux lions. Il aurait aussi bien pu vous clouer au pilori sur la place publique. Quelquefois, les hommes peuvent se montrer extrêmement bêtes et égoïstes. Vous aurez du mal à défaire ce qui a été fait… Aussi, continua la vieille dame, vous devriez vous dire que cela vous est égal. Vous connaissez la vérité, c'est tout ce qui importe.

— Je ne peux pas empêcher les gens de nous claquer la porte au nez, à Consuelo et à moi, constata Annabelle avec tristesse.

— Est-ce que vous vous souciez vraiment d'eux ? demanda carrément lady Winshire. S'ils sont assez étroits d'esprit pour se conduire ainsi envers Consuelo et vous, cela signifie qu'ils ne sont pas dignes de vous, et non le contraire.

Annabelle lui raconta alors sa récente expérience avec Antoine, ce qui indigna la vieille dame.

— Comment a-t-il osé vous parler de cette façon ? Il n'y a rien de plus mesquin et de plus malveillant que la soi-disant bonne société. Il vous aurait rendue malheureuse, mon petit, et vous avez eu tout à fait raison de ne pas le laisser revenir. Il n'est pas digne de vous.

Annabelle sourit, heureuse que lady Winshire l'approuve. Cette rupture l'avait fait souffrir mais, depuis qu'elle avait découvert la vraie personnalité d'Antoine, elle ne regrettait rien. Ou plutôt, si... elle regrettait le rêve qu'elle avait fait de leur vie ensemble. Mais c'était une illusion. Tout avait tourné au cauchemar lorsqu'il avait prononcé ces paroles abjectes et formulé ces hypothèses ignobles. Il n'avait pas hésité à croire le pire à son sujet.

Consuelo fit alors irruption dans le salon, ravie d'avoir vu tous ces chevaux dans l'écurie et excitée par sa promenade à poney. Elle le fut encore davantage lorsqu'elle vit sa chambre, qui, tapissée de soie, était spacieuse et ensoleillée. Celle de sa mère, contiguë à la sienne, était identique. Ce soir-là, pendant le dîner, elles parlèrent du double nom de la petite fille.

— C'est difficile à prononcer, remarqua l'enfant avec pragmatisme, ce qui fit rire sa mère et sa grand-mère.

— Tu t'y habitueras, assura Annabelle.

Elle était extrêmement reconnaissante à lady Winshire de reconnaître légalement sa fille. Cela lui éviterait peut-être d'être traitée de bâtarde par quelqu'un d'aussi cruel qu'Antoine.

Après le repas, elles jouèrent aux cartes, puis elles montèrent se coucher. Le lendemain matin, dès qu'elle fut habillée, Consuelo se rendit tout droit aux écuries.

Lady Winshire et Annabelle bavardèrent toute la journée, parlant de politique, de médecine et de livres. Lady Winshire était intelligente et très cultivée. Leurs conversations rappelaient à Annabelle celles qu'elle avait eues avec sa mère. En lui disant qu'elle ne devait pas se soucier des étiquettes que lui accolaient les gens, lady Winshire l'avait fait réfléchir. Pendant tout le week-end, la vieille dame ne cessa de lui rappeler qu'elle était une femme d'honneur. Du coup, la jeune femme retrouva sa fierté et n'eut plus l'impression d'être la paria qu'elle avait été en quittant New York. Surtout que les paroles d'Antoine l'avaient confortée dans cette idée, et cela d'autant plus qu'elle l'aimait et qu'elle avait cru cet amour réciproque.

Le dernier jour, dans le jardin, lady Winshire fit une surprise à Consuelo. L'un des palefreniers se présenta, au moment du dessert, quand on apporta le gâteau d'anniversaire de la petite fille. Il portait une boîte à chapeau ornée d'un gros nœud rose. La fillette et sa mère pensèrent qu'il s'agissait d'un chapeau de cavalière. Quand Annabelle vit que la boîte était agitée d'un léger frémissement, elle commença à soupçonner ce qu'elle contenait. Pendant que l'enfant défaisait le ruban et soulevait le couvercle avec précaution, le palefrenier tint fermement la boîte. Aussitôt, un petit museau noir parut, puis une petite boule jaillit pour tomber entre ses mains. C'était une petite chienne carlin noir et fauve, tout comme les chiens de lady Winshire. Consuelo était tellement ravie qu'elle pouvait à peine parler, tandis que le chiot lui léchait le visage. Les deux femmes lui souriaient. Se tournant vers sa grand-mère, Consuelo se jeta à son cou.

— Merci, grand-mère ! Elle est si jolie ! Comment s'appelle-t-elle ?

— C'est à toi de choisir son nom, ma chérie.

Lady Winshire rayonnait. Cette petite-fille inattendue apportait une grande joie dans sa vie.

Toutes trois se sentirent bien tristes quand Consuelo et sa mère montèrent dans la voiture qui les ramenait à Douvres. Lady Winshire leur fit promettre de revenir bientôt. Consuelo la remercia encore pour le chiot. Celui-ci n'avait pas encore de nom, mais il paraissait très excité d'être du voyage. Discrètement, la vieille dame rappela à Annabelle qu'elle lui enverrait les documents concernant Consuelo dès qu'ils seraient rédigés.

Elle resta en haut du perron tandis que la voiture s'éloignait. Consuelo joua avec son chiot pendant tout le voyage et elle confia à sa mère que c'était le meilleur anniversaire qu'elle avait jamais connu. Annabelle répondit qu'elle aussi avait apprécié ces bons moments.

Le lendemain de leur retour, Annabelle écrivit à son banquier pour le prévenir qu'elle ne souhaitait pas vendre la villa de Newport. Et, le surlendemain matin, elle demanda à Hélène de retenir deux places sur un bateau en partance pour New York, en juin. Elle comptait revenir à Paris en juillet.

Les conseils de lady Winshire avaient porté leurs fruits.

26

Le 20 juin, Annabelle, Consuelo et Brigitte embarquèrent sur le *Mauretania*. C'était le bateau qui avait emmené ses parents et Robert en Europe, lors de leur dernier et fatal voyage, et Annabelle ne pouvait s'empêcher d'y penser. Elles quittèrent Le Havre par une belle journée ensoleillée. Elles disposaient de deux cabines de première classe sur le pont supérieur.

Le *Mauretania* était l'un des bateaux les plus imposants, les plus rapides et les plus luxueux du monde. Annabelle y avait voyagé avec ses parents lorsqu'elle avait seize ans. Les habitués appréciaient ses cabines spacieuses, même en seconde classe, ce qui était rare.

Consuelo était surexcitée et Brigitte se sentait nerveuse à la perspective de la traversée. L'un de ses lointains parents voyageait en troisième classe lors du naufrage du *Titanic* et y avait laissé la vie. Dès qu'elles eurent embarqué, elle commença à pleurer et à se lamenter en évoquant la catastrophe, ce qui contraria Annabelle. Elle ne voulait pas que Brigitte effraie Consuelo. Mais Brigitte était intarissable et racontait tout ce qu'elle avait lu et entendu sur ce drame, mimant même les cris de ceux qui se noyaient.

La fillette leva vers sa mère des yeux apeurés. Elle ne pouvait imaginer qu'un si gros bateau pût couler. Elle savait ce qui était arrivé au *Titanic*, mais personne ne lui avait raconté l'histoire avec un tel réalisme.

— C'est vrai, maman ?

— Dans une certaine mesure, répondit Annabelle. Parfois il se produit des catastrophes, mais c'est rare. C'était il y a très, très longtemps, et depuis, de nombreux bateaux ont fait la traversée sans aucun problème. Celui-ci navigue depuis dix-huit ans et il n'y aura pas d'iceberg sur notre route. Le temps est beau, ensoleillé, et notre navire est solide. Je te promets que tout ira bien.

Tout en parlant, elle lança un regard significatif à Brigitte.

— Le *Titanic* était encore plus grand, insista cette dernière. Et n'oubliez pas le *Lusitania* !

Annabelle eut envie de l'étrangler.

— C'est quoi, le Loufamania ? demanda Consuelo.

— Brigitte devient un peu bête, quand elle a peur, expliqua Annabelle. Je te promets que ce voyage va être fantastique. Quand nous serons à New York, nous ferons mille choses et nous nous amuserons bien, et ensuite, nous irons dans ma vieille maison de Newport.

Pour des raisons très différentes, elle se sentait aussi nerveuse que Brigitte. Elle ne craignait pas un nouveau naufrage, mais c'était la première fois qu'elle retournait à New York depuis dix ans et elle était effrayée à l'idée de devoir affronter les fantômes et les blessures du passé. Mais elle le faisait pour permettre à Consuelo de connaître la

329

terre de ses ancêtres et d'en apprendre davantage sur eux, tout comme lorsqu'elles étaient allées chez lady Winshire. Annabelle savait qu'elle ne pourrait pas toujours lui cacher cette partie de son histoire et il lui avait fallu du temps pour se décider à revenir. Il y avait eu la guerre, puis ses études de médecine. Mais la guerre était terminée depuis près de sept ans. Il était temps maintenant pour elle de regarder les choses en face. En revanche, la fillette n'avait pas besoin de connaître les détails du naufrage du *Titanic*, si complaisamment décrits par Brigitte. Elle le fit savoir fermement à la jeune femme quand Consuelo s'écarta pour caresser le chien d'un passager. Il y en avait beaucoup, sur le paquebot, ainsi que de nombreux enfants avec qui Consuelo pourrait jouer.

Annabelle demanda à Brigitte de défaire les bagages, pendant qu'elle emmenait Consuelo découvrir la piscine, l'immense salle à manger, les salles de jeux et le chenil, situé sur un autre pont. Elle avait confié la petite chienne de Consuelo, qu'elles avaient appelée Coco, à Hélène, qui l'adorait.

Quand le bateau sortit du port, les trois femmes restèrent sur le pont pour regarder la France disparaître lentement. Cédant aux supplications de sa fille, Annabelle lui promit qu'elles joueraient au palet dans l'après-midi. Le soir, elles dînèrent dans l'imposante salle à manger. Ce voyage était très différent de celui qu'Annabelle avait fait dix ans auparavant, lorsqu'elle était partie pour fuir tous ceux qui l'avaient rejetée. A l'époque, elle avait à peine quitté sa cabine et ignorait ce qui allait lui arriver une fois parvenue à destination. Aujourd'hui, dix ans plus tard, elle revenait à New York.

Tout se passa bien jusqu'au troisième jour, lorsque Annabelle aperçut près du jeu de palet un vieux couple en compagnie de deux jeunes gens qui semblaient s'être mariés récemment. Ils la fixèrent, mais elle feignit de ne pas les reconnaître et se lança aussitôt dans une conversation animée avec sa fille. Elle les avait pourtant immédiatement reconnus. Les plus âgés étaient des relations de ses parents et lorsqu'elle passa près d'eux avec Consuelo, elle entendit la plus âgée des deux femmes s'adresser à son mari d'une voix étouffée.

— ... Mariée à Josiah Millbank... Tu te souviens... La fille d'Arthur Worthington... Un affreux scandale... Il a divorcé parce qu'elle avait une liaison... Elle s'est enfuie en France avec son amant...

C'était donc ce qu'ils pensaient, comprit Annabelle en frissonnant. Apparemment, ils ne l'avaient pas oubliée... Elle se demanda si ce serait le cas de toute la haute société new-yorkaise. Elle avait réellement été condamnée. Jamais on ne lui pardonnerait. Elle resterait pour toujours une femme adultère.

Elle était très choquée à l'idée qu'on l'ait crue capable de s'enfuir avec un homme. Elle eut envie de se précipiter dans sa chambre pour s'y cacher, mais, à cet instant, elle se rappela les paroles de lady Winshire, qui lui avait conseillé de garder la tête haute, de ne pas se soucier de l'opinion des autres.

Lady Winshire avait raison. Annabelle n'avait pas à se laisser traiter en paria. Elle détestait les jugements qu'on portait sur elle, l'adultère étant le pire de tous… Mais elle n'avait jamais trompé son mari. Au contraire, elle lui avait été fidèle, elle était une femme d'honneur. Et elle l'était encore. Rien n'avait changé, qu'elle fût divorcée ou non. Après toutes ces années, pourquoi se souciaient-ils encore de savoir pour quelle raison elle était partie en Europe, et avec qui ? Aucun d'eux ne l'avait soutenue, consolée ou aidée à supporter les pertes qu'elle avait subies. S'ils l'avaient fait, sa vie aurait pu être différente. Alors, elle ne serait jamais allée en Europe, ne serait pas devenue médecin et n'aurait pas eu Consuelo. Finalement, c'était elle, la gagnante.

Comme elles revenaient d'une nouvelle visite au chenil, elles croisèrent encore le vieux couple. Annabelle portait un chapeau cloche très chic, assorti à l'ensemble gris qu'elle avait acheté pour le voyage. Elle était d'une élégance toute française. La petite main de Consuelo glissée dans la sienne, elle adressa un léger signe de tête à la femme en la regardant dans les yeux. Celle-ci se précipita vers Annabelle, tandis qu'un flot de paroles jaillissait de ses lèvres.

— Mon Dieu, Annabelle, c'est bien vous ? Après toutes ces années ! Comment allez-vous ? Et cette belle petite fille est sûrement la vôtre ? Elle vous ressemble énormément… Votre mari est à bord ?

Annabelle serra poliment les mains du mari et de la femme.

— Non. Je suis veuve. Je vous présente ma fille, Consuelo Worthington-Winshire.

Vêtue de la jolie robe qu'elle avait choisi de porter ce jour-là avec un petit chapeau et des gants assortis, Consuelo fit une révérence.

— Ah, quelle charmante enfant ! Vous lui avez donné le prénom de votre mère, à ce que je vois. Vous habitez toujours en France ?

— Oui, à Paris, répliqua froidement Annabelle.

— Vous ne revenez jamais à New York ? Nous ne vous avons pas vue depuis une éternité !

— C'est la première fois depuis mon départ.

« A cause d'hypocrites tels que vous, qui répandez des rumeurs sur les gens et les cataloguez pour toujours », eut-elle envie d'ajouter.

— C'est incroyable ! Et votre villa de Newport ?

—– Nous nous y rendrons dans quelques semaines. Je veux la faire connaître à Consuelo. Nous avons énormément de choses à voir à New York, ajouta la jeune femme en jetant un coup d'œil affectueux à sa fille.

Elle songea que, au moins, cette femme lui avait adressé la parole. C'était déjà une amélioration. Dix ans plus tôt, elle ne l'aurait pas fait. Elle lui aurait simplement tourné le dos sans un mot. Aujourd'hui, elle feignait d'être ravie de la voir, quelles que fussent ses arrière-pensées ou les propos qu'elle tiendrait dans le dos d'Annabelle.

La femme la fixait avec curiosité, évaluant du regard l'ensemble coûteux et la jolie robe de Consuelo.

— Peut-être nous reverrons-nous à Newport ? Que faites-vous, à Paris ? s'enquit-elle, indiscrète.

Il était clair qu'elle souhaitait avoir plus de détails sur la vie d'Annabelle, afin de colporter des ragots dès son retour. Cela se voyait sur son visage. Elle avait remarqué la magnifique émeraude de lady Winshire, ainsi que l'alliance qu'Annabelle portait toujours. C'était l'étroit anneau d'or qu'elle s'était acheté avant la naissance de Consuelo et n'avait jamais enlevé.

Se rappelant de nouveau les paroles de lady Winshire, Annabelle lui sourit. Cette fois, elle dut se retenir pour ne pas éclater de rire. Ces gens étaient tellement mesquins et dénués d'importance, tellement insignifiants ! Ils lui faisaient penser à des pilleurs de poubelles, cherchant ce qui brillait parmi les ordures. Ils propageaient les rumeurs, simplement pour ruiner la réputation de personnes qui les valaient dix fois.

— Je suis médecin, se borna-t-elle à dire.

Les yeux de la femme faillirent sortir de leurs orbites.

— Vraiment ? C'est extraordinaire ! Comment y êtes-vous parvenue ?

De nouveau, Annabelle lui sourit gentiment.

— Après la mort de mon mari, j'ai fait médecine.

— Etait-il médecin, lui aussi ?

— Non. Le père de Consuelo était le vicomte Winshire. Il a été tué pendant la guerre, à Ypres.

Le mari n'avait jamais existé, mais au moins cette révélation était-elle exacte. Elle n'avait pas menti à propos du père de Consuelo. Le fait qu'elle n'avait jamais été son épouse ne regardait pas cette femme. Cela ne diminuait en rien ses mérites ni le bien qu'elle avait fait autour d'elle.

— Je comprends.

La femme renifla, plus impressionnée qu'elle ne voulait l'admettre. Elle avait hâte de quitter Annabelle pour tout raconter à sa fille, qu'Annabelle avait à peine reconnue, tant elle avait grossi. Pour l'instant, elle s'adonnait au jeu de palet avec ses amis.

Peu après, Annabelle et Consuelo s'éloignèrent.

— Qui était-ce ? demanda l'enfant avec intérêt.

— Une connaissance de mes parents, à New York.

Annabelle éprouvait une sérénité qu'elle n'avait pas ressentie depuis longtemps. Antoine ne l'avait pas épargnée et ceux qui l'avaient précédé non plus. Mais soudain, tout cela semblait n'avoir plus aucune importance.

— Elle a des yeux méchants, remarqua Consuelo avec perspicacité.

Annabelle se mit à rire.

— C'est vrai. Et sa langue l'est aussi. J'ai rencontré beaucoup de gens comme elle.

— Tout le monde est ainsi, à New York ?

— J'espère que non, lança gaiement Annabelle. De toute façon, ce n'est pas eux que nous allons voir. Nous y allons pour nous.

Elle n'avait plus l'intention de fuir ou de se cacher. Elle n'appartenait plus à la société de New York ou de Newport. Elle s'était créé son propre univers, avec sa vie à Paris, ses patients, son cabinet et son enfant. La seule chose qui manquait à sa vie, c'était un homme. Mais si elle devait être dépréciée, humiliée et « pardonnée » par des êtres comme Antoine, qui ne lui faisaient pas confiance et ne la respectaient pas, elle aimait mieux être seule. Elle se sentait parfaitement bien !

La traversée se déroula sans incidents. Consuelo et sa mère passaient de bons moments ensemble et dînaient chaque soir dans la salle à manger. Mais quand le capitaine l'invita un soir à sa table, Annabelle refusa poliment. Elle préférait le tête-à-tête avec sa fille plutôt que de supporter la bêtise et l'hypocrisie de gens comme les amis de ses parents.

Lorsque le paquebot entra dans le port de New York, escorté par un remorqueur, Annabelle sentit une grosse boule se former dans sa gorge en voyant la statue de la Liberté qui brandissait fièrement sa torche. Montrant Ellis Island à sa fille, elle lui expliqua ce qu'elle y avait fait. A cette époque, faire médecine lui apparaissait comme un rêve inaccessible.

— Pourquoi, maman ? Pourquoi ne pouvais-tu devenir médecin ici ?

Consuelo ne comprenait pas. Le métier de sa mère était une évidence pour elle. Elle aussi voulait être médecin, et elle le deviendrait sans doute.

— Parce que c'est une profession dans laquelle les femmes ne s'engageaient pas souvent, à cette époque. C'est toujours le cas, d'ailleurs. Les gens pensent qu'elles doivent se marier, avoir des enfants et rester à la maison.

— On ne peut pas faire les deux ? s'enquit Consuelo, troublée.

— Je pense que si, répondit sa mère en reportant les yeux sur le monument qui rappelait à tous que la lumière de la liberté ne s'éteignait jamais.

Même si on fermait les yeux, elle était là pour éclairer la route de tous, hommes et femmes, riches et pauvres. La liberté appartenait à tous et, aujourd'hui, à Annabelle comme aux autres.

Consuelo paraissait songeuse.

— Si tu t'étais mariée avec Antoine ou avec quelqu'un comme lui, tu aurais cessé d'être médecin ?

— Certainement pas.

Annabelle ne fit aucun commentaire sur Antoine, qui avait traité sa fille de bâtarde. Elle ne le lui pardonnerait jamais, pas plus que le reste.

Lorsqu'elles eurent débarqué et passé la douane, elles trouvèrent deux taxis pour les emmener, elles et leurs bagages, au Plaza Hotel. Les chambres disposaient d'une belle vue sur le parc et on pouvait se rendre à pied jusqu'à l'ancienne maison d'Annabelle. La jeune femme trouva New York extrêmement changé : il y avait de nouveaux immeubles et la ville paraissait surpeuplée. Consuelo était fascinée par tout ce qu'elle voyait et, dès qu'elles se furent installées et eurent déjeuné, elles sortirent se promener.

Inévitablement, leurs pas les amenèrent d'abord devant la maison où Annabelle avait passé son enfance. C'était plus fort qu'elle. Elle devait la voir. La maison était en bon état, mais les volets étaient fermés et elle semblait inoccupée. Annabelle supposa que les nouveaux propriétaires étaient partis pour l'été. La main dans celle de sa fille, elle la contempla pendant un long moment.

— C'est là que j'ai vécu quand j'étais petite.

Elle faillit lui dire « jusqu'à mon mariage », mais elle s'arrêta à temps. Elle n'avait jamais parlé de Josiah à Consuelo, bien qu'elle eût l'intention de le faire un jour.

— Tu as dû être très triste quand ton papa et ton frère sont morts, remarqua gravement la petite fille.

C'était un peu comme si elles se trouvaient sur leurs tombes, et en un sens, c'était le cas. C'était là que la mère d'Annabelle était morte.

— Ta grand-mère habitait ici, elle aussi.

— Elle était gentille ? demanda l'enfant avec intérêt.

— Très, répondit sa mère en souriant. Et elle était belle, tout comme toi. Je l'aimais beaucoup.

— Elle doit beaucoup te manquer, constata doucement Consuelo.

— C'est vrai.

Annabelle se rappela le jour où elle avait appris le naufrage du *Titanic* et celui où sa mère était morte. Heureusement, elle avait aussi de bons souvenirs qui dataient de son enfance, quand tout était simple et facile pour elle. Elle avait eu une existence choyée, au milieu d'une famille aimante qui la protégeait de tout mal. Les choses avaient changé plus tard.

Elles s'éloignèrent lentement et Annabelle emmena Consuelo voir les endroits qui avaient compté pour elle. Elle lui parla de son premier bal, puis elles se rendirent à la banque de son grand-père. Annabelle présenta sa fille au directeur et à plusieurs employés qu'elle connaissait encore. La fillette fit la révérence et serra poliment les mains tendues. A la fin de l'après-midi, elles prirent le thé au Palm Court, à l'intérieur du Plaza. Le lieu était impressionnant, fréquenté par des femmes élégantes aux chapeaux et aux bijoux extravagants, qui bavardaient en prenant le thé sous l'immense verrière.

Consuelo aimait New York, et Annabelle était plus heureuse qu'elle ne s'y attendait. Elle avait plaisir à s'y retrouver et à faire découvrir la ville à sa fille. Lady Winshire ne s'était pas trompée, ce pays faisait partie de son histoire et de celle de

Consuelo. Il était important pour l'enfant de voir les lieux où sa mère avait grandi. Pendant la semaine qu'elles passèrent à New York, Annabelle ne contacta aucune de ses anciennes connaissances. Elle ne souhaitait voir personne. A la fin de la semaine, elle décida de partir pour Newport. Elle avait hâte d'y être et de revoir la villa. Elle savait que Consuelo l'adorerait, tout comme elle autrefois. Elle était pressée de se promener sur la plage, si belle et si reposante.

Après avoir réglé l'hôtel, elles prirent le train pour Boston. Le vieux maître d'hôtel des parents d'Annabelle, William, les attendait à la gare, au volant de la vieille voiture que la jeune femme avait conservée. En les voyant, il ne put retenir ses larmes. Puis il se pencha pour saluer Consuelo, qui fut très impressionnée par son grand âge et par la déférence qu'il lui témoignait. La petite fille était navrée de le voir aussi ému, aussi se dressa-t-elle sur la pointe des pieds pour l'embrasser. Les yeux humides, Annabelle et le vieil homme s'étreignirent. Grâce aux lettres qu'Annabelle envoyait à Blanche, les employés connaissaient l'existence de Consuelo, mais ils ne savaient pas très bien qui était le père et à quel moment le mariage avait eu lieu. D'après ce qu'ils avaient compris, il avait été tué peu de temps après avoir épousé Annabelle.

William posa sur Consuelo des yeux empreints de nostalgie.

— Elle ressemble exactement à la petite fille que vous étiez à son âge. Et également à votre mère.

Il les aida à s'installer dans la voiture, puis ils se mirent en route pour Newport. Le voyage devait durer sept heures. Tout au long du chemin, Consuelo posa des questions sur ce qu'elle voyait, et William lui expliqua tout. En arrivant, Annabelle remarqua, là aussi, de nombreux changements, bien que Newport fût restée la même. La ville lui parut aussi vénérable qu'autrefois. A la vue de la villa et du parc, Consuelo ouvrit de grands yeux. C'était une propriété imposante, qui avait été maintenue en parfait état.

— C'est presque aussi grand que la maison de grand-mère en Angleterre ! s'exclama-t-elle avec stupéfaction.

Sa mère sourit. La villa était telle qu'elle se la rappelait et cela la ramenait brusquement à sa propre enfance.

— Pas tout à fait, rectifia-t-elle. La propriété de ta grand-mère est bien plus spacieuse, mais j'ai passé des étés merveilleux, ici.

Jusqu'au dernier. En revenant sur les lieux de son enfance, elle ne pouvait s'empêcher de penser à Josiah et à la fin terrible de leur mariage. Cependant, au début, ils avaient été heureux, lorsqu'elle était jeune et pleine d'espoir. Aujourd'hui, elle avait trente-deux ans et elle avait traversé d'énormes bouleversements. Pourtant, elle se sentait toujours chez elle, ici.

Dès que la voiture s'arrêta, Blanche et les autres sortirent de la maison en courant. Blanche serra Annabelle dans ses bras, sans pouvoir retenir ses larmes. Elle avait beaucoup vieilli, en dix ans. Lorsqu'elle vit Consuelo, elle l'embrassa aussi. Tout comme William, elle remarqua combien la petite ressemblait à sa mère.

— Et vous êtes médecin, maintenant ?

Blanche avait du mal à y croire, et plus encore à réaliser qu'Annabelle était enfin de retour. Ils avaient tous imaginé que ce jour ne viendrait jamais et craint qu'elle ne vendît la maison. C'était aussi leur foyer et ils l'avaient maintenue en parfait état. On aurait dit qu'elle était partie la veille, et non dix ans auparavant. Ces dix années lui paraissaient un siècle, pourtant, quand elle revit la maison, elles s'évaporèrent en un clin d'œil.

En passant devant la chambre de sa mère, Annabelle éprouva de nouveau un sentiment de manque. Elle avait décidé de s'installer dans une chambre d'amis, pour laisser à Consuelo et à Brigitte son ancienne chambre d'enfant où la petite fille pourrait jouer à son aise. Mais Annabelle était bien consciente que, la plupart du temps, sa fille serait dehors, tout comme elle l'avait été à son âge. Elle avait hâte d'emmener Consuelo à la plage, ce qu'elle fit dans l'après-midi.

— C'est ici que j'ai appris à nager, expliqua-t-elle à l'enfant, tout comme toi à Nice et à Antibes.

— L'eau est plus froide, ici, observa la fillette.

Mais l'expérience lui plut. Elle aimait jouer dans les vagues et courir sur la plage.

Lorsqu'elles regagnèrent la maison, Annabelle confia Consuelo à Brigitte. Elle voulait aller se promener seule. Il y avait des souvenirs qu'elle ne souhaitait pas partager. Elle quittait la maison quand Consuelo dévala l'escalier pour la rejoindre. Annabelle n'eut pas le cœur de la repousser. L'enfant était ravie de découvrir l'ancien univers de sa mère, si différent du leur à Paris, dans leur petite maison du 16ᵉ arrondissement. Ici, tout semblait immense.

La maison qu'Annabelle voulait voir n'était pas loin. Avec ses volets fermés et la végétation envahissante, elle paraissait en bien piètre état. Blanche lui avait dit qu'elle avait été vendue deux ans auparavant, mais on l'aurait crue inhabitée depuis au moins dix ans. C'était la maison de Josiah, où elle avait passé ses étés lorsqu'ils étaient mariés, là où Henry et Josiah avaient poursuivi leur liaison. Mais, pour l'instant, elle n'y songeait guère. Elle ne pensait qu'à lui. Consuelo devina que cette maison avait été importante pour sa mère, bien qu'elle lui parût petite, sombre et triste.

— Tu as connu les gens qui habitaient ici, maman ?

— Oui.

En prononçant ce mot, elle avait l'impression de sentir la présence de Josiah près d'elle. Où qu'il fût, elle espérait qu'il était en paix, maintenant. Elle lui avait pardonné depuis longtemps. Il avait agi du mieux qu'il le pouvait et l'avait aimée, à sa manière. Elle aussi l'avait aimé. Elle n'éprouvait plus à son égard la douloureuse désillusion qu'elle ressentait encore quand elle pensait à Antoine. Les blessures que lui avait infligées Josiah s'étaient effacées.

— Ils sont morts ? demanda tristement Consuelo.

C'était probable, si l'on en croyait l'état de la maison.

— Oui.

— C'étaient des amis à toi ?

La fillette se demandait pourquoi sa mère semblait si lointaine et si affectée. Annabelle hésita un long moment. Il était peut-être temps de révéler

342

une partie de la vérité à Consuelo. Elle ne voulait pas lui mentir à propos de son passé. Cela suffisait qu'elle lui ait fait croire qu'elle avait été mariée à son père. D'ailleurs, un jour, elle lui expliquerait aussi ce qu'il en était réellement. Elle ne lui dirait jamais qu'elle avait été violée, mais l'enfant saurait qu'elle n'avait pas épousé Harry. Maintenant que lady Winshire avait reconnu leur filiation, ce serait moins pénible, bien que très difficile à expliquer.

— Cette maison appartenait à un homme qui s'appelait Josiah Millbank, expliqua-t-elle d'une voix calme.

Tout en parlant, elle examinait le jardin, envahi par une végétation luxuriante et visiblement abandonné à lui-même.

— Lui et moi, nous nous sommes mariés ici, à Newport, quand j'avais dix-neuf ans, poursuivit-elle.

Consuelo regarda sa mère avec de grands yeux, tandis qu'elles s'asseyaient sur une souche d'arbre.

— C'était un homme merveilleux et nous avons été mariés pendant deux ans, reprit Annabelle. Je l'aimais énormément.

Elle ne voulait dévoiler à Consuelo que cet aspect de l'histoire, pas sa fin.

— Que lui est-il arrivé ? demanda l'enfant d'une petite voix.

Elle trouvait que beaucoup de gens étaient morts, autour de sa mère. Tous ceux qu'elle aimait étaient partis.

— Il est tombé très malade et il a pensé que ce serait mieux pour moi que nous ne soyons plus mariés, à cause de sa maladie. Il est parti au Mexique et il a donc demandé le divorce, mettant ainsi fin à notre mariage.

— Mais tu ne voulais pas rester avec lui pour le soigner ?

Consuelo paraissait choquée. Annabelle sourit et hocha la tête.

— C'était ce que j'aurais souhaité, mais pas lui. Il était convaincu d'agir pour mon bien. Tu comprends, j'étais très jeune et il était beaucoup plus âgé que moi, puisqu'il aurait pu être mon père. Il pensait que cela me permettrait de me remarier avec un homme plus jeune et d'avoir beaucoup d'enfants.

— Comme mon père, lança fièrement Consuelo.

Mais un nuage passa dans ses yeux lorsqu'elle ajouta :

— Mais il est mort, lui aussi.

Tout cela était très triste. A sept ans, la fillette commençait à entrevoir les épreuves par lesquelles sa mère était passée. Pourtant, elle s'en était sortie et elle était même devenue médecin.

— Nous avons donc divorcé et il est parti pour le Mexique, reprit Annabelle, qui s'abstint de parler de Henry. Malheureusement, tout le monde, ici, a été très choqué. Les gens ont cru qu'il avait divorcé parce que j'avais fait quelque chose de mal. Il n'a jamais dit à personne qu'il était malade, et moi non plus. J'étais très triste qu'on me prenne pour quelqu'un de mauvais, alors je suis partie pour la France, qui était en guerre, afin d'apporter mon aide. Ensuite, j'ai rencontré ton papa et je t'ai eue, conclut-elle avec un sourire.

344

Elle prit la main de l'enfant dans la sienne. C'était une version des événements très édulcorée, mais c'était tout ce que Consuelo avait besoin de savoir. Dorénavant, son mariage avec Josiah n'était plus un secret et c'était bien ainsi. Elle ne voulait plus être obligée de mentir.

— Mais pourquoi les gens ont-ils été aussi méchants avec toi, quand il est parti ?

Consuelo trouvait cette histoire affreuse et très injuste pour sa mère.

— Parce qu'ils ne comprenaient pas. Ils ignoraient ce qui s'était réellement passé, alors ils ont raconté des mensonges à mon propos.

— Pourquoi ne leur as-tu pas dit la vérité ?

— Josiah m'avait demandé de ne pas le faire. Il voulait que personne ne sache qu'il était malade.

Ni pourquoi, ce qui était compréhensible.

— C'était stupide de sa part, affirma Consuelo en jetant un coup d'œil à la maison déserte.

— C'est vrai.

— Tu ne l'as jamais revu ?

— Non. Il est mort au Mexique, quand j'étais en France.

— Les gens savent la vérité, maintenant ?

La fillette semblait pensive. Elle n'appréciait pas du tout que les gens aient été méchants avec sa mère. Elle devait avoir été très triste, à l'époque. D'ailleurs, elle l'était encore maintenant, en lui parlant.

— Non, répondit Annabelle. Mais tout cela est loin, aujourd'hui.

— Merci de m'avoir tout raconté, maman, déclara la petite.

— Je pensais te le dire un jour, quand tu serais plus grande.

— Je suis désolée qu'ils aient été si vilains avec toi, remarqua Consuelo. J'espère qu'ils ne le seront plus jamais.

Le dernier à l'avoir été était Antoine. Il ne s'était pas seulement montré méchant, mais cruel. Sa trahison avait été la pire de toutes et elle avait rouvert d'anciennes blessures. Par bonheur, les conseils avisés de lady Winshire l'avaient aidée à réagir. Elle savait maintenant combien Antoine était finalement mesquin et petit, puisqu'il s'était montré incapable de l'aimer et d'accepter son passé.

— Cela n'a plus d'importance, car je t'ai, assura-t-elle à sa fille.

Elle ne mentait pas. Consuelo était tout pour elle.

Elles se levèrent pour regagner la villa. Elles passèrent les trois semaines qui suivirent à s'amuser, à nager, et se livrèrent à toutes les activités qu'Annabelle adorait lorsqu'elle était enfant.

Au cours de la quatrième semaine, Annabelle emmena Consuelo déjeuner au Newport Country Club. Jusqu'à présent, la jeune femme avait soigneusement évité tous les endroits où elle aurait pu rencontrer d'anciens amis. La plupart du temps, Consuelo et elle étaient restées dans l'enceinte du jardin. Mais, cette fois, elles avaient décidé de sortir. Annabelle s'y sentait prête.

Elles déjeunèrent tranquillement. Au moment où elles s'en allaient, Annabelle vit une femme corpulente qui se dirigeait vers le restaurant. Son visage était rouge et elle paraissait très agitée. Accompagnée d'une nourrice, un bébé sur la hanche, elle avançait au milieu de six jeunes enfants. Elle était en train d'en gronder un, le bébé pleurait et son chapeau était de travers. Lorsqu'elles furent sur le point de se croiser, Annabelle reconnut Hortense. Aussi surprises l'une que l'autre, elles s'immobilisèrent et se fixèrent.

— Oh... Qu'est-ce que tu fais ici ? s'exclama Hortense comme si Annabelle n'avait pas à s'y trouver.

Elle la regardait d'un air gêné qu'elle essayait de masquer sous un sourire nerveux. Consuelo la dévisageait, mais Hortense ne l'avait pas encore remarquée. Elle dévisageait sa mère comme si elle était un fantôme.

Annabelle lui sourit, comme si de rien n'était.

— Je suis de passage avec ma fille. Je vois que l'usine à bébés est toujours très productive, la taquina-t-elle.

Hortense leva les yeux au ciel et laissa échapper une plainte. L'espace d'un instant, elle ressembla à l'amie qu'Annabelle avait tant aimée.

Hortense baissa alors les yeux vers Consuelo.

— Tu t'es remariée ? demanda-t-elle avec intérêt.

— Je suis veuve.

— Et elle est médecin, intervint fièrement Consuelo.

Les deux femmes se mirent à rire.

— C'est vrai ? s'enquit Hortense, impressionnée et se souvenant combien Annabelle était passionnée par la médecine, lorsqu'elle était jeune.

— Oui. Nous habitons à Paris.

— C'est ce que j'ai appris. On m'a dit que tu avais été une sorte d'héroïne, pendant la guerre.

— Pas vraiment, répondit Annabelle en riant. J'étais étudiante en médecine et je soignais les blessés sur le front. Rien de très héroïque là-dedans.

Les enfants d'Hortense tourbillonnaient autour d'elles, tandis que la nourrice tentait de les calmer, sans grand succès. Hortense ne fit aucune allusion à sa trahison, elle ne lui dit pas non plus combien elle lui avait manqué, mais cela se lisait dans ses yeux.

— Moi, je trouve cela très courageux, affirma-t-elle. Tu restes longtemps ? demanda-t-elle avec mélancolie.

— Encore quelques jours.

Mais Hortense ne lui proposa pas de passer la voir ni de lui rendre visite. Elle savait que James ne le lui permettrait pas. Les divorcées et les femmes adultères n'étaient pas les bienvenues dans sa maison, bien que les histoires qui couraient sur lui fussent bien pires.

L'espace d'une minute, Annabelle eut envie de dire à Hortense combien elle lui avait manqué, mais elle n'osa pas. Il était trop tard pour cela, mais la vue de son amie l'attristait. Hortense était écarlate, visiblement fatiguée, submergée, et elle vieillissait mal. La jolie jeune fille qu'elle avait été des années auparavant avait disparu. Elle était devenue cette femme d'âge moyen entourée d'une flopée d'enfants, qui avait tourné le dos à sa meilleure amie. L'ancienne Hortense manquerait toujours à Annabelle. Elles se quittèrent sans s'embrasser et, en s'éloignant, Annabelle demeura silencieuse.

Consuelo respecta son silence jusqu'à ce qu'elles soient en voiture et roulent en direction de la villa.

Se tournant alors vers sa mère, elle lui demanda d'une petite voix :

— C'est l'une des personnes qui ont dit des vilaines choses sur toi ?

Annabelle lui sourit.

— En quelque sorte. Jusque-là, elle avait été ma meilleure amie. Les gens se comportent bêtement, parfois. Quand nous avions ton âge, et même par la suite, nous étions comme des sœurs.

— Elle est laide… et grosse, affirma Consuelo en croisant les bras sur sa petite poitrine.

— Elle était très jolie, lorsqu'elle était jeune. Elle a eu beaucoup d'enfants.

— Ils sont affreux, eux aussi, et ils font beaucoup de bruit, remarqua Consuelo avec désapprobation avant de se blottir contre sa mère.

— Ils sont bruyants, en effet.

Hortense n'avait jamais su discipliner ses enfants, même quand elle n'en avait qu'un ou deux. Apparemment, depuis le départ d'Annabelle, James s'était arrangé pour qu'elle fût toujours enceinte.

Le reste de leur séjour se déroula comme Annabelle l'avait espéré. Pour elle, c'était un véritable retour aux sources, qui lui réchauffait le cœur. Lorsqu'elles firent leurs valises, Consuelo lui demanda si elles pourraient revenir. C'était justement ce qu'Annabelle envisageait, et elle se réjouissait maintenant de ne pas avoir vendu la maison. Une fois de plus, lady Winshire avait eu raison.

— Je me disais justement que nous pourrions passer quelques semaines ici, chaque été. Peut-être même un mois. Qu'en penses-tu ? demanda

Annabelle à sa fille pendant que Brigitte fermait les valises.

La petite fille s'épanouit.

— J'adorerais cela.

— Moi aussi.

Cela permettrait à Annabelle de conserver un lien avec les Etats-Unis et à Consuelo d'en créer un. En venant à Newport, Annabelle avait compris qu'avec le temps toutes les blessures cicatrisaient. Même si les gens parlaient encore d'elle et se rappelaient le scandale qui avait éclaté des années auparavant, tout finirait par s'estomper si elle tenait bon. On cesserait peu à peu de lui accoler ces affreuses étiquettes. Tant de choses étaient arrivées depuis son départ... Elle s'était fait une vie ailleurs, elle avait une maison, un métier et une enfant qu'elle adorait. Mais elle était heureuse d'avoir retrouvé une part d'elle-même, qui appartenait à son ancienne vie.

William les conduisit à Boston, puis elles prirent le train pour New York. Cette fois, elles ne devaient y passer que deux jours et s'occuper de ce qu'elles n'avaient pas eu le temps de faire à leur arrivée.

— Portez-vous bien, miss Annabelle, dit William, les larmes aux yeux. Vous reviendrez bientôt ?

Tous les domestiques avaient pu constater combien ce séjour lui avait fait du bien. Parfois, lorsqu'elle courait sur la pelouse ou sur la plage avec Consuelo, on aurait dit une toute jeune fille.

— Nous reviendrons l'été prochain, c'est promis.

Quitter Blanche avait été douloureux, mais elle lui avait fait la même promesse.

William embrassa Annabelle et Consuelo, et leur adressa des signes depuis le quai, aussi longtemps qu'il le put. Ensuite, la mère et la fille s'installèrent dans leur compartiment. Le séjour qu'elles avaient fait à Newport avait été merveilleux, au-delà de tout ce qu'Annabelle avait espéré.

27

Les derniers jours qu'elles passèrent à New York furent mouvementés mais très agréables. Consuelo adora la comédie musicale que sa mère l'emmena voir. Luxe suprême, elles dînèrent chez Sardi et au Waldorf Astoria. Elles prirent aussi le ferry qui faisait le tour de Manhattan. Annabelle montra Ellis Island à sa fille et lui parla de ce que cela signifiait pour les immigrants. Le dernier après-midi, elles retournèrent dans son ancienne rue, pour faire leurs adieux à la maison. Annabelle demeura immobile pendant un long moment, pensant à tous ceux qui y avaient vécu et à sa jeunesse. Elle n'avait plus rien de commun avec la jeune fille qu'elle avait été. Elle avait grandi et mûri. Puis Consuelo et elle s'éloignèrent tranquillement, main dans la main.

Pendant ce voyage, la fillette avait appris beaucoup de choses sur sa mère, ses grands-parents, son oncle Robert et une partie de son passé. Elle n'avait pas aimé cette amie d'enfance qu'elles avaient rencontrée à Newport, celle avec les enfants. Elle ne supportait pas que cette femme ait pu être méchante avec sa maman et l'ait rendue triste. Elle était désolée pour ce monsieur qui était mort au Mexique, parce qu'elle était certaine que sa mère l'aimait.

En embarquant sur le *Mauretania*, Brigitte se comporta plus calmement. Le luxe et le confort du paquebot, qu'elle avait découverts à l'aller, avaient considérablement calmé ses inquiétudes. Quand le bateau glissa lentement le long des anciens quais de la White Star et de la Cunard, Annabelle éprouva une sensation étrange. Elle se rappela le jour où elle était venue chercher sa mère, après le naufrage du *Titanic*. Elle s'abstint d'en parler à Consuelo et à Brigitte, mais celle-ci ne put s'empêcher d'y faire allusion. Elle s'arrêta immédiatement en voyant le regard qu'Annabelle lui lança.

Lorsqu'ils dépassèrent la statue de la Liberté, il sembla à Annabelle qu'elle laissait un morceau de son cœur derrière elle. Il y avait longtemps qu'elle n'avait pas senti le lien qui l'unissait à son pays natal et elle se réjouit d'y revenir l'été suivant. Il en allait de même pour Consuelo, qui n'avait pas cessé d'en parler pendant tout le temps qu'elles étaient restées à New York. C'était visiblement une perspective qui l'enchantait.

Cette fois, aucune connaissance ne se trouvait sur le bateau. Annabelle l'avait vérifié en consultant la liste des passagers. Mais, de toute façon, cela ne lui importait plus. Elle était retournée à Newport et à New York sans incidents et elle n'avait plus de secret à cacher. Même si on découvrait autre chose sur son passé, quel mal pourrait-on lui faire ? Personne n'avait le pouvoir de lui enlever sa maison, sa vie, son travail et son enfant. Quant aux ragots, elle ne les craignait plus. Même la doulou-reuse trahison d'Hortense avait perdu de son importance, pendant ce séjour. La revoir lui avait montré à quel point elle ne l'enviait pas. Toutes les personnes qui l'avaient blessée autrefois avaient disparu de son horizon et étaient devenues inoffensives. Sa vie lui appartenait et elle lui plaisait.

Comme à l'aller, Annabelle et Consuelo se rendirent au chenil. Cette fois, il n'y avait pas de carlin, mais plusieurs pékinois et des caniches. Consuelo avait hâte de retrouver sa petite chienne. Après leur retour, sa mère lui avait promis un week-end à Deauville. Grâce à ce voyage aux Etats-Unis, le mal que lui avait fait Antoine s'était atténué. C'était un homme à l'esprit petit et aux idées étroites. Elle n'avait rien à faire avec lui.

En quittant le chenil, elles s'appuyèrent quelques instants au bastingage pour regarder la mer. Le vent, qui soulevait les longs cheveux blonds de Consuelo, fit tomber le chapeau d'Annabelle, dévoilant une chevelure tout aussi blonde. Il se mit à rouler sur le pont et elles essayèrent de le rattraper en riant. Il finit par s'arrêter aux pieds d'un homme qui le ramassa et le leur tendit, un large sourire aux lèvres.

— Merci, murmura Annabelle, essoufflée.

Elle avait l'air d'une toute jeune fille, avec son visage hâlé par le soleil de Newport. Elle s'empressa de poser son chapeau sur sa tête et le mit légèrement de guingois.

— Je crains qu'il ne s'envole de nouveau, l'avertit l'inconnu.

Elle en convint et le retira, préférant le tenir à la main, tandis que Consuelo engageait la conversation.

— Mon grand-père et mon oncle sont morts sur le *Titanic*.

Il la regarda gravement.

— Je suis navré de l'apprendre. Mes grands-parents s'y trouvaient aussi. Ils ont peut-être rencontré les tiens.

Cette pensée intrigua Consuelo.

— Mais c'était il y a très longtemps, continua-t-il. Bien avant ta naissance, je suppose.

— J'ai sept ans. Et on m'a donné le prénom de ma grand-mère. Elle est morte, elle aussi.

L'inconnu réprima un sourire. A entendre la fillette, toute sa famille avait été décimée.

— Mon père aussi, continua-t-elle pour faire bonne mesure. Il est mort à la guerre, avant que je sois née.

— Consuelo ! s'exclama Annabelle.

Elle n'avait jamais entendu sa fille fournir autant d'informations et elle espérait que cela n'allait pas devenir une habitude.

— Excusez-nous, ajouta-t-elle en se tournant vers l'homme qui avait ramassé son chapeau. Nous n'avions pas l'intention de vous faire la liste de nos deuils.

— Tu dois avoir deviné que je suis journaliste, dit-il gentiment à Consuelo.

— Qu'est-ce que c'est ? demanda-t-elle avec curiosité.

— J'écris dans les journaux. Et plus particulièrement dans l'*International Herald Tribune,* à Paris. Tu le liras, quand tu seras un peu plus grande.

— Ma maman est médecin.

Elle soutenait la conversation de son propre chef, suscitant un léger embarras chez sa mère.

— Vraiment ? Je m'appelle Callam McAffrey. Je suis originaire de Boston, mais je vis à Paris.

Annabelle se sentit alors obligée de se présenter à son tour. Consuelo précisa qu'elles habitaient aussi à Paris, dans le 16e arrondissement. Il répondit que son appartement était situé dans la rue de l'Université, sur la rive gauche. C'était un quartier qu'Annabelle connaissait bien.

Il les invita toutes les deux à prendre le thé, mais Annabelle lui répondit qu'elles devaient retourner dans leurs cabines, afin de s'habiller pour le dîner. Il les regarda s'éloigner en souriant. La petite était adorable et la mère ravissante. Elle ne correspondait pas à l'idée qu'il se faisait d'un médecin. Plusieurs années auparavant, il avait interviewé Elsie Inglis, qui n'avait rien de commun avec cette jeune femme. La façon dont la fillette lui avait parlé de sa famille, malgré les réticences de sa mère, était très amusante.

Ce soir-là, il les aperçut dans la salle à manger, mais ne tenta pas de les approcher. Il ne voulait pas se montrer importun. Le lendemain, il vit Annabelle qui se promenait seule sur le pont. Consuelo était allée nager avec Brigitte. Cette fois, la jeune femme avait attaché son chapeau avec un ruban.

— Je vois que vous avez solidement fixé votre chapeau, lui fit-il remarquer en s'arrêtant près d'elle.

Elle tourna vers lui un visage souriant.

— Le vent souffle davantage qu'il y a un mois, lors de notre première traversée.

— J'aime ces traversées, dit-il. Elles nous permettent de reprendre notre souffle entre deux vies et deux mondes. C'est agréable de pouvoir se ménager un peu de temps pour cela. Vous êtes restées tout le temps à New York ?

— Une partie seulement. Nous avons passé ces dernières semaines à Newport.

— Et moi, à Cape Cod. J'essaie d'y aller chaque année, cela me rappelle mon enfance.

— C'était la première fois que j'y emmenais ma fille.

— Elle a aimé le coin ?

— Elle l'a adoré. Elle veut y retourner chaque été...

Se sentant en confiance, Annabelle poursuivit :

— Je n'y étais pas allée depuis dix ans.

— A Newport ? demanda-t-il sans surprise.

— Aux Etats-Unis.

Cette fois, elle l'étonna. C'était un homme grand et mince, à la chevelure poivre et sel, au regard brun et chaleureux et aux traits fins. Il devait avoir une quarantaine d'années et, bien qu'il fût assez bien de sa personne, il semblait plus intelligent que beau.

— C'est une longue période. Vous devez avoir été très occupée pour ne pas y être retournée pendant si longtemps... ou peut-être étiez-vous en colère, pour une raison quelconque, ajouta-t-il.

Cette déduction de journaliste la fit rire.

— Je n'étais pas en colère, mais j'en avais terminé avec l'Amérique. J'ai fait ma vie en France. Je me suis d'abord portée volontaire sur le front, pendant la guerre. Et ensuite, je ne suis jamais repartie. Je ne ressens pas le mal du pays, mais j'ai été contente de revenir et de montrer à ma fille les endroits où j'avais grandi.

— Vous êtes veuve ?

La déduction était facile, puisque Consuelo lui avait dit que son père était mort avant sa naissance. Annabelle allait acquiescer d'un signe de tête, lorsqu'elle se ravisa. Elle était lasse de mentir, surtout si elle n'y était pas obligée.

— Je suis divorcée.

Il ne réagit pas. D'autres personnes auraient été choquées par cet aveu, mais il semblait seulement légèrement étonné.

— Je croyais que votre fille avait dit que son père était mort.

Annabelle l'observa un long moment, avant de se décider. Elle n'avait rien à perdre. Cela ne lui importerait pas s'il s'écartait d'elle avec horreur. Après tout, elle le connaissait à peine.

— Je n'étais pas mariée avec son père, énonça-t-elle tranquillement.

C'était la première fois qu'elle le disait à quelqu'un. Dans le monde où elle avait grandi, cet aveu aurait mis un terme à la conversation. A partir de là, son interlocuteur l'aurait totalement ignorée.

Il ne répondit pas tout de suite, puis lui sourit.

— Si vous vous attendiez à ce que je m'évanouisse ou que je saute par-dessus bord plutôt que de vous adresser la parole, vous allez être déçue. Je suis journaliste et j'ai entendu toutes sortes de choses, au cours de mon existence. Par ailleurs, je vis en France, où ce genre de situation se produit parfois et est mieux toléré qu'aux Etats-Unis.

Sa remarque fit rire Annabelle. Mais il se demanda si c'était à cause de Consuelo qu'elle avait divorcé. Cette femme était intéressante.

— Je crois que c'est plus courant que nous ne le pensons ou voulons bien le penser, reprit-il. Il arrive que les gens aient des enfants avec des personnes qu'ils aiment mais n'épousent pas. Si cela leur convient, qui suis-je pour les juger ? Je n'ai jamais été marié moi-même.

— Je ne l'aimais pas, confia-t-elle. C'est une longue histoire, mais elle s'est finalement bien terminée, puisque Consuelo est ce qui est arrivé de mieux dans ma vie.

Il ne fit aucun commentaire, mais parut d'accord avec ce qu'elle disait.

— Quel genre de médecin êtes-vous ?

— Un bon, répondit-elle avec un sourire.

— Je m'en doute, s'exclama-t-il en riant, mais je faisais allusion à votre spécialité.

Elle l'avait bien compris, mais elle était heureuse de plaisanter avec lui. C'était agréable de lui parler, tant il était ouvert et chaleureux.

— Je suis médecin généraliste, précisa-t-elle.

— Vous avez exercé sur le front ?

Elle lui paraissait un peu jeune pour cela.

— A l'époque, j'avais fait ma première année de médecine. J'ai terminé mes études après la guerre.

Il aurait voulu savoir pourquoi elle n'avait pas voulu exercer aux Etats-Unis, même s'il pouvait le comprendre. Il aimait Paris, lui aussi. La vie qu'il y menait était bien plus riche qu'elle ne l'aurait été à New York ou à Boston.

— Au début de la guerre, j'ai été journaliste pour les Anglais. Et je suis resté en Europe. Après l'armistice, j'ai vécu à Londres pendant deux ans. J'habite à Paris depuis cinq ans. Je ne crois pas que je pourrais revivre aux Etats-Unis. J'apprécie l'existence que je mène en Europe.

— Il en est de même pour moi, confia Annabelle.

Elle n'avait aucune raison de retourner en Amérique, où ne demeuraient que son passé et la villa.

Ils bavardèrent encore un peu, puis elle rejoignit Consuelo et Brigitte à la piscine. Le soir, en quittant la salle à manger, elles rencontrèrent de nouveau Callam. Il s'apprêtait à y entrer et demanda à Annabelle si elle accepterait de boire un verre avec lui, un peu plus tard. Sous le regard attentif de Consuelo, elle hésita un instant avant d'accepter, et ils se donnèrent rendez-vous au Verandah Café, à 21 heures. Elle serait libre, puisque Consuelo serait couchée.

Lorsqu'elles regagnèrent leurs cabines, la fillette remarqua d'une voix neutre :

— Tu lui plais. Il est gentil.

Annabelle ne répondit pas. Antoine lui avait fait la même impression et elle s'était trompée. Cependant, Callam McAffrey semblait différent et ils avaient de nombreux points communs. Elle se demandait pourquoi il ne s'était jamais marié. Il le lui confia le soir même, tandis qu'ils buvaient une coupe de champagne au Verandah Café, balayé par la brise marine.

— Pendant la guerre, je suis tombé amoureux d'une infirmière, qui a été tuée une semaine avant l'armistice. Nous devions nous marier, mais elle voulait attendre la fin de la guerre. Il m'a fallu du temps pour me remettre de sa mort... C'était quelqu'un d'exceptionnel, qui venait d'un milieu très privilégié, mais qui ne le laissait jamais sentir. Elle était pragmatique et travaillait énormément. Nous nous entendions très bien. Je vois encore sa famille de temps à autre.

Il s'était remis, mais voulait faire comprendre à Annabelle qu'il chérissait encore le souvenir de sa fiancée.

— Le père de Consuelo était anglais, mais malheureusement ce n'était pas un homme bien. En revanche, sa mère est extraordinaire. Nous irons certainement la voir en août.

— Les Anglais peuvent être formidables... Je ne me suis pas toujours aussi bien entendu avec les Français.

Annabelle, qui pensait à Antoine, se mit à rire.

— Ils ne sont pas toujours aussi corrects, reprit Callam, et peuvent s'avérer beaucoup plus compliqués.

— Je suis d'accord avec vous, du moins dans certains cas. Ce sont de merveilleux collègues et amis, mais sur le plan sentimental, c'est autre chose.

D'après le peu qu'elle disait, il devinait qu'elle avait été blessée par un Français. Mais le père de Consuelo ne semblait pas non plus l'avoir épargnée. Apparemment, Annabelle était souvent mal tombée. Lui aussi, d'ailleurs, en dehors de Fiona, l'infirmière dont il était tombé amoureux. Aujourd'hui, il était toujours célibataire et avait mis sa vie sentimentale entre parenthèses. De cette façon, l'existence était plus facile. Il en était de même pour Annabelle.

Ils parlèrent ensuite de la guerre, de la politique des Etats-Unis et de leurs professions respectives. Annabelle était heureuse de s'être fait un ami sympathique. A la fin de la soirée, il la raccompagna jusqu'à sa cabine et lui souhaita une bonne nuit.

Le lendemain, il l'invita de nouveau à boire un verre et ils passèrent un très bon moment. Le dernier jour, il joua au palet avec Annabelle et Consuelo, et les invita à dîner à sa table. Il s'entendait très bien avec Consuelo, qui lui parla de sa petite chienne. Et quand sa fille proposa à Callam de venir la voir à Paris, Annabelle ne fit aucun commentaire.

Ce soir-là, ils se retrouvèrent une dernière fois pour boire un verre. Lorsqu'il la raccompagna, il lui demanda s'il pourrait passer voir la petite chienne, précisant qu'il possédait lui-même un labrador.

Annabelle se mit à rire.

— Venez quand vous voudrez, lui assura-t-elle. Nous serons heureuses de vous voir.

— J'avoue que c'est surtout cette petite chienne qui m'intéresse, répondit-il, une lueur malicieuse dans les yeux. Mais si cela ne vous ennuie pas, je serai ravi de bavarder avec vous par la même occasion.

Il la regardait gentiment. Il avait appris beaucoup de choses sur elle, pendant ce voyage, bien plus qu'elle ne le pensait. Mais c'était son métier. Il devinait qu'elle avait subi des épreuves douloureuses. Les femmes de son milieu ne quittaient pas leur foyer à vingt-deux ans pour s'en aller à des milliers de kilomètres et s'engager dans une guerre qui n'était pas la leur. Il avait dû se produire quelque chose de terrible aux Etats-Unis pour qu'elle décide de rester en France et d'y faire des études de médecine. Et il était certain qu'elle avait dû encore surmonter bien d'autres obstacles. Ce n'était pas le genre de femme à avoir un enfant hors mariage, sauf si elle y avait été contrainte. Il était clair qu'elle avait tiré le meilleur parti de sa situation et qu'elle s'en était bien sortie. Il était certain que c'était quelqu'un de bien. Cela se voyait et il espérait la revoir.

— Pourrais-je vous appeler ? lui demanda-t-il.

Annabelle lui plaisait. Elle était distinguée sans être collet monté. Par certains côtés, elle lui rappelait Fiona, bien qu'elle fût plus jeune et plus jolie. Mais ce qui l'attirait surtout, c'était sa personnalité. Il sentait que, comme Fiona, elle était intègre et droite. Et, de surcroît, intelligente et positive. Aussi avait-il très envie de la connaître davantage. Il était rare de croiser la route d'une femme telle qu'Annabelle. Il avait eu la chance d'en rencontrer une avec Fiona et, si cette bonne fortune lui était de nouveau accordée, il n'allait pas la laisser passer.

— Avec plaisir, répondit Annabelle. Nous nous absenterons sans doute quelques jours pour aller à Deauville, car je l'ai promis à Consuelo. Et nous irons aussi en Angleterre, mais nous reviendrons rapidement. Je ne veux pas que mes patients m'oublient !

Il doutait que ce soit le cas. Lui était bien décidé à ne pas la perdre.

— Peut-être pourrions-nous faire quelque chose ensemble, ce week-end. Avec la chienne, bien sûr. Je ne voudrais pas la vexer.

Annabelle se contenta de sourire, mais cette perspective lui plaisait. Elle appréciait ce qu'elle avait appris de Callam, pendant la traversée. Elle devinait en lui un homme solide, honnête et bon.

Pour l'instant, ils n'étaient qu'amis, mais ils sentaient qu'il y avait autre chose et que leur relation débutait sur de bonnes bases, meilleures que celles qu'elle avait connues jusque-là. A l'origine, elle n'avait éprouvé qu'une grande amitié pour Josiah et cela était un indice, qu'elle n'avait pas su déchiffrer à l'époque. Quant aux manières charmeuses d'Antoine, elles ne dissimulaient qu'un cœur sec. Callam n'avait rien de commun avec lui.

Ils se dirent bonsoir et Annabelle entra dans sa cabine, le cœur léger. Le lendemain matin, elle se leva et s'habilla de bonne heure, tout comme elle l'avait fait à son arrivée en Europe, des années auparavant. Mais cette fois-ci, tandis qu'elle regardait le soleil se lever, appuyée au bastingage, elle n'était plus triste ni désespérée. Au loin, elle apercevait Le Havre. Le paquebot accosterait dans deux heures.

Tout en contemplant l'océan, elle éprouva un sentiment incroyable de liberté, comme si elle avait enfin brisé les chaînes qui l'entravaient. Elle s'était affranchie du joug des conventions et de l'opinion des autres. Leurs mensonges ne pouvaient plus lui faire de mal. Elle était une femme libre, elle le savait.

Quand le soleil monta dans le ciel matinal, elle entendit une voix derrière elle. Elle se retourna et vit Callam.

— Je pensais bien que je vous trouverais ici. Belle matinée, n'est-ce pas ?

— En effet.

Ils échangèrent un sourire complice. Tous deux se comprenaient et la matinée était belle, tout comme la vie…

Photocomposition Nord Compo
59650 Villeneuve-d'Ascq

Achevé d'imprimer
en mars 2011
par Printer Industria Gráfica
pour le compte de France Loisirs, Paris

Numéro d'éditeur : 63180
Dépôt légal : décembre 2010
Imprimé en Espagne